U0918591

[美] 萨拉·谢泼德（Sara Shepard）——著
张超斌——译

记忆的黑洞

天津出版传媒集团
天津人民出版社

图书在版编目(CIP)数据

记忆的黑洞/(美)萨拉·谢泼德(Sara Shepard)著;张超斌译.--天津:天津人民出版社,2019.6

书名原文:THE ELIZAS

ISBN 978-7-201-14774-1

Ⅰ.①记… Ⅱ.①萨… ②张… Ⅲ.①长篇小说—美国—现代 Ⅳ.①I712.45

中国版本图书馆CIP数据核字(2019)第097140号

Original title:The Elizas

Author:Sara Shepard

著作权合同登记号:图字02-2019-80

记忆的黑洞

JIYI DE HEIDONG

出　　版　天津人民出版社
出 版 人　刘　庆
地　　址　天津市和平区西康路35号康岳大厦
邮政编码　300051
邮购电话　(022)23332469
网　　址　http://www.tjrmcbs.com
电子邮箱　tjrmcbs@126.com

责任编辑　王昊静
策划编辑　王　萌
装帧设计　三形三色

印　　刷　晟德(天津)印刷有限公司
经　　销　新华书店
开　　本　880×1230毫米　1/32
印　　张　12
字　　数　260千字
版次印次　2019年6月第1版　2019年6月第1次印刷
定　　价　49.80元

献给查尔斯·温特

“人类无论是对自己还是对别人，都不过是掩饰、欺骗和虚伪而已。”

——布莱兹·帕斯卡

第一章

醒来的那一刻，我正在尖叫。我一睁开双眼，尖叫声立即消失不见，但它在我的脑海里留下了一个印记，就像留在湿地上的手印，迅速消弭于无形。我的喉咙刺痛难当，头痛欲裂。我挣扎着环顾四周，却只能看到一片模糊。我的嘴里有股烈酒的苦味。

厉害啊，艾丽莎。你刚逃过命运的魔爪，现在竟又故态复萌？

我回想着因为喝得烂醉而浪费掉的高级套房。星期六傍晚，我到达棕榈泉宁静度假酒店套房后，便拉开了所有房间的窗帘，脱到只剩内衣裤，然后躺在床上。之后我又坐进空荡荡的大号浴缸，又跑到座便加热垫上暖了暖屁股。再之后，我明知故犯，打开房间里的迷你酒吧柜，一口气喝干了好几瓶香草味红牌伏特加。那味道甘美香醇，就像老友重逢，让人浑身舒畅。

我一边喝着酒，一边站在阳台上眺望七层之下的庭院。庭院呈正方形，石板路和花圃交错布置。整个庭院被分成数个独立的区域，让人觉得隐秘……又方便。传说在二十世纪六十年代初期，有一个名叫琪琪·丽思的小明星，在那个院子里被人谋杀了。她头上挨了一棍，估计是她惹上的当地暴徒下的黑手。刚发现尸体那会儿，警方错把她当成了同样一头金发的演员戴安娜·邓恩——两人长得特别相像。人们沉痛地哀悼戴安娜·邓恩，因为她曾在几部影片里跟丹尼·凯同框。

多么悲惨！天妒英才！一定要找到杀害她的凶手，刻不容缓！

后来，戴安娜·邓恩结束美军慰问协会的日本之旅返回国内，才得以告诉大家自己幸得上天保佑，还活得好好的。验尸官弄清楚死者的真实身份之后，好莱坞业内的新闻几乎没为那个受害的姑娘再浪费多少笔墨。人们只顾着庆幸出事的不是戴安娜·邓恩，没人在乎是谁杀了琪琪·丽思。那桩谋杀案至今未破。

喝完第三瓶小瓶伏特加，我脑袋晕乎乎的，便想借着酒劲玩点儿大的。于是我点了客房服务，对接电话的人说：“把每样东西都给我来一份，特别是甜点。”等待期间，我盯着卫生间里的手巾。手巾触感柔软，但很结实，令人无法释怀。我想象杀死琪琪·丽思的凶手用这样的手巾堵住她的嘴，防止她喊叫。也许凶手下手的速度很快，她没来得及发出一点儿声音就死了。我摸了摸床边的飞船形闹钟，发现它的顶部尖锐，底座厚重。这倒是一件极为趁手的重击工具。

可是，这会儿我转头再去看那个太空时代的闹钟，它却不在床头柜上了。连床头柜也不见了踪影。还有光线从一扇窗户照进来——现在不是晚上吗？

一张脸凑到我的面前。

“她好像醒了。”

我看到妈妈布满皱纹的前额、线框眼镜和星期六玩风筝冲浪时晒得发红的鼻子。她跟这种场景太不协调，我刚开始还以为自己还在做梦。

“你怎么来了？”我问道。我话说得很吃力，感觉像有人正坐在自己的脸上似的。

妈妈抿了一下嘴。“艾丽莎。”她的声音沙哑，带着战栗，接着，她叹了口气，那一声叹息很沉重，既悲哀又冗长，充满了压抑和挫败感，“宝贝儿。”

宝贝儿。

我的心猛地一沉。只有当我做了让妈妈特别伤心的事情时，她才会喊我宝贝儿。我们母女俩经历了很多事情，我吓到她太多次了。

“怎……怎么了？”我嗓音沙哑地问道。

继父比尔晃到我面前，他两鬓有了几缕白发：“别担心，宝贝儿。你不会有事的。”

我想起刚醒来时的尖叫：“出什么事了吗？”

我的目光转向左侧。我瞥见继妹无精打采地站在门口。这根本不是我的酒店套房，印象里让人站不稳、嘴里黏糊糊的宿醉也不太像这种感觉。我注意到左边摆着一台机器，屏幕上闪烁着绿色的数字。机器发出很有节奏、象征着生命的哔哔声，那是身体呼吸的韵律——我的身体。旁边竖着一根输液杆，上面挂着输液袋和输液管。输液袋里滴出来的黏稠液体呈诡异的红色，可当我再去看时，那液体又变得稀薄而清澈。

“我怎么在医院里？”我低声问道。

还是没有人回答我。一阵冰冷的战栗感冲入我的脊椎。一个声音从内心深处窜了出来。

你得控制住自己的情绪。

我听到玻璃杯的碰撞声和音响里传来的“趴地跳跳车”。哪儿来的音响？我的视线开始打旋。有人在说话。

别盯着看。我一直在找你。

我试图攫取这段记忆，可它像庭院里飘落的花瓣一般飘忽不定，随风而逝。有人在尖叫。接着……一切归于沉寂。这是什么时候的记忆？这些事情真的发生过吗？

我换了个问题：“今天星期几？”

“星期日。”妈妈答道，“现在是星期日上午。你睡了有一会儿了。”

“我怎么会在医院？”我又问道，“求求你们告诉我。”

比尔尴尬地咳了一声：“昨晚又有人把你从游泳池里救出

来了。”

我眨了眨眼。从某种程度上来说，我并没有感到惊讶。这是第四次差点儿溺水而死了吧？还是第五次来着？难怪我的家人都一副身心俱疲的模样。

“是在宁静度假酒店？”我怯生生地问道。

“你不记得了。”比尔这话像是陈述句，不像问句。

我扫了一眼妈妈。她低着头，紧咬嘴唇，所以并没有看见我摇头，可她显然心知肚明。我厌恶自己让她失望——让她受惊吓——可是……我真的不记得了，像以前一样，又一次的浑浑噩噩。

“我的手机呢？”我问道。

妈妈的表情转为愤怒和厌恶，这是她转移恐惧的惯用方法。

“艾丽莎，现在不是操心手机的时候。”

比尔往前凑了凑：“没错。医生让你多休息，你要先恢复体力。”

我伸头看向盖碧，那副圆框眼镜掩盖不住她悲伤的表情。昨晚的一丝记忆突然钻了出来。那时已是夜里，距离我的大吃大喝已经过了几个小时。我站在宁静度假酒店的游泳池平台上，但我不知道自己为什么在那儿。以往去游泳池的时候，身旁总是热热闹闹地躺满了人，可在这段记忆里，游泳池旁空无一人，仿佛大家刚刚散去。池水翻涌，毛巾被随意地丢在椅子上。桌上有只杯子翻了个底朝天，一张印有酒店标志的餐巾纸被握成团，落在垃圾桶旁边的混凝土地面上。跳水板摇摇晃晃，仿佛有人刚刚一跃而下……然后化成虚无。

记忆中的天空像不透明的黑色天鹅绒，灰蒙蒙的。空气很纯净，凉飕飕的，仿佛气压骤然下降，带走了所有的湿气。我感觉到脚跟踩在坚硬的游泳池平台上。我站在水边，疯狂地四处张望——我在找什么？我感到一阵惊恐——为什么感到惊恐？接着，我听到了脚步声。身体的运动控制出现混乱，我一下子跌倒了。我听到一声喊叫——是我在喊叫——和陌生人的笑声。我脸朝下拍在水面上，池水出乎意料的寒冷刺骨。我胡乱地摆动四肢，想划水，却很快就放弃了。空气从我的肺里被挤了出来，鞋子在我沉向池底的途中脱落。我是个旱鸭子，从来没学会游泳。

我吸了一口气，发觉鼻腔里还残存着游泳池消毒水的味道，耳边又响起了那首“趴地跳跳车”。我出了一身冷汗：“找到他了吗？”

妈妈双唇微启：“谁？把你从水里救出来的那个人？”

我感觉那双有力的手又从背后推了我一把。我又听到了那笑声——尖利而充满了嘲弄和得意。

“把我推进水里的那个人。”我低声说道。

盖碧猛地抬起头，妈妈的脸红得像猪肝，一头扎进走道里。“护士。”她惊恐地喊道。

我急得浑身颤抖：“不，我说的是实话，真的有人推了我！”我的嗓门越来越大，“有人把我推进了游泳池！一定要抓住他！求求你们！”

“艾丽莎。”比尔凑过来，“没有人推你，是你自己跳下去的。”

“跟前几次一样。”妈妈捂着脸啜泣道。护士拿着针头锃亮的注射器走进病房。

我缩回病床上，眼睛随着护士的靠近睁得越来越大，直到微微胀痛。“不！”我喊道。喊叫无济于事，护士不会听，其他人也不会听。他们觉得我是自己跳下去的，这并不奇怪，毕竟我有这种前科，但这一次绝非我自愿——我心里一清二楚。

有人想谋害我。

病房墙上的时钟指向三点十五分，阳光洒进房间，我估计现在应该是星期日的下午。我肯定是被护士扎了一针才睡着的，因为她说——他们都说——我又犯病了。在失去意识之前的百万分之一秒，我还在跟一屋子的人辩白，说这次不是我故态复萌。这一次跟以往的幻觉截然不同。我说的是实话。

屋里静寂安宁，不知道人都去了哪里——或许我的家人都已经走了。我倒希望他们已经走了。

我伸手在床边的小桌上摸索手机，手机没在上面。手机不在身边的感觉让我很是烦闷，就像少了一种感官能力。我错过了好几个小时的新闻，错过了素未谋面的明星、从不见面的朋友和从不待见的远亲的日常照片，错过了鞋子和化妆品的推销邮件，错过了“仅限今天包邮！”的优惠邮件，或许还错过了编辑或经纪人的邮件。我想在谷歌上搜一搜这家医院，看看它的声誉怎么样，再查查昨晚宁静度假酒店的那场事故。我想搜一下输液袋里装的药物，问问Siri为什么所有的医院都弥漫着悲伤，再告诉Siri，我的家人为了让我安生，竟然给我下药。

好吧，喝酒的确是我的错。我跟家人打过包票，手术治疗之后绝不会再喝酒。可是那酒真的让人爱不释口，一口下肚就再也停不下来了。说实话，我的自制力很差，意志也很薄弱。但我只是破了酒戒，并不是脑子坏掉了。我跟他们说有人推我这事没有半句假话。的确是有人推了我，我记得一清二楚。

听到敲门声，我嗖地一下坐了起来。一个穿着褪色蓝衬衫的男人走了进来。他留着黄棕色的头发，戴着过时的塑料黑框眼镜。他似笑非笑，手指细长，指甲修剪得很整齐。我把床单掖好，然后拽紧病服，免得被他看见屁股。我真希望这病服不是白色的，这跟我苍白的肤色太相称了。

“方丹小姐。”他伸出手，“我是棕榈泉警察局的兰斯·科利尔，负责你的案子。”

“你是警探？”我脱口问道，感到整个世界瞬间一片光明。

他坐在病床旁边的塑料椅上：“我想问你几个问题。听说你会在这里住很长时间。”

“什么意思？”

“你家人说想让你在这里做几天精神疗养。”

我的心一沉：“不，没有，我没有要自杀。”

兰斯的头向右边一转，脖颈的骨头发出嘎嘣声，吓得我退缩了一下。我最讨厌骨节的嘎嘣声。他翻了一页纸：“从案情报告上来看，昨晚有两个路过的人把你从宁静度假酒店的游泳池里救了出来。没错吧？”

我耸了耸肩：“可能吧。”

“你不会游泳，对吧？”

“对。”

“那你在游泳池里做什么？”

“是别人把我推进去的。”

想起上次我说这话时被人扎了一针，而他竟然毫无反应，我很是惊讶。“你看到推你的人了吗？”他平静地问道。

“没有，但我感觉到有人在背后推我。”

“只是没看到脸，那么你不能确定真有人推你。”

我舔了舔嘴唇：“你觉得我在撒谎？”

他跷起二郎腿。墙上的钟表走动的声音有点儿吵。

“方丹小姐，我注意到你以前曾自杀未遂。”

我在心里叹了口气：“是，但那是……之前的事。”

“什么之前？”

“脑瘤治疗之前。”

妈妈冲进病房，根本不在乎这是私人会面。比尔跟了进来，盖碧也跟了进来。

“呃，喂？”我尴尬地说道，心里很不爽。

妈妈看向警探：“她去年曾四次试图投水自杀，三次是在酒店的游泳池，第四次是在太平洋——圣莫妮卡。她总说非自杀不可，说有人在追杀她，想害她。后来，大概十一个月前，医生给她做了脑部扫描，发现里面有个肿瘤压迫着——”

“——我的杏仁核。”我打断她的话，迫切地想要重新掌握局面，“那个部位控制身体的情绪反应。”

“我知道杏仁核的功能。”兰斯说道。

“我想自杀就是因为这个。”我说道，“不过医生把肿瘤切除了。我做了治疗，现在好多了。昨晚跟以往不一样，我没想自杀。真的。”

“可这太相似了，宝贝儿。”比尔轻声说道，“你跑去喝酒，担心别人害你……各方面都和之前如出一辙。”

“不一样。”我环顾四周，他们撇着嘴，眼帘低垂，“真的不一样。”我的声音有些哽咽。

兰斯露出一抹傲慢的微笑：“不如你把还记得的事情讲一遍吧？”

我试图攫取游泳池边那双健硕的手推我的记忆，但护士扎的那一针混合了我所不熟悉的药物，以至于现实都像梦境一样不可捉摸。“我走去游泳池，站在池边，后来感觉身体快速移动。后面有人推了一下，我就掉进了池里。游泳池是公共区域，就没有目击者吗？”

兰斯翻了翻笔记：“从报案记录上来看，除了救你的那些人，没有目击者。他们看见你的时候，你已经落水了，而且他们说附近没有别的人。他们把你拉出来放在平台上，其中一个人还给你做了人工呼吸。”

我汗毛倒竖，听别人讲自己濒死时的细节太压抑了。我瞥见妈妈的双唇紧紧地抿在一起。

“他们确定没有别人看见吗？”我问道。这似乎有些不太可能。我入住的时候，酒店里有上百个客人。大厅里挤满了戴毛伊·吉姆牌太阳镜的男人和挎托利·波奇牌酒椰手包的女人。

“那会儿正刮风打雷，又下着大暴雨，游泳池区域一个人都没有。酒店员工都觉得奇怪，平台已经用绳子圈住了，你怎么还能上去。”

我从绳子上跳了过去？我那名牌皮革靴子的鞋跟可有五英寸高。到底是什么促使我那么做？

“是谁把我从水里救出来的？”我问道，“是谁？”

他又看了一眼笔记本：“那人叫德斯蒙德·威尔斯。你认识他吗？”

我也伸长脖子去看他的笔记本。德斯蒙德·威尔斯这个名字全是大写，旁边还附了个洛杉矶市区的电话号码。我对这个名字没有一点儿印象。我问：“他在酒店上班？”

“他说自己是酒店的客人。”

“那视频监控呢？有没有拍到？”

“游泳池区域平常都有监控摄像，不过由于刮风下雨，那天就把电源关掉了。”

我冷哼了一声：“想必他们刚把我救出游泳池，电力就恢复了吧？”

“没人串通起来害你，艾丽莎。”妈妈的声音几不可闻，却再次带着一股既哀伤又恐慌的情绪。

“酒吧那边的人怎么说？我记得去游泳池之前跟那里的某个人说了会儿话。你能不能去问一下他们？也许他们看到了什么。要么我去问一下也行。你知道我的电话在哪儿吗？我想打给酒吧问清楚。”

妈妈一脸惊慌：“你还去了酒吧？”

我咳嗽了一下。我曾经保证过做完肿瘤手术就不会再去酒吧了，就像我曾保证绝对不会再喝酒一样。我看着兰斯：“我……我只是去透透气，没喝酒。”

兰斯诡异地咳了一声："实验室对你做了毒理分析，发现你血液里的酒精含量非常高。"

我感到家人的目光全都聚焦在我身上。被人当场拆穿谎言太丢人了，尤其是这谎言如此拙劣，然而有时候撒谎是我的本能反应，那些谎言并非出自我的本意。

兰斯翻了一页笔记："是这样，接警的警察问过救你的那两个人，他们说以前没见过你，不知道你是从哪里来的。艾丽莎，你能描述一下跟你在酒吧里聊天的那个人吗？你知不知道名字？"

我使劲吞了一下口水。我不知道。

"是男是女？有印象吗？"

大脑还是一片空白。我连自己有没有跟人聊天都不确定了。

"那可否告诉我你去了哪个酒吧？我会去调查。"

宁静度假酒店的房间里有个大号活页夹，上面列出了六家酒吧：德洛斯酒吧，位于大厅外面的休闲酒吧；玩具猪酒吧，商务人士吃晚宴的地方；特拉克斯，有DJ；梅里塔基，葡萄酒吧；码头酒吧，航海主题的马提尼酒吧；还有夏威夷风情的哈利酒吧。昨晚我喝了一杯斯丁格鸡尾酒。这是怎么回事？我平常不喝这种酒。

"啊，找到了，你去的很可能是码头酒吧，只有那里的门通向游泳池。"兰斯抬起头，斜眼看着我，"不过你对当晚的记忆可能有些模糊，一方面是因为你喝了酒，另一方面是我翻了一下你的包——找到……噢，想必你知道里面有什么。"

"有什么？"妈妈屏住了呼吸。

兰斯目不转睛地盯着我："你确定不是因为这个才掉进游泳池的吗？也许你当时迷迷糊糊，不知道自己在做什么。"

我想吞口水，可我感到口干舌燥。我知道他找到的瓶子上写着什么。赞安诺，1毫克，每日两次。"难道你没看见我包里的其他东西吗？"我缓过神之后说道，"你没看见那些维生素药片？还有代谢维持、免疫滴剂和辅酶酵素营养胶囊？"我自豪地扫了一眼比尔和妈妈，"都是医生叫我服用的，以免肿瘤复发。我真的在努力了。"

"我们都看在眼里，宝贝儿。"比尔拍了拍我的胳膊，"记在心里。"

"你还服用了其他处方药吗？"兰斯问道。

还真是穷追不舍。

"不好意思，警察都要问这些问题吗？"

"其实我是司法心理学家，不过我跟棕榈泉警局有联系，我们的谈话内容都会汇报给他们。"

我在床上坐得离他远了一点儿："那就没什么可说的了。谈话结束。"我受够了跟心理医生说话。

"艾丽莎。"妈妈叉起了胳膊，"宝贝儿，别这样。他只是想帮你而已。"

"我不需要。"我孩子气地说道。别再叫我宝贝儿，我想加上这句话。可这话太不合适……而且让人心碎。

"我保证会帮你理清思绪，但你一定要积极配合才行。"兰斯说道，"能不能告诉我你在掉进游泳池之前是否服用过其他药物？"

我咬紧了牙关。我讨厌目前的形势走向。

“要知道，单单是服用赞安诺跟喝酒就会引起意识丧失、失忆和——”

“你说得没错，但我昨晚一样都没吃。”我打断他的话，“你根本就没仔细听我说话。这不是失忆。这事切切实实发生了。”

兰斯平静地看着我，但我察觉出一丝不自然。他在椅子上挪了挪，正好跟走廊里海报上的弯角山羊成一条直线。他的脑袋略微倾斜，看着就像那双角就长在他的头上。

“咱们谈谈喝酒的问题吧。”兰斯又将话题拉了回来，“为什么喝那么多？是不是有心事？”

我低头凝视着床单：“没有。”

“真没有？”

我直愣愣地跟他对视。集中注意力，我告诉自己，深呼吸。

“当然没有。”

“你为什么会去棕榈泉？”

这都哪儿跟哪儿啊？

“不知道。那儿……风景好。我喜欢干热的地方，喜欢看艺术装饰，还喜欢住酒店。”

“亲爱的，你应该提前跟我们打声招呼。”比尔插嘴道。

这话让我大吃一惊：“我成犯人了？”

“你答应过我们，去洛杉矶以外的任何地方都会事先打声招呼。”妈妈说道。

我陷入了沉思。我承诺过吗？

兰斯靠在椅背上，跷着二郎腿说：“去年得脑瘤的日子不好过吧？”

我皱了皱眉。他这是心理医生的典型腔调，我早就见识过很多次了。

“没什么大不了的。”

“你不用轻描淡写。谁得了癌症都会怕得要死。”

“她肯定害怕啊。”妈妈说道，“她从小就担心自己会长肿瘤。她总爱担心这担心那。疾病啊，死亡啊之类的。她小时候异常忧郁。后来真长了肿瘤，她就精神失控了。”

“妈妈。”我对她发出警告。

妈妈不以为意地耸了耸肩：“本来就是。”

兰斯满怀期待地凝视着我。我深吸了一口气，准备亲口讲述自己在二十二岁风华正茂的年纪做脑部手术和康复治疗的真实感受。然而问题是妈妈并没有说错。我小时候的确很古怪，总是焦虑，充满疑虑，而这些疑虑如今依然困扰着我。我会用丝绸缠住储物柜，爬进去，盖上盖子，在里面一躺就是几个小时，时而做各种假想，时而全神贯注，时而又浮想联翩。我常常让芭比娃娃互相掐脖子、重击、戳刺、劈砍。我会用套索拴住玩具娃娃的脖子，挂到衣橱门口，往他们毛茸茸的身体上钉自杀遗嘱。妈妈发现了那些遗嘱，问我为什么会做这种事。我当时不知道该怎么表达，也许我只是好奇人们怎么会陷入那种程度的绝望。我跟那种绝望产生了共鸣，但我不知道为什么。绝望源自我内心身处的某个地方，我年纪太小，还没有办法去了解那里。

也许是我病态的杏仁核在作祟。确诊肿瘤在我看来有点儿自相矛盾——像梦魇一般恐怖，没错，但同时又解释了我为什么会偶尔做出一些古怪而有损健康的举动。肿瘤于我而言就是一张免死金牌，我可以不再为自己的行为承担责任。

“听着，虽然整个过程并不好受，但我挺过来了。”我答道，“我现在好好的，有住的地方，也有事做。我还写了一本书。”

兰斯皱了皱眉：“一本书？”

“是一本小说，《多萝西的往事》。出版社已经买下了版权。”

“太棒了！”兰斯扫了我的家人一眼，他们不自在地挪了挪脚，“内容是什么？”

盖碧在门边使劲咳嗽了一声，可当我去跟她对视的时候，她根本不抬头看我。“是一个成长故事。”我说道。

兰斯赞许地点点头。他大概想让我多讲讲，但我不想深入。我最厌烦在家人面前讲自己的书。这是独属于我的成就，跟他们无关——他们没出半点儿力。他们不懂艺术，什么书都不看，或许看了之后会觉得无聊、琐碎、夸张。他们连那本书要在一个月后出版都不知道。我倒希望他们被蒙在鼓里，一个字都不要看，那样我就不用听他们胡乱解读了。

“艾丽莎，咱们好好考虑考虑。”妈妈说，“你昨晚受到了惊吓，需要休息一段时间。如果你不想待在这家医院，那就考虑一下这里。”她在创可贴颜色的大包里翻了一遍，递给我一本宣传册。我的脑子一瞬间停止了运转，过了一会儿才理解封面上的字。橡树精神疗养院。图上的人围坐在一张农家餐桌旁边喝汤，个个带着欢喜祥和的表情。环境舒适放松，适于精神疗养——封面上写道。

我感到一阵反胃：“不去。”

“去年对你来说太艰难了。”比尔说道，“你承认现在又陷入困境也没关系。”

“这不是困境！”

“没事的，艾丽莎。”兰斯把笔插进身前的口袋，“重病患者心理疾病复发是常有的事。”

“我没有往那游泳池里跳！”我喊道，“就是……有人推我。”我抬起颤抖的双手，做了一个猛推的动作，“我不用休息。肿瘤没有复发。我绝对不去精神病院。”我看着兰斯，“你能不能再四处问问，查一下有没有看到什么，或者确认一下有没有备份录像？哪怕问问酒保有没有看见那天晚上谁跟我聊天？”

“艾丽莎，我觉得你是个好姑娘。”兰斯说，“怎么会有人真想害你呢？”

我的大脑短路了一下。好姑娘，真滑稽。仔细想想，我这样的人会招致别人的伤害——甚至谋杀吗？那个人肯定是有意把我推进水里的。那个人肯定对我恨之入骨。那个人肯定对我了如指掌，知道我不会游泳。

我有时候会偷摘别人家的漂亮花朵。那都是些我不认识的人。我摘了花也没什么用处，只会闻闻扔掉，有时候还会放到脚下踩踩。

我也有残酷无情的一面。

我撒谎成性，矫揉造作。我刚刚做完肿瘤手术就能轻易写书可能就源于这些。

我的许多言行举止不合常理。我惹人生气，无情无义，还常常不屑于维护情义。

有些东西被我忘得一干二净，留下了大量的记忆空白。人们常说这是肿瘤的错，可我有时候也会感到一丝羞愧，感觉就像坚硬的沙砾，挥之不去。有时候我又感觉自己曾做过很可怕的事情，却不知道具体是什么事，所以可能真的有人那么恨我吧。

我扬起下巴："我猜这就需要你自己去弄明白了，对吧，兰斯？"

兰斯看着我的家人。妈妈的眉毛拧成了结。比尔一脸悲伤地叹了口气。盖碧恨不得找个墙缝钻进去。我又扫了一眼兰斯的笔记本。他翻到了有线格的一页，顶上写着艾丽莎·方丹，其他地方都是空白的，既没有证词，也没有我遇袭的细节。

我一下子就明白了。在他看来，袭击事件根本就没发生过。他跟我的家人有着同样的想法：我是个脑筋错乱的疯子，分不清现实和幻觉。

我殷切地看向盖碧，希望她能帮我说几句，可她一心一意地摆弄着手机，仿佛我们几个是车站里吵吵闹闹的陌生人。我一时间觉得或许屋里还有第三个女孩，她是另一个艾丽莎，他们所谈论的是她，不是我。我是精神稍微正常的艾丽莎。我是多喝了几杯的艾丽莎。我是清楚地记得被人推进水里的艾丽莎。我是百般担心因为咎由自取而被人蓄意谋害的艾丽莎。

最后一条有些格格不入。但是，不对，这次跟以往不同，那时候是异常细胞在捣鬼，我才会充满恐慌地跳水自杀。这次是真的有人要杀我。无论这次的真相如何，我的恐惧都有切实的依据。

我只希望他们也能相信我的话。

艾丽莎·方丹所著《多萝西的往事》摘录

很久以前，有个名叫小多的女孩，她深爱着她的姨妈多萝西——两人有着相同的名字。小多和多萝西形影不离，就像构成一条直线的两个点，默契到能猜透对方的心思。她们长得十分相像，多萝西姨妈有时会开玩笑说，小多就是她的克隆体，基因完全匹配。小多正希望如此，因为这意味着她将来会大有所成。

姨妈的全名是多萝西·奥菲利亚·班克斯。她皮肤嫩白，眼眸是紫罗兰色，据说当她还是个少女的时候，有个模特经纪人在布鲁克林的亨利街上相中了她，说她将来一定能做大明星。她先后为某个比滴答糖略微逊色的薄荷糖品牌、刚投入运营没几个月就机械故障频发的航班和一个原本能够成为下一代庄丹诗牛仔裤却永远赶不上潮流的紧身牛仔裤品牌做过模特。没过多久，她便嫁给了一个发明了新型隐形眼镜的大亨。她频繁地出入纽约的各种俱乐部，结交了许多作家、编剧、女伯爵以及拥有好几架直升机的富商；其中一个男人的名下还有一艘太空飞船。她能在任何场所令所有人都神魂颠倒。她即使穿着丝质工作服和厚底松糕鞋，也依然魅力不减；她最引以为豪的事便是穿着丁字比基尼四处走动。纽约市新开了一家高空秋千培训学校，她轻轻松松便学会了空中飞人的动作，跟一个小型后现代马戏团出演了几场。她在烟雾缭绕的俱乐部里表演单口相声，总是逗得人前仰后合。

两年后，她抛弃隐形眼镜先生，开始跟一个政府要员约会，穿衣风格转向宽松的垫肩商务套装，戴上了雷朋墨镜。据谣传，在某个阳光灿烂的周日早晨，她接到一通电话，便去突尼斯做了卧底。为了适应卧底身份，她学会了跳伞。她游刃有余地操控各式各样的人，还养了几只纯种艾尔谷犬。后来，她厌倦了政治和阴谋，搬到洛杉矶，嫁给了一个电影制片人。电影制片人没多久便去世了，剩下她和儿子托马斯相依为命，可托马斯不幸早夭。她加入新墨西哥的一个组织，跟人一起制作陶器。她写了一本小说，叫作《卡洛维的骑士》，花了好几年时间修修改改。她会自己酿造威士忌。她把已逝丈夫趁某家科技公司刚起步时买入的股票售出，用这笔钱在好莱坞买了栋房子，房子后面的露天平台能一眼看到好莱坞的标志。她向好几家出版机构投了《卡洛维的骑士》，却都遭到了拒稿。

她参加各种派对，不断地跟男人调情。人们送她各种礼物，那些礼物大多是博物馆级的饰品和银行保险箱的钥匙。她经常去拉斯维加斯赌博——最爱光顾的是金砖赌场——而且逢赌必赢。后来，外甥女小多出生，一切都发生了变化，小多成了多萝西人生的中心。

小多觉得多萝西是这个世界上最厉害的人，因为跟多萝西相处的日子总是充满了魔幻气息。小多会钻进多萝西长住的酒店套房的步入式衣帽间，把多萝西的皮草、礼服和首饰都套在自己身上。多萝西给她拍照片，讲述这些衣服的来历——貂皮大衣是爱慕她的王子送的；钻石项链是想让她参演电影的导演送的；手工缝制的蓬蓬裙是拍《时尚》杂志时穿的，可惜她的照片最终没能入选。多萝西给小多喷上香水，而这香水是她让某个葡萄牙香水师用香柠檬特制的。喷完香水，她们就玩起奥斯卡颁奖晚会的游戏：小多神气地走在红毯上，多萝西给她做采访。别的时候，她们会玩葬礼游戏：多萝西躺在放在起居室的丝质棺材里，小多大声痛哭，发表感人肺腑的悼词。多萝西往往会在棺材里用旁白的形式帮她加词。

她们整天躺在床上，一边吃奥利奥和布里干酪，一边看《黑狱幽魂》和其他的恐怖老电影。她们把多萝西的爱马仕围巾——小多最喜欢的那条印有潜行的猎豹——缠到头上，坐着多萝西的凯迪拉克敞篷车在镇子里四处兜风。她们一起编故事，小多起头，由于中间的情节比较难，便交给多萝西来做，小多再补上结局。

小多离不开多萝西。她并不是不爱自己的妈妈，而是因为多萝西能带给她亲近感和认同感。姨妈塑造了她的人格，让她觉得自己的存在举足轻重，意义非凡，可以拥有更加广阔、辉煌的未来。小多为那些没有遇到像多萝西这样的姨妈的人感到惋惜。正是因为这样，后来发生的事情才会显得如此悲惨。当两人产生嫌隙，当暴风雨袭来时，那不只是一场飓风级的灾难，更是像原子弹爆炸一样惊天动地。

故事就从这里开始了。

第二章

第二天早上，当我正在把抗氧化粉添加到我从街对面的果汁酒吧里买来的冰沙上时，走廊里传来了妈妈的声音。她的话大多是模糊不清的低语，但我清楚地听到多疑症、疾病和自杀这几个词。自然是关于我的谈话。

过了一会儿，她怒气冲冲地闯进我的病房。看见我没穿病服，她骤然停下脚步。

"我这身混搭很时尚吧？"我指指自己的衣服。我上身穿着一件大号湖人队T恤，腿上套着褪色的牛仔裤，脚上穿着科迪斯休闲鞋。这些都是护士从失物招领处翻出来的；我在酒店穿的那件裙子被游泳池里的消毒水弄坏了，而且我也没带别的衣服，"乞丐哪有挑肥拣瘦的权利嘛。"

"你要出院？"妈妈惊恐地问道。

"对。"我尽量摆出精力十足、大脑清醒、完全康复的样子，举起手机说道，"我连这个都找到了。"

其实手机一直在房间里，就放在装着不能穿的裙子和鞋子的塑料袋上面。今天早上，护士终于注意到了它。我如饥似渴地搜遍谷歌新闻，想找出有人把我推进游泳池的证据，然而什么也没有找到。我的落水事故根本没上新闻，当地的新闻没有提及，就连宁静度假酒店的推特账号也没提这回事。不过，我猜大肆宣扬普普通通的女人脸朝下趴在酒店的游泳池里，恐怕也对会声誉不利。

“你……你确定不要多待一天？”妈妈问道。

我用最健康的笑脸回答了她。尽管内心虚弱不堪，但我必须出院。我必须离开这里。我要证明我的落水事故是有人蓄意为之。更何况我已经有了打算，为了这个打算，我绝不能留在这里。

妈妈急匆匆地跑去正在整理另一张病床的护士身边。“值班医师在哪儿？”她低声说道，“麻烦你把他找来，好吗？”

护士从容地缓缓挪到门口，朝走廊里扫了一眼：“没看到他在哪儿。”

我从病床上溜下来，看着妈妈。她面色苍白，紫罗兰色的双眼怒视着我。我知道她在打什么算盘，她想说服医生强迫我留下。可惜我做了一番研究：想把我强留在这里，他们必须拿到法院的强制住院治疗法令。申请这样的法令短则几天，长则几周。从现在起，我自由了。

比尔仿佛感受到了气氛的紧张，适时出现在妈妈身边。她向他大概说明了情况，他也露出了担忧的表情。但是我绝不会屈服于他们。

“那让我们开车送你回家吧，艾丽莎。”比尔最终提议道。

“我可以打车回酒店开我自己的车。小菜一碟。”

护士摇了摇头：“哎呀，不行，你不能开车。你服用了很多药物。”

就这样，我们走去停车场找比尔的那辆保时捷帕纳梅拉。

我很小的时候爸爸就去世了——我几乎不记得他了——但妈妈十三年前就和比尔在一起了，不说别的，只看这辆车，她就已经够幸运的了。比尔替我打开后车门，我坐到皮革后座上，闭目养神，骤然响起的引擎轰鸣声让我瞬间放松了下来。谁知道我的车该怎么从酒店停车库弄回家啊？

盖碧也坐到了后排，双手平放在大腿上。她瞥了我一眼，略微做了个鬼脸，就靠着车门不动了。“我知道，我知道。”我指了指湖人队T恤，“他们说这玩意用高乐氏漂白过了，其实应该直接烧掉。”

盖碧的笑脸一闪而过：“总比穿着病服回家强多了。”

“可不是嘛。”我表示赞同，因为我觉得她想开个玩笑，对我示好，而且我的确需要她帮我撑腰。

比尔把纸卡插进自动付费箱，档杆抬了起来。没多久，我们就拐上了I-10公路。黄褐色的沙漠一掠而过。收音机低声播放着天狼星XM商业频道的广播，谁也没有说话。他们明显有话想说，我能感到这种冲动在空气中发出的爆裂声。他们想对我怒吼，骂我自行出院的决定是多么的愚蠢。话憋在心里，像浑身汗津津的一样难受。

盖碧挪到我身边，我瞥了她一眼。她在手机上疯狂地打字。“你在干什么？”我问道，仿佛我俩的谈话一直没有间断。

她把手机翻了个面，盖住屏幕：“呃，就是工作上的事。”

“有啥好玩儿的吗？”

她畏缩了一下，然后把手机放进口袋：“没有。”

她望向窗外，但外面没什么可看的。盖碧的脸有些长，鼻子很翘，头发短而蓬松，嘴巴向下咧。妈妈遇到比尔的时候，我才九岁。他们第一次约会不久之后，比尔和盖碧来我家吃晚饭，那时的我盯得她不敢跟我对视。他们告诉我她跟我一样大，妈妈死于肺炎。不过盖碧戴着粉红色塑料框眼镜，一头秀兰·邓波儿似的卷发，看起来更像是只有七岁。她穿着硬皮的黑色鞋子，鞋跟很厚，把她的脚衬托得又臃肿又土气。她的表情像大团的雨云，阴阴沉沉的。我一跺脚，她就会哆嗦一下。

“你还在那家无限围巾公司上班吧？”正当车子碾中路上的一个小坑，我语调欢快地问道，“那家公司叫什么来着？”

盖碧盯着我看了一会儿。我一度有点儿怀疑这家公司是我假想出来的，也许她从来就没在那家生产巧妙地隐藏耳机、颈托和结肠瘘袋的围巾公司上过班。我突然觉得这种围巾有些奇妙，还有点儿可笑。

然而她却说：“对。我还在那儿上班。公司叫完美围巾。”

“你请了一天假来接我回家？”我眯着眼说道，“你对我真是太好了。我很感激。”

盖碧抖了一下，我怀疑她是不是觉得我在讽刺她，毕竟我们俩并非无话不谈的好朋友。于是我摆出甜甜的、感激的笑脸。她也报以微笑，只是眼睛里满是哀伤。“我们很担心你。”她柔声说道。

“她还自愿带你去做后期治疗。”妈妈插嘴道。

盖碧的电话又嗡嗡地响了起来。我探头去看屏幕，她把手机斜到一侧，不让我看到她在敲什么字。一辆车飞驰而过；在那一瞬间，后座的人和我目光交汇。我突然产生一阵没来由的恐惧感。我呼吸急促，视线模糊，脑袋里一团乱麻。

清醒之后，车窗上却只有我自己的倒影。我油腻的黑发被胡乱地扎成了马尾，眼珠上布满了血丝。我那精雕细琢、平常不用化妆也很耐看的五官没有一丝血色，憔悴不堪。我扫了一眼车里的家人。盖碧惊恐地盯着我。妈妈从前排看着我，口红举到半截就停住了。我说什么话了吗？或是做了什么事？还是发出了异常的声音？旁边的车道空空如也，前后四五百米都没有车的影子。

我直起身，假装什么事都没发生过。我瞥了一眼自己的手机，为我上车之前发的短信和收到的回复暗自发笑。等着瞧吧，我想对家人说，我要证明给你们看。

一小时后，车在我的出租房前停下。出租房位于伯班克，是一栋二十世纪二十年代建造的平房，离华纳和迪士尼很近。

“我们跟你一起进去吧？”我正打开后门下车的时候，比尔说道，“帮你收拾收拾，你就躺在床上睡大觉，我们给你做晚饭。我在厕所里也能做出好喝的鸡肉面汤。”他咧嘴大笑，仿佛这话真的很好笑似的。

“谢谢，不用了。”我一边伸手拿乱糟糟的出院文件，一边说道。

“送你到门口总行吧？”

我只让他抱了抱我。比尔喜欢熊抱，使劲抱着人嘟嘟囔囔，来回晃动，所以只抱一小会儿还好。妈妈也跟我拥抱了一下，不过很敷衍，好像还在生气。她的动作僵硬，有种咬牙切齿的感觉。盖碧只拍了拍我的肩膀，再次露出一抹阴郁的笑。

“有什么事就打电话！”我转身时，比尔喊道。

爬前门的楼梯时，我有好几次差点儿被绊倒——有几级踏步板松了。二楼的百叶窗又烂了一扇。车库门坏了，落不下来，里面有辆弃置的蒸汽朋克铜皮车，看起来像蜗牛一样。我正是以不用修车库门为筹码，跟房东讨价还价的。擦鞋垫上放着一张用红色字体写着“最后通知”的账单。我不是没钱，只是我老爱把这事儿忘到脑后。我有点儿担心自己应不应该独居。刚来这里的前三个月，我曾经忘记打开煤气阀就开始用烤箱。我使劲拧烤箱的旋钮，想着它终究会运转起来。后来我打电话给房东说烤箱坏了，结果他过来检查了一番，还对我不会使用基本生活用品嘲笑了一顿。于是我便有了室友。最好让别人操作那些东西。

家人拐上街道的时候，我随意地挥了挥手。走出那辆车是一种解脱，要是跟那些不相信我的人再共处一会儿，我担心我会把自己手上的皮抓破。

别盯着看。

宁静酒店酒吧里的那个声音传来，我打了个哆嗦。我分辨不出那声音是男是女——听着更像是不男不女的嘶嘶声。是谁在说话？是推我的那个人吗？我打了个冷战。瞥了一眼身后，突然意识到离开医院有多大风险。我回到了现实世界，还有人想杀我。

或许我不该一个人待着。

门前的影子里有东西晃了晃，我发出一声惊叫。有人背对着阳光站在那里，五官看不清楚。我愣住了，手指一直僵硬到指尖。人影咳了一声，伸出胳膊跟我握手。

"艾丽莎·方丹？我是德斯蒙德·威尔斯。"

德斯蒙德·威尔斯。看吧，虽然我的记忆有时候会抽离出去，难以捉摸，嘲弄我，但有时候又像实实在在的图片一样准确。昨天跟兰斯谈话那会儿，尽管我服用了混得像鸡尾酒那么庞杂的药物，尽管我饱受挫折，我却记得一清二楚。兰斯所透露的每一个细节，我所能得到的每一条细微的线索，全都储存在我的记忆里。德斯蒙德·威尔斯就是其中一条线索。他是我的救星，是他把我从游泳池里救了出来。他的名字在兰斯的笔记本上全是大写，名字旁边的电话号码秩序井然地排列在我的脑海里。

我是艾丽莎·方丹，你星期六晚上在宁静度假酒店的游泳池救了我。我可以问你几个问题吗？

我用刚拿回来的手机给那个号码发了条信息。

可以，我今天正好有空。我们可以见一面。

虽然兰斯可能不会去查我的落水事故，我却是铁了心要查个水落石出的。

摘自《多萝西的往事》

病症刚显现那会儿的情形，小多记不太清了。难以忍受的头痛让她眼前出现一团团星光，为此她抱怨了好几个星期。她把头抵在墙上，揉搓自己的太阳穴。她视线模糊，连最爱看的《圣诞夜惊魂》碟片上的骷髅杰克都出现了重影。某天晚上，她头晕得要命，在端着餐盘走向餐桌的时候摔了一跤，胡萝卜和鸡块全洒进地上的呕吐物里面。"我生病了。"发现自己也躺在地上时，她说道。

她的妈妈一脸惊慌："要送你去急救室吗？"小多摇了摇头。她只想躺在床上，让这个房间停止旋转。妈妈躺到她身边，抚摸着她汗津津的头发。可是二十分钟后，妈妈看了眼手表，说道："宝贝儿，我现在得去上班了。对不起。"她的妈妈是牙医助理，整天都得对着人们的牙齿和牙床。

"今天还要去上班啊？"小多抱怨道。

"不上班哪有饭吃，我可是你唯一的经济来源。"小多的爸爸很久之前就去世了。小多对他没有太深的印象，只记得他的目光亲切，有次递给她一个从商店糖果贩卖机买来的塑料蛋，跟她说："小多多，里面有惊喜哦。"她不记得那个惊喜是什么了。

“多萝西姨妈怎么就不需要工作？”小多问道。

妈妈从被子里出来，表情冷了下来：“她跟我们不是同类人。”

“你能不能叫她过来？”

“应该能吧。”妈妈不情愿地说道。

小多跟多萝西说她妈妈老是去上班，多萝西叹了口气：“你妈妈不明白跟孩子相处的时光有多么短暂。金钱不是生活的全部，工作不是生活的全部。如果我能和托马斯重新来过，我一定不会把时间用在写《卡洛维的骑士》上面。我会全身心地照顾他，看着他睡觉，眼睛都不眨一下。或许那样他就能活下来。可能我这个妈妈做得不称职吧。”

托马斯。每当姨妈提到她死去的儿子，小多都会屏住呼吸。托马斯在小多出生几年前就死了，所以她从来没有见过这个哥哥。多萝西随身带着托马斯的照片，照片上的金发小男孩戴着棒球帽，手里抓着一辆玩具火车。托马斯是个很特别的孩子，情绪波动很大，患有时不时就会发作的严重的抑郁症，什么药也治不好。十岁那年，托马斯把多萝西在丈夫去世后买来自卫的手枪翻出来，琢磨出怎么上膛，然后对准了自己。

小多知道多萝西仍然会时不时地想起托马斯。姨妈的房子里保留着托马斯的衣服和玩具，她曾给小多看过一次那个盒子，不过她也警告过小多永远别乱翻。小多怀疑托马斯死前对多萝西说了什么预言性质的话。小孩子死后会去往哪里呢？天堂吗？有专门收留小孩的天堂吗？她想知道多萝西是不是亲眼看着托马斯死去，有没有在他死后守着他的尸体，浸在他的血里，看着他的尸体逐渐冰冷僵硬。如果是小多，肯定会这么做的。

小多不记得半夜犯病时撞到墙上，惊醒了隔壁睡觉的妈妈，也不记得去往医院的过程，以及护士立刻拍打她后背的场景。她虽然不记得自己被人推进那嘎吱作响的长管，不过她知道这肯定是最先进行的检查项目——医生全靠这种方式来检查隐疾。医生肯定说他们发现小多的脑子里有个肿块，肿块压迫着她大脑里的重要部位，必须马上做手术。医生对小多的妈妈说小多能活下来，但是小孩子可能撑不住术后康复，所以他们要做好心理准备。

小多只记得醒来时躺在一张小床上，周围紧紧地围着布帘。空气凉飕飕的，屋里只有她一个人。她的头上包着绷带，身体沉得像暴增了四五十斤。布帘外传来一下一下的哔哔声。有个人在呕吐。她最后的记忆是自己上床睡觉，梦到了偶像温思蒂·亚当斯。有时候，她会在试卷的姓名栏填上温思蒂·亚当斯。可是她现在在哪里？她惊恐地看着贴在手背上的针头。那针头连着一根管子，管子又连着输液杆上的输液袋。她想把针头扯掉，可有个声音说千万别那么做，那样会更疼。

有个人拉开布帘。“妈妈？”小多喊道。进来的是个身穿小熊印花衣服的护士。“你妈妈一会儿就来。”护士说道。

眼泪顺着小多的脸颊流了下来。小多很害怕。妈妈为什么不在这里？

过了几分钟，围着小床的布帘再次被分开，多萝西冲了进来。多萝西穿着漂亮的丝质裹身裙，没来得及系上的腰带拖在身后，唇上的口红涂得有些凌乱，香奈儿钱包撞在她的身上，钱包扣子还敞开着。她伸手把小多揽在怀里；小多闻到了多萝西身上混合着香柠檬和印度禾草的味道。她紧紧地抱着小多的头：“我的好姑娘，我最亲爱的好姑娘，我来陪你了。”

小多把鼻子紧紧地贴在多萝西脖子上那柔软光滑的皮肤上。姨妈往常平稳的脉搏此时却像是十九世纪的笨重机械一样突突直跳。多萝西轻抚着小多的头发：“我们一定能撑过去的。我会一直陪着你。我会帮你渡过难关。”

多萝西承诺过的话，她全都做到了。

第三章

刺眼的阳光给了我珍贵的几秒钟去猜测——想象——德斯蒙德·威尔斯的模样：蓬松的波浪卷发，古铜色皮肤，双眼一眯就露出性感的鱼尾纹；身材健壮，就像人形皮卡车，又不失敏捷，就像那种会羞怯地炫耀后院无花果树的产量的人；手掌宽大，肌肉厚实，轻轻松松就能拈起一个大姑娘放在小指上旋转。那虽然不是我平常喜欢的类型，但绝对符合一个能够把我从游泳池里捞出来的人的形象。

他从直射的阳光下走出来。“艾丽莎。”他用男高音的腔调说道，“你好。”

他跟我身高相似，脸颊附近的浓密黑发向内翻卷。眉毛毛茸茸的，鼻尖的形状有些滑稽。脸上略显油腻，上唇和脸颊密布着胡须，让人捉摸不透。他跟盖伊·福克斯很像。他穿着牛津学院风衬衫和布格汗衫，鞋子虽小，却擦得锃亮。他的胳膊看着有些细弱。这种人连清理游泳池的虫子都显得气力不足，更遑论把人从里面捞出来了。

我有些沮气。失望并非毫无道理，也许从他发信息附带《权力的游戏》主题的动态表情时起，我就应该猜到他是这样的人了。

“呃——嗨，谢谢你过来。”我试探性地说道。

气氛再次陷入尴尬的沉默。我感觉到他正在审视我。住院导致我污秽不堪，全身浮肿，而且那件湖人队T恤还散发着汗臭味。

“这样吧，咱们去后面聊。”我领着他朝后院走去。我不太想让他进屋。我对陌生人进房间这事有着可笑的准则，尤其是他这样的。

后院有一条天然小溪和一间小到几乎放不下床的客房，再往后还有一个能养两匹马的马厩。我一搬来这里，就听见了刺耳的马嘶声，空气里还弥漫着一股粪味。有谁认识会在伯班克养马的人吗？我反正不认识，不过我倒想去见见那匹叫作“美人儿”的母马。每当听到我走近的脚步声，她就会从围栏里探出鼻子，像能闻出我的味道一样。她的眼睛黑亮深邃，似乎能守得住秘密。我有时会贴着她的鼻子呆呆地站一会儿，希望别有人从转弯处出来抓到我们。

内院有很多死掉的花草树木，废弃的喷泉里落满了枯枝。我抓起休闲椅上的空啤酒瓶，甩手扔进丛生的灌木里。看到硬塞在客房和院墙之间的小型旋转木马，德斯蒙德的眼睛一亮。那是我从易贝网买来的；它是阿兰·赫歇尔在二十世纪五十年代推出的仿制品，只不过装了神经质的斑马、怒气冲冲的天鹅和断头的狮子。

“这可是好东西。”他似乎真的很喜欢它。

“谢谢夸奖。如果你想骑的话，它还能转。伴奏跟铁蝴蝶的名曲《在伊甸园》很像。”

他半亲切半诡异地呵呵一笑，目光转向我从跳蚤市场买来的纸浆老鼠雕像。那只七彩老鼠正在抽大烟，还比了个中指。“彼此彼此，我的朋友。”他对着它鞠躬九十度。我强忍着笑。

“好了！”我有些急躁地说道，“谢谢你过来。”

我伸手跟他握了握。他的手掌生满老茧，特别坚硬，手劲大得出乎我的意料。“幸会。”他直视着我说道，“我有种咱们是老相识的感觉。”

“呃，是你把我从水里救出来的嘛，所以也算是吧。”

他的表情闪烁不定：“其实我不是那个意思。”

我盯着他布格汗衫上的佩斯利旋涡状浮花。他脖子上挂了一个护身符，跟我做完肿瘤切除手术去沙漠游玩时遇到的萨满礼品店卖的护身符十分相似。我起了一身鸡皮疙瘩，在宁静酒店掉进水里之前的那种恐惧感再次袭来。也许我就不应该让他来这里。我扫了一眼把我的房子跟其他人的房子隔开的高墙。在这个社区，很难知道别人在不在家。虽然房子一座挨着一座，却静得诡异。

“呃，什么意思？”我压抑着恐惧问道。

他有些羞怯地说：“我知道你是个作家，还订购了一本你的书。”

我一时间无言以对。“《多萝西的往事》？”我最终轻声问道，他点点头，“你……你怎么知道我写过那本书？”

“请原谅，救护车把你拉走之后，我在谷歌上搜了你。我想着有必要了解一下自己刚刚救的人。我还看了有关你那本书的新闻，感觉它很合我的口味，于是我就从亚马逊订了一本。”

他这样的人竟然会认为我的书合口味，我觉得有些诡异。不过仔细想想，我也不知道哪种人才是我心目中理想的读者——我自己除外。

“可是我还没收到书。”德斯蒙德失望地说道，“亚马逊说出版之后才会有售。”

“嗯，我们没拿到评价促销的资格。”我抠着桌上的碎木说道，“你是怎么知道我名字的？警察看了我的身份证之类的吗？”

“是你告诉我的。我把你捞出来之后，你很清醒，说个不停。我是说，在我给你做人工呼吸之后。”

我瞬间面红耳赤。我怎么把人工呼吸这回事忘了？想象着德斯蒙德粗硬的胡须剐蹭我的脸颊，我的脸蛋本能地瘙痒起来。

“我一点儿印象都没有了。我说了什么？”

“只说了你的名字，还说那个酒店在二十世纪六十年代发生过一起谋杀案。之后你瞪大双眼喊道：‘就是我！’”

我皱了皱鼻子：“哈。”格洛丽亚·斯旺森在《日落大道》里珠光宝气地转着圈进入舞厅时就会说那句话，那部电影我以前每个月至少要看一次。

“不管怎么说，之后急救人员就来了——我的同伴报了警。”

“你的同伴？”我的脑海里浮现出一个年老富有的男人用铆钉项圈牵着这家伙四处晃悠的景象。

“保罗，我工友。不过下水救你的只有我一个人。”他笑了笑，“你怎么会想到写书呢？我觉得作家都很有意思，我自己将来也想写一本。”

“我其实不敢自称作家。”

他吃惊地问道：“为什么？”

“因为我只写了一本书，更何况它还没出版。”

他哈哈一笑，仿佛我讲了个笑话：“我相信你还会继续写下去的。”

这我倒没想过。还有，话题偏离十万八千里了吧？我清了清嗓子：“话说回来，星期六那天，我落水的时候，你跟你的同伴正好在游泳池附近散步，还是……”

“没错。我当时正带着保罗四处参观。那家酒店的风景美不胜收，对吧？之后响起雷声，我们俩就开始往酒店里面走。我们从游泳池附近抄近路，恰好听到扑通一声。我从围墙上面往里瞅了一眼，发现那边没有救生员，之后才注意到跳进水里的人没有浮起来换气。”

他的声音里满是自得，仿佛把自己当成了夏洛克·福尔摩斯。“于是你就跳进去，把我救出来了？”我问道。

“正是。”他自豪地笑道，“我一点儿都没犹豫。你倒是很容易从水底拉上来。你太轻了！像一段空心木头！”

我以前还从来没有被人拿来跟木头对比过。

“游泳池附近没有别人了吗？”

“大家都按要求离开了。保罗跑去求救。后来有个保安赶了过来，不过那时我已经把你救醒了。”他激动得双眼发光，“你记得吗？”

“我跟你说过，我什么都不记得了。”

“啊。”德斯蒙德点点头，“这样啊！那你是想了解一下我这个救命恩人了？”

我尴尬地眨了眨眼睛。也许普通人邀请救星回家的目的就在于此：感谢他们，满足他们的自尊心，跟他们说愿意像亚伯拉罕献祭长子一般赴汤蹈火、任君差遣，或者看看救命恩人是什么样的人，好弄明白自己要怎么回报。我想张口大笑，可又不想伤害德斯蒙德的自尊心。他可能会因此愤而离去。

我还没来得及说话，德斯蒙德就接着说起来：“唉，瞧你，别害羞了。让我来自我介绍一下。我的中间名是劳伦斯。我出生于十二月，摩羯座的。我最爱喝苦艾酒，只喝正宗的，不喝美国这边卖的二等货。我认识一个尼斯那边的卖酒贩子。”他往后一靠，“你喝过吗？这种酒唯一的正宗喝法就是像巴黎的艺人那样，倒在勺子里的糖块上喝下去。”

“听着好恶心。”我心不在焉地敷衍道，因为我担心稍微热心一点儿就可能导致他请我去喝苦艾酒。

德斯蒙德有些失望。“不恶心啊，口味简直绝美。我打零工的时候就喜欢上了。我在圣费尔南多市马克西姆斯剧院扮演恺撒。”

“什么剧院？”

“马克西姆斯剧院！你知道圣费尔南多山谷吗？传扬古罗马和古希腊文化？除了其他表演，我们还演了庞贝火山喷发时的情景，完整呈现了《尤利乌斯·恺撒》的五幕，看的人特别多。”估计是见我满脸疑惑，他补充道，“你竟然没听说过马克西姆斯剧院，这太让我意外了。我记得资料上说你主修英语啊。”

我想知道他还看过我别的什么信息。

“主修英语跟知道圣费尔南多山谷的文艺复兴游乐园有什么关系？”

他大声咳了一下：“那不是文艺复兴游乐园。你应该去看看。它在七月份举办，持续两周，有角斗士竞技，有占卜师，有特尔斐的神谕的复制品，还有荷马的《奥德赛》表演……”

“荷马根本不是同一个时代的！”

他皱了皱眉：“唉，是啊，我们不过是发挥创意而已。”

“你演恺撒？”他身穿参议员长袍、头戴桂冠的样子在我脑海里浮现，“你喜欢演出吗？”

他扬起下巴：“挺刺激的，我在两周时间里被暗杀了二十次。我尽量和角色融为一体，所以每次倒下都像是一次真正的死亡。”他意味深长地看着我，那一瞬间——非常短暂的一瞬间，我生出了些微的好奇心。我好奇他会不会和我一样曾深刻地思考死亡，会不会和我一样喜欢读遗言。

不过我马上开始担心自己的目光在他身上停留太久，于是赶紧挪开视线。

“那个，呃，你为什么去宁静酒店来着？”

“这个嘛，我也算是小有名气，我是说除了扮演恺撒之外。”德斯蒙德骄傲地说道，“我是洛杉矶动漫展的市场营销二把手，当时在跟团队开会商讨今年活动的策划方案。我们提出了几个非常重要的项目，比如让《生化危机》里的小红伞集团成员保护女性角色扮演玩家，免得她们被人骚扰。小红伞集团的人要担起责任。”

我听得一头雾水，同时还想发笑，但又感觉他讲得一本正经。我想象着宁静酒店大厅里贴出这样一张海报：上面画着动漫展的标志，写上引导参展人员前往二楼某会议室的指示词。

“这么说来，你这一辈子都在跟各种展会打交道。”

他眼睛一亮：“我喜欢参加展会。但愿将来无论人们喜欢什么，都有相应的展会。志趣相投的人可以为共同的爱好齐聚一堂，比如老式健身球，或者制表艺术，或者松鼠。”

“这不是社交媒体的用途吗？”

他叹了口气：“社交媒体改变了我们的互动方式，这正是让我感到悲哀的地方。”

“所以你没有图享账号吗？也没有为展会申请脸书账号？”

“呃，有啊，当然有了。但这不一样，那些是有益传播的工具。”

“你制订完策略就去了码头酒吧？”我决定再次改变话题，结束这互相寒暄的废话。

他拨弄着脸上的胡须：“我不知道我们去的那地方的名字。你能给我描述一下吗？”

“他们想弄成帆船俱乐部的样子，但更像是一个低档巡洋舰。”

“不，我们去的那个很像复活节岛。”

我叹了口气：“我原想着你能补充一些细节，但我那天晚上去的是码头酒吧。”

“可我觉得你没喝酒啊。”

“我不喝酒，一般不喝。”我听出了他的话外之意，“你怎么知道我没喝酒？”

他那被卷曲的络腮胡掩藏的嘴唇略微一动。“我记得是你告诉我的。你恢复意识之后说了好多话。”他往前凑过来，“你一点儿都不记得了？”我摇了摇头。

“跟我们那个技术最好的战车驾驶员一模一样。他被马踩成了脑震荡，不仅忘了当天的事，整整两周的战车竞赛也都忘得一干二净。那段记忆他再也没能想起来，可怜的家伙。”德斯蒙德悲恸地说道。

我听得想翻白眼。这马克西姆斯剧院跟我听说的奥运村一个样儿：运动员住在逼仄的营区里，穿着让人看不懂的衣服。有一点倒是例外：奥运村里住的都是身材火辣的奥运会运动员，而马克西姆斯剧院的大多数人白天都在百思买商场上班。不过，德斯蒙德能容忍我残缺的记忆，让我很是感激。在我所认识的人里面，不觉得这次游泳池事件是我自导自演的人，他是头一个。

“我很高兴你救了我。”我说。

“我也很高兴。”他眉飞色舞地说道，“你这种名人溺水可不是常有的事。”

“要知道，我不是故意落水的。”我脱口而出。

“我知道。”他随口答道，然后猛地抬起头，用古怪的眼神看着我，“你说什么？”

我的心一沉，但我决定告诉他真相。虽然德斯蒙德各方面都让我看不上，但他不至于妄作判断。

“我不是自己跳的，也不是失足落水。”

德斯蒙德皱了皱眉。我有些看不懂他的表情，也许是警惕，也许是灵光闪现。“那你……”他没再说下去。他陷入了沉思，喉结不自觉地上下移动着。

我的心猛地一跳：“我觉得是有人推了我一把。你有注意到什么吗？”

他把头扭向一边：“我不……我不确定。可能没什么关系。”

“求你了，把你知道的都说出来。”我走近他。这是我这一天以来跟他最近的距离。他身上有股温室的味道，像苔藓和海藻。

他又望了望身后。静寂开始在两人之间弥漫。太阳从一团云后面钻出来，阳光斜斜地洒在我们身上，烤得我头脑发热。德斯蒙德舔了舔嘴唇，他的舌头是粉红色的，像一条小金鱼。

“我好像看见有人跑开。”

摘自《多萝西的往事》

虽然小多的脑瘤已经被切除，也做了化疗，可她的病仍旧每周发作一次。最吓人的是在家里，这时候既没有医疗设备，也缺乏专业护理人员的帮助。多萝西寸步不离，时刻准备着伸出双手扶住快要跌倒的小多，然后在去医院的路上通知小多的妈妈。有一次，多萝西的手机开了扬声器。“什么，她又犯病了？”小多妈妈粗哑的声音在车里回荡，“见鬼！这到底怎么回事？”

多萝西紧闭双唇，马上关掉了扬声器。打完电话，多萝西扫了一眼后座的小多：“你妈妈那句话没别的意思，她只是担心你。”可小多很是担忧。小多以前从来没听妈妈说过脏话，尤其是用在她身上。

姨妈鼓励小多去医院看病，不过她没有选择小多做脑科手术的那家，而是去了城西的圣母玛利亚医院。“这家医院技术最好。”她告诉小多。哪里能买到最好的鞋油，哪里最适合校正脊椎，哪里的香蕉圣代最好吃，哪家餐馆能钓上消防员或公司高层，她全知道。她还知道怎么伪造车祸才最像那么回事——如果你偶尔想敲诈保险公司的话。她知道哪里能买到适用于各种场景的问候卡——对别人手术做得不顺利表示同情，恭贺别人第六次结婚——还知道去哪里买假睫毛，贴到真睫毛上。她知道哪里能为沾满血迹的扶手沙发提供清洁服务。“我不一定会用到他们，但遇到什么事都能找到合适的人，总是好的。”她说道。小多的妈妈连社区里哪家店的比萨最好吃都不知道。

有一天，负责治疗小多的科德医生来到病房，说起她的情况：“是这样，我们查不出病情发作的原因。我们想让她住院观察，直到查出病因为止。”

小多妈妈坐在病床的另一头，一听这话，便怒气冲冲地说：“我说句外行话，她犯病不是脑瘤引起的吗？”

“一般来说，经过手术和化疗，这类肿瘤就能被彻底清除，病人不会再出现任何症状。小多做了手术和化疗，所以我们认为是别的原因导致的。”

小多妈妈抠着工作服上不存在的污迹：“怎么可能是别的原因？我就是不明白，她怎么老犯病？”

多萝西碰了碰小多妈妈的胳膊：“别着急。”

小多妈妈瞥了多萝西一眼：“这也拖得太久了。现在是二十一世纪，医疗水平还这么落后。”

“要是你女儿没生病，那不就更省心了？”多萝西痴笑道。小多妈妈一脸怒意地瞥了她一眼，这让小多有些疑惑。

科德医生咳了一声：“我们会尝试各种方法，比如排除环境因素的影响。”

“环境因素？”小多妈妈重复道，“你是说我们家里有病毒？”

“当然不是啦。”科德看着手里小多的病例说道，走廊里传来一阵金属的撞击声，“我理解你的心情，不过医院已经在想各种办法了。请你放心，我们一定会查清原因的。”

多萝西向医生投以同情的微笑：“我相信你们。”她的语气温柔得像枫蜜糖浆。

小多住院期间，多萝西就住在同一条街的谢拉顿酒店。多萝西原本可以回去贝弗利山的白玉兰酒店住，自打小多记事起，她就一直住在那里。不过多萝西说，她想离得近些，以防万一。多萝西还买了一部便携式传呼机，叫医生拿主意之前先通知她。小多十分感激姨妈长时间无微不至的照料。唯有一次，小多问多萝西："你总陪在我身边，会不会耽误《卡洛维的骑士》的事？"

"工作的事，不急。"多萝西嘲弄道。

小多妈妈照旧回去牙医诊所上班，甚至连工作时间都恢复正常了。"我得保住工作，这样咱们才能用医疗保险。"她解释道。可小多还是觉得不痛快，看着妈妈每天早上身穿工作服走进病房，想到她一会儿就要走，小多就有点儿心寒。有时候，她觉得妈妈仿佛迫不及待地想要离开医院似的。有那么一次，多萝西趁小多妈妈去洗手间的空档，从她的包里翻出了一个信封，里面装着刚打印出来的照片。看起来应该是妈妈在牙科诊所拍的生日聚会照。"哦，快看，他们吃的是巧克力蛋糕。"多萝西把一张长方形照片扔到小多的腿上，"你妈妈笑得好开心啊，是不是？有人开心总是好事。"

小多决定用尽各种方式排斥妈妈。每当妈妈过来亲她，她都会避开；每当妈妈问她问题，她都当没听到。"唉，你不应该对她这么狠心。"多萝西说，然而下一刻，她又立即开口，"没事，我会时刻陪着你。"

没错，小多心想，有多萝西陪着就够了。

护士、助手、医生和专家轮番上阵，急于弄明白小多的脑袋为什么总出问题。小多做了X射线造影扫描、正电子发射断层扫描、骨质密度检测，抽了血清，甚至还做了脊椎穿刺。多萝西监督每一次治疗，亲自过问护理的各个方面：谁换的床单？为什么频繁抽血？给小多输液用的什么类型的针头？小多犯病时用了什么药？给小多当午餐的奶昔营养价值高不高？多萝西学到了很多东西，到后来，她自己就能做相当一部分次要的检查了。有天小多正在睡觉，忽然感觉到量压绑带缠到了自己的胳膊上，睁眼看去，原来是姨妈在给她量血压。“他们把这活儿交给你了？”小多咯咯地笑着问道。

多萝西眨了眨眼睛：“什么？”

这个声音略有不同，音调略高，没那么刺耳。小多仔细看了一眼。量血压的这个女人有着一头黑发，脸盘瘦削，跟多萝西一模一样，唯一的区别在于她的眼睛是绿色的。

小多给姨妈说了这个神似她的护士，不久之后，就叫多萝西给碰上了。那个女人——名叫斯特拉——走进来给小多量血压，根本没注意坐在椅子上的多萝西，而多萝西这一次竟没作声。护士走后，多萝西舒了一口气：“真是太神奇了。感觉就像亲眼看见了超自然事件！我竟然变成了两个人！她应该在派对上扮演我。”

“你也可以扮演她。”小多一语双关。

多萝西皱了皱鼻子：“我干吗扮演她？”

斯特拉再来的时候，多萝西请她坐在小多的病床上聊天。斯特拉比多萝西年轻，手指甲啃得紧贴着肉。多萝西凑过去，撩起斯特拉的一缕头发闻了闻。

“你经常得卵巢囊肿吗？”多萝西问道，“你是假性近视吗？”

斯特拉瞪大了双眼：“什么？”

多萝西看着小多说道：“我想看看她的内部是不是也跟我一样。”接着，她把脸贴近斯特拉，“我们俩谁更漂亮？”

这时候，一个护士走进病房，正拿眼瞪着多萝西。小多悄悄指向姨妈。小多并不想冒犯斯特拉，但这是事实，虽然斯特拉比较年轻，但多萝西的确更漂亮。

“亲爱的，需要什么东西吗？”斯特拉起身问道，然后把量压绑带夹在胳肢窝里。见小多摇头，斯特拉就出去了。

斯特拉走后，多萝西咯咯笑道：“她肯定特别享受，不是谁都能遇到仿佛是自己的复制品的人的。”

为了衡量小多的疼痛程度，有个护士建议她每天记录疼痛等级：A代表一点儿都不疼，F代表疼得要死。小多记为略低于C的日子很多，有时候甚至达到了D。每当这种时候，病房的各个角落就会扭成一团，变成恶龙和雪人。她的头皮痒得难受，每抓一下都会有一团头发脱落。小多心口上那个用来把药物直接送进静脉的输液港隐隐作痛，而且感染了好几次。最恐怖的是犯病的时候，因为犯病之前，她会感到极度恶心，两眼昏黑，四肢不受控制，然后坠入体内某个深不可测的地方——她什么都能看到，什么都能听到，可身体就是不听她的话。病痛过后，她又要经受头痛的折磨，浑身热得像火烧一样。有一次，病情来势汹涌，她差点儿咬穿了舌头，不仅嘴上被厚厚的绷带包了四天，而且还感染了。她太容易感染了，连细菌都爱上了她。

支撑她抗过这一切的唯一一件事便是姨妈的陪伴。如果小多想要多萝西在她身边坐上一整夜，多萝西绝不会说二话。如果小多犯病的时候需要多萝西把手指伸进她嘴里才能避免她咬伤自己的舌头，即使手指被咬得血肉模糊，多萝西也绝不会有丝毫的犹豫，而且她的确做到了，有牙印为证。多萝西每天抱着从加州大学洛杉矶分校医学院书店买来的厚厚的医学书籍，研究各种可能导致小多犯病的大脑、淋巴、血液、新陈代谢和自身免疫疾病。她要求跟小多的医生私下谈话，甚至还弄来了科德医生的家庭电话号码。她在走廊里堵住护士，要她们“说真话”，以防小多的医生语焉不详。小多有一回看见她溜进没人的护士站，摆弄人家的电脑。

“你刚才在找什么？”有个护士转过角落走来，多萝西匆忙跑开，小多便向她问道。

“当然是找你病例里面的注解啦。”多萝西悄声说道，“看看有没有需要我自己查的东西。那些医生很可能不会把日常检查记录全看完，我这是查漏补缺。”

她在小多身边一坐就是好几个小时。两人一起读书，看小多最喜欢的电视剧，编故事。她们讨论小多出院后要去吃的食物——医院认为她可能患有异乎寻常的过敏症，所以对她所能吃的东西进行了严格的限定。她指指街对面那家名叫 M&F 恰好食的餐馆。

“咱们要去那里吃汉堡。听说那儿的汉堡特别好吃。”

小多认真地望着窗外的那家餐馆。餐馆里透出金色的光，里面坐满了人。角落里的电视播着新闻，围着前排桌子的一群人正在热烈地讨论着什么。

“说不定我想把那儿当成家呢。”小多若有所思地说道。一个星期之前，小多妈妈宣布要嫁给目前正在约会的男子。小多对这个男子基本一无所知，也没见过他的孩子。

“那你睡哪里？”多萝西问道，“台阶上吗？”

“不，就睡他们剁肉的那间屋子。”小多对血腥味有着非同寻常的喜好。

多萝西笑道：“想象力挺丰富的啊。”

“每天晚上我都能跟形形色色的人一起吃喝，有算命的，有女巫，还有矮人。”

“矮人！还有谁？”

这成了她们的即兴节目。两人每天都给小多的剁肉屋故事增砖添瓦：小多在地下室找到一个秘密洞穴，里面全是水晶、石笋和达布隆金币；运送食物的升降机连接着一道传送门，她可以前往哥特时期的英格兰，跟开膛手杰克交朋友；小多在剁肉屋里养了几只宠物，但最得宠的是狗狗小柯和蝙蝠特里斯坦；特里斯坦会说话，可惜只能吟诵《十四行诗》。小姑娘竟然知道《十四行诗》，这让多萝西大感惊奇。

“我曾赌咒说你美，说你璀璨，你却是地狱一般黑，夜一般暗。”小多欢快地背诵着。

“好厉害！”多萝西夸赞道。

“你姨妈精力真足啊，是不是？”某一天，趁着多萝西去喝咖啡的空当，科德医生出其不意地走进小多的病房说道。

小多看向医生那水汪汪、好时巧克力色的双眸。医生有着金色的头发，身材丰满，跟安娜·妮可·史密斯有些神似，但那副眼镜弱化了这种感觉，让她显得“睿智”。

“对啊。”小多自豪地回答道，“你知道她以前当过模特吗？她还读医学院读了一半。那是在突尼斯从中情局事务里抽身去读的。”

科德医生犹豫着笑了一下：“是嘛，在这里她可不算医生哦。”

小多皱着额头说：“我知道。”

科德医生往前凑了凑：“如果你想一个人待着，觉得太过分了，只管告诉我们。”

“什么太过分了？”

“这个，有时候啊，家人总守在身边会有点儿……让人喘不过气。而且你身边也没个同龄的人，肯定很难受。你应该去医院的活动区走走，那儿有吃豆小姐游戏机哦！”

小多没听明白。难道科德医生不喜欢多萝西弄来的万圣节装饰品，不喜欢那些从棺材里伸出来的玩具娃娃肢体、断头蝙蝠、蒸锅里放的腐烂眼珠吗？或许他们不喜欢多萝西跟男性专科医师调情？又或者他们觉得多萝西把白索维浓葡萄酒带到小多的病房里喝有些不合时宜？可多萝西并没有让小多沾一口啊。

再说了，医生们真要对谁有意见，那应该是小多的妈妈。小多妈妈现在几乎都不露面了，她把所有责任都推到了多萝西的身上，自己潇潇洒洒地参加生日聚会、吃巧克力蛋糕，而多萝西却时时刻刻照料着小多。多萝西有时候会疲惫地瘫在椅子上，甚至会打个盹儿，但哪怕是小多咳嗽一声，她都会惊醒。

“或许她的确需要休息。”小多说道，“她太辛苦了。”

时间还没过去十五分钟，多萝西就穿着香奈儿套装、披着小多最喜欢的爱马仕潜行猎豹围巾哭哭啼啼地进来了。

“你在走廊里遇到科德医生了吗？”小多问道，“她说你可能需要离开这里休息一下。你回白玉兰酒店吧，我知道你很想念那里的火腿蛋松饼。”

多萝西把围巾解下来才说道：“她凭什么说我需要休息？”

“呃，我可能随口提到你很累……”

“你还说了我的什么事？”

“我……我不知道。”姨妈的嗓门骤然提高，十分刺耳，小多只得慎重地说道，“没什么，真的。”

多萝西在小多的小房间里脚步沉重地来回踱步。“老天啊！那些小心眼儿的混蛋。一个人脑子里有了想法，恨不得让全天下的人都知道。可受苦的是你啊，我的宝贝！”她突然从窗边跳开，“你其实是不赞同的，对吗？你并不想让我离开吧？”

“我——”小多完全搞不懂姨妈在说什么。

多萝西跌坐到椅子上，双手捂住脸说道：“噢，天啊。你想让我离开，你想让我离开。这就开始了，我要被抛弃了。”

“多萝西姨妈。”小多轻声说道，“求求你，别哭了。”

“每个人都要抛弃我。”多萝西捂着脸嘟囔道，“托马斯，你妈妈，我妈妈，我丈夫，现在又轮到你。”

“没有的事。”

多萝西垂头丧气地冲出病房：“我在这里待不下去了。我现在没办法看着你。”

“等等！”小多急忙下床，身上插的各种管子打成了结，“对不起！不管我做了什么，都是我的错！”

小多拖着输液杆一瘸一拐地在走廊里追多萝西，然而多萝西早已穿过了出口的双扇门。有个护士在楼梯间找到小多，扶她回了病房，告诉她不能离开儿童住院区。小多重重地躺倒在讨厌的病床上，胡乱地选着电视频道。此时的所有节目要么充满血腥暴力，要么就是脱口秀里的人在咆哮啜泣。她关掉电视，盯着天花板，聆听走廊对讲机里传来的轻柔的喃喃声。过了一会儿，她坠入了梦乡，眼泪浸湿了硬得硌人、漂白的枕头。

那天晚上，小多又犯了一次病。她只记得脑袋一下又一下地撞到枕头上，再接下来，她就发现自己被绑在了病床上，嘴里塞着金属口球。多萝西站在旁边，眼里全是泪水。小多哑着嗓子欢呼了一声，可她的脑袋猛地一抽，痛得翻来翻去。

“宝贝儿，我们得离开这里。”多萝西急匆匆地说道。

“什——什么？”小多口齿不清地问道，“为什么？”

“这地方太烂，这就是原因。我刚看到一篇文章说，过去十年间，这地方曾因污染被举报过三次。我敢打赌，这里肯定又被污染了，你犯病八成就是因为污染！”多萝西开始往背包里塞小多的动物玩具，“咱们走，我叫了车。我带你穿过镇子，去新地方。”

“现在吗？”小多挣扎着要起身。

“对。”多萝西伸手扶住小多，“你能站起来吗？”

小多指指身上的束带，多萝西点点头，把束带全解开了。小多站了起来，可她的头一阵抽痛。她觉得自己要吐了。她不想走，只想躺下来。

“我好累。”小多嘟囔道，“早上再走吧。”

“等不到早上了。”多萝西用胳膊揽住小多的肩膀，“到车里再睡。”

“医生同意让我走吗？”

“所有出院文件我都签过了。决定权在我们，他们管不着。去他们的，我真后悔把你带到这里。”

两人走出病房，走廊里静悄悄的，显得有些诡异。小多望向窗外，那里一片漆黑。休息室墙上挂着的钟表显示凌晨三点十五分。她笨拙地又迈出一步，脚底立刻传来针扎一样的疼。

“要是能跟科德医生道个别就好了。”小多说道，“我挺喜欢她的。”

多萝西摆了摆手：“她什么都没查出来。”

“我可以打给妈妈吗？”

“等到了新地方，安置好再说。”多萝西安慰她。

转过角落时，小多瞥见黑发的人影一闪而过。她仔细看了看，那是多萝西的分身，正直愣愣地站在计算机控制台旁边。真正的多萝西挺直腰板，一把抓住小多的胳膊，多萝西的分身——那个叫作斯特拉的护士——眼睛一眨不眨地凝视了她们五秒，接着扬起下巴一声不吭地转身走了。小多和多萝西急忙冲下楼梯，两人的脚步声在金属踏板上久久回荡。

新医院儿童住院区的墙壁是明黄色的，小多一进房间就睡着了。醒来之后，她发现妈妈正站在走廊里跟多萝西争吵。

“你没有权利大半夜给她转院。那家医院好好的。”

“你没读我找到的那篇文章吧？”

“你应该通知我一声，可你完全自作主张。”

“我自作主张是因为我别无选择。这回犯病是最严重的一次，你没在场，我在。”

小多睁开一只眼睛，发现妈妈早已离去，临走时眼里含着泪水。你这是自作自受，小多心想。

半小时后，一位医生做了自我介绍，说他会负责小多的治疗。多萝西露出了灿烂的笑容，而奥苏里医生——年纪轻轻，有些紧张，兜里装着好多支笔——摆弄着脖子上的听诊器。

“很高兴见到你，小多。”奥苏里医生一边翻着多萝西从圣母玛利亚医院带来的病例，一边说道，“我们会把你的病查清楚的。”

“这样多好啊，对不对？”多萝西紧紧地抱住小多，说道。

除了说“对”之外，小多还能说什么呢？

第四章

“你得告诉警察，马上就说。”我对德斯蒙德说。我拿起电话准备打911，接着改变了主意，开始在谷歌上搜索棕榈泉警察局的号码。

“好吧。”德斯蒙德有些犹豫地说道。

我输入号码，铃声响起，我把电话塞到他手里。他像抓着一条蠕动的毒蛇一样双臂伸得挺直。

“我不太会跟执法机关打交道。”他说，“你想让我说什么？”

我夺回手机，接线员用欢快的声音说我已经接通棕榈泉警察局，问我想找谁。

“我找兰斯。”我大声喊道。

“兰斯……哪个兰斯？”接线员依旧语调欢快地问道。

难道棕榈泉警察局还有好几个兰斯？可是我不记得他姓什么了。他说自己姓什么了吗？

“法医心理学家兰斯。去医院询问病人的那个兰斯。”

“请稍等。”

待机铃声是奥尔与霍兹二重唱组合的单曲“少男杀手”。谁选的这种歌?

“你能描述一下你看见的那个人吗?”我问德斯蒙德,“女的?男的?”

“我不知道。”他怯生生地说,“我只记得……闪过一个人影。一团黑影。”

“警察询问你的时候,你怎么没告诉他们?他们有询问你吧?”

“嗯,对,他们跟救护车同时到的,然后问了我事情的经过。可当时我以为你是失足落水。我没想过要找凶手。他们也没问我看没看见什么。”

我气得握紧了拳头。警察肯定不会问他啊,他们可能早就认定我是喝醉了想自杀。

“你一定要把看到的告诉他们。”我再次强烈地要求道。我知道自己的语气很冲。我想象着德斯蒙德今晚回去之后,跟他同在游泳池边的伙计保罗喝着苦艾酒,谈论和我这个疑神疑鬼、差点儿淹死的女人疯狂的对话的画面。但我也松了一口气。我内心深处略有些认同家人的说法——也许我的确是像前几次那样,是自己跳进游泳池的。也许我又犯病了。不,是有人想杀我。就是这样。我想大声地告诉所有人:我没记错。

有个声音打断了“少男杀手”。

“您好,您已接通棕榈泉警察局举报热线。如果您想提供案情线索,请在‘哔’声后留言。”

我的心沉了下去。仔细想想,我所掌握的信息的确是一条线索——聊胜于无。"哔"声之后，我把要说的话说了一遍，然后挂断电话。

"好了，希望他们会打回来。方便的话，我会找你一同接听。或者把你的号码给他们也行。"

"没问题。"德斯蒙德说，"我把我的地址给你。我很乐意效劳，非常乐意。"

说完之后，他愣愣地看着我。我起身要走，他却坐着一动不动。他的眼神变得柔和，脸上带着期待的微笑，好像在等着真正的狂欢拉开序幕。我明白过来。在游泳池平台上醒来之后，我可能做了什么事情。我有个坏习惯，就是无论我觉得陌生人多么可笑，却还要跟他们发生关系。

我的脑海里不禁浮现出一幅画面：德斯蒙德把我从水里捞出来，把我救醒，我脱光衣服回报他。也许在救护人员到达之前，我们真的在水泥平台上做爱了，而且德斯蒙德不像别的男人那样做完就消失，他还很有心地来看我有没有受伤，需不需要抚慰。也许他就是想再来一次。我衡量着该怎么办。他性情古怪，但他相信我。说实话，他对我有意思，我倒很开心。看来我的择人标准还真是挺低的。

我深吸了一口气，走到他身边。他的体味一下子冲入我的鼻中。我的嘴唇刚碰到他的脸颊，他便噌地一下躲开了。

"呃，别这样。"他摆弄着汗衫说道。

我猛地往后一跳，屁股撞在了桌子上。

"我，呃……"德斯蒙德使劲握着自己的钥匙，"我……"他看了看表，"还有工作要做。要去拜访好几家供应商。所以，呃……"

“好的，我送你出去。”

我们同时走到纱窗门前，同时伸胳膊去转门把手，然后尴尬地我让你先走，你让我先走，接着又同时挤着出门。穿过收拾得干干净净的厨房时，我生平头一次为房间如此整洁而感到宽慰，这说明我诚实可靠，神智健全，就算德斯蒙德瞥一眼餐具室，看见那里面堆放的克拉夫特通心粉和芝士也没关系。虽然对健康不利，那些东西我还是每次都吃很多。

我们在门边停下，我连手都不知道该怎么放。最后，我只是伸手跟他握了握。

“谢谢你过来！谢谢你救了我！”除了这些，我还能说什么呢？

门关上，我转着圈打量这座安静的房子。起居室里塞满了各种各样的古董旅行箱和大衣柜，都是我从圣克鲁斯的某个古董经销商那儿买来的。浅粉色沙发上有一块疑似血迹的神秘污渍——买来的时候就这样。角落里摆着一架二十世纪二十年代产的莲花插口泰勒明电子琴，上面落满了灰尘。我早就想学琴，可是一直没抽出时间。

突然，我脖子后面的汗毛竖了起来。有人在监视我。我瞥见一点儿动静，立刻转身，心想一定会看到那边有人。窗帘在摆动，仿佛有人刚刚从敞开的窗户跳进来，又或许只是因为风。

“有人吗？”我声音颤抖着喊道。

没人应答。

万一这事没有就此完结呢？万一想杀我的那个人还躲躲藏藏，意图再次伤害我呢？

我用手指抓挠自己的脸，指甲越来越用力，直到快抓出血来。但这痛感还不能满足我，于是我用手指缠住一缕头发使劲拉扯，急剧的痛感让我双眼麻木。我发出一声沉闷的喊叫，接着拼命跑到楼上，迫切地寻求密闭空间，寻求黑暗的庇护，好逃离这一切。

我的卧室跟保龄球道一样细长。墙上挂着动物的头骨和童年偶像温思蒂·亚当姆斯的海报。抽屉柜上除了维生素、我在沙漠里遇到的萨满给的治疗石和存满了冥想歌曲却对我起不了作用的iPod之外，还有我跟某个艺术治疗师一起画的心灵能量信息画（显示我内心黑暗）以及乱成一团的蝴蝶结。我已经尽最大努力去防止肿瘤复发了，但有时候我又觉得预防行为比疾病本身更让人觉得厌烦。

我好像看见有人跑开。

我使劲吞了一下口水。德斯蒙德印证了我的怀疑，这既让我安心，又让我害怕。

会是谁推我的呢？

我回想起昨天在医院里，妈妈的脸在我面前晃动。还有比尔的脸和盖碧的脸。是谁通知他们来的？他们怎么那么快就到了？接着我又想起其实并没有多快——跟他们说话之前，我已经睡了好几个小时了。但疑虑并没有消失。他们会不会本来就在棕榈泉？难道我认为是他们之中的某个人推了我？他们为什么要那么做？因为我拖累了他们？因为他们受够了我的把戏？因为我做了对不起他们的事？我心乱如麻。也许是吧，可我怎么想不起来是什么事？

我的思绪又回到盖碧身上。我们两个并不亲密。第一次见面时，比尔做完介绍，我就去了厨房，她在后面跟着。我没有让她跟着，也不想让她去厨房。

“呃，听说你爸爸死了。我妈妈也死了。”两人独处时，她轻声说道。

我哼了一声。谁要跟你拉家常啊。我挺直身子，从冰箱里拿出一大瓶伏特加。我的手在拧盖子的时候冻得生疼，接着我给自己倒了一大杯。

“喝点儿吗？”

盖碧瞪大了双眼："不喝。”

我假装行家似的蘸了一口。我以前从没喝过伏特加，但我觉得要早早地树立权威，让她明白长幼有序。我抿了一小口，拼命压抑住哆嗦的冲动。盖碧惊恐地盯着我。

“也许你不应该喝酒。”她小声说道。

妈妈和比尔走进来，妈妈立刻就看到了柜台上的瓶子："那是什么？”

我俩都没吭声。盖碧把杯子举到鼻子的位置。

“谁拿出来的？”妈妈盯着我问道。

盖碧清了清嗓子："呃，我拿出来的。我想尝尝。”

比尔一脸的不可置信：“你？”

“噢，得了吧。”妈妈翻了个白眼，“肯定是艾丽莎。”

“不。”盖碧更加坚定地说道，“就是我。”

我不明白她为什么要背黑锅。可能是因为我疯疯癫癫的，做事不合常理，她想缓和局势，避免纠纷。但我不太肯定。我一定要弄个明白。我要让她惧怕我。至于为什么如此迫切地要她惧怕我，我现在已经记不清了，不过我记得我写在日记本上的话：我不要她的怜悯。她根本就不了解我。

这些年里，我向盖碧证明了我到底是一个什么样的人。我把她锁进衣柜，站在外面念犯罪学教科书上有关尸体腐败的内容。我在夜里把从当铺找来的动物标本放到她的枕头下面。我经常把塑料蜘蛛放到她的麦片碗里，把橡胶断手放到她的背包里，有一次还把我藏在房间里的破旧小棺材推到前门，在她刚要进门时钻进去。盖碧一看见我就吓得晕倒了——全身瘫软倒地，脑袋撞到了门柱，结果在眉骨上缝了几针。就算这样，当比尔问盖碧怎么回事的时候，她也只说自己不小心摔倒了。无论我怎么捉弄她，她都不会说出去，只会默默忍受，当什么事都没发生过。

她为什么从来不反抗？我曾听见她在电话上跟朋友争吵。我盗来她的邮件密码，发现她曾在《哈利波特和混血王子》粉丝论坛上跟人激烈地对骂。有个同学喊她“衰脸”，她气得当场发飙。我给她起的外号可比这恶毒多了。她一贯隐忍，是因为她知道对敌人的无视就是最大的侮辱吗？或者她把每一次捉弄都记在心里，小心翼翼地归类，时常回顾，慢慢地积累怒火，再对我进行彻底的报复？她这座火山终于要爆发了吗？

怎么会有人真想害你呢？兰斯曾经这么问过我。盖碧可能想过伤害我，但我实在想象不出盖碧会做这种事。她没有那种魄力。

我睁开双眼，四处扫视了一圈。屋里的灯光似乎有些异样。我一时忘了之前在想什么。我中风了，我惶恐地想到。可钟表上显示才过了几分钟，我的四肢也还能活动。我伸手拿来手机，却发现没人打给我。我正准备放下手机，不小心碰到了图库的图标。预览窗口第一行有一个我不记得什么时候存储的视频。

我按了播放键。

镜头在我刚刚离开的病房上方晃动：先是角落里的洗手池，接着是那丑陋的佩斯利螺旋纹窗帘，再接着是窗户一角，然后是停车场。我听到一声微弱的叹息。镜头挪了一下，照出我躺在病床上的身体：我的胳膊，我的手指，我的下巴，最后是我紧闭的双眼。

我看了看视频的录制时间：昨天晚上十点零九分。拍摄角度正是我伸手举着手机自拍的角度，但那绝不可能是我拍的。我今天早上才在病房里找到手机。

我灵机一动，关闭视频，看看我有没有在酒店拍别的照片……但一无所获。图库里的最新的一张照片是一只演奏铙钹的古董猴子玩具；有个顾客把它拿到我上班的店里想换点儿钱。那只猴子年代古老，惹人喜爱，有些毛都被摸掉了，屁股上的小电池盒里锈迹斑斑。

我盯着那张照片的正中间，只觉得脊椎里窜起一股剧痛。刚买手机那会儿，配置程序要求我设定安全密码，但我拒绝了——

我总是习惯性地忘记数字，必然会一次又一次地打不开手机。我曾试过设置指纹识别，可那玩意没办法立刻识别指纹，所以我就放弃了。换句话说，任何人都可以随意使用我的手机，然后录下那段视频……究竟是谁呢？

我点击查看视频的详细信息，可上面只说视频拍摄于医院。我盯着屏幕上的棕榈泉微缩地图。我之前没注意那个镇子有那么多条纵横交错的道路。

我嘴里一阵发干，脑子里突突直跳。突然之间，我觉得干躺在这里真是太傻了。我现在掌握了证据。那个人跟踪我到游泳池边，推了我之后便跑开了。但他此刻可能还在跟踪我。

我推开被子，径直朝楼下走去。我仍然穿着医院里穿回来的褪色牛仔裤，可我顾不上换衣服了。我从钱包底部翻出房门钥匙，准备开门。车没在家，我只能打出租，但这不是问题。我不知道要去哪里，只知道要去某个地方。我得弄明白自己到底要去哪里。

这时，一只手拍了拍我的肩膀。我尖叫着往后跳了一步。“你哪儿都别想去。”

我转过身。来人是我的室友吉吉·罗斯。她溜到我身边，从我手里夺过钥匙，挡住了去路。她双目圆睁，嘴唇因恐惧（可能还有愤怒）而向下咧。

“艾丽莎，你过来。”她沉声说道，“我们得谈谈。”

摘自《多萝西的往事》

几个月后，小多又住进了医院。她新转来的这家医院的医生以为，更换药物之后，她已经痊愈了，可是春季的某一天，她在家里刚吃过午饭没多久，却再次犯病了。第一波的痉挛十分强烈，明亮的光线像万花筒一样在她的眼睛里千变万化。意识剥离她的身体，像雪花般飘落在地。

多萝西急忙把她送去医院，回到奥苏里医生身边，回到那墙壁涂成浅黄色、画有热气球的儿童住院区，回到电视机遥控器偶尔才能用的同一间病房。小多等待着妈妈的出现。几个小时过去了，妈妈终于急匆匆地跑进来，身上还穿着工作服。

“对不起。”小多妈妈用乞求的语气说，“我忙完就马上赶来了。诊所接到一个急诊病人。我手机没带在身边，也没人通知我。”小多妈妈咬住嘴唇，“你姨妈应该打给前台的，我跟她说过几百遍了。”

“没事。”小多平静而冷淡地说道。反正有多萝西在。多萝西去商店买杂志了。

医生给她做了多项检查，病情却总是刚稳定没几天，就会再次复发。小多心想，圣母玛利亚医院那个跟姨妈很像的斯特拉这会儿在做什么？如今，给小多量血压的大多是个眼神哀伤、戴着棕色头巾的女人。这个女人双手冰凉，看血压计的时候总是会发出滑稽的吸气声。

这里所有的护士都很冷漠，不苟言笑，仿佛有什么大秘密瞒着小多。小多问多萝西这是怎么回事，多萝西哼了一声。

“她们全是贱人，嫉妒我们呢，见不得我们这么漂亮。”

“可她们对其他孩子都很好啊。走廊那头的那个小女孩，是叫萨拉吧？她们几乎每次都给她棒棒糖呢。”

“对，那是因为萨拉有个富得流油的爹。想插针总能找着缝，小多。”多萝西摇摇手指，“总能找着机会。”

身体还算可以的时候，小多就能正常思考、吃饭。到了午餐时分，护工从街对面的儿童租书店推来一辆小车。这个护工接下来肯定是要去成人住院区，因为小多发现小车底架一沓书上有一本《洛杉矶时报杂志》。看到杂志封面上印着自己的照片，小多抽了一口气。照片上的她瘦削呆滞，胳膊细得像铅笔，血管在苍白的皮肤下面格外显眼。她旁边是姨妈，黑色的头发光滑顺直，皮肤完美无瑕，紫罗兰色的双眼炯炯有神。病魔斗士，黄色的大标题写道。接下来的文字：多萝西·班克斯，白玉兰酒店住客，搁置自己的期望和梦想，拯救濒死的外甥女。

濒死，这个词像灼热的咖啡，在小多的血管里穿行。她曾无数次思考死亡，也预想过自己的死亡，但她从来没意识到自己真的要死了。这似乎不应该啊。

小多用拇指迅速翻了翻杂志，从老套的贝弗利山家庭装修和整容广告中间找到那篇报道。她仔细地读了每一个字，记下癌症、不宜手术和晚期等字眼。她以前从未听到医生们用这些描述她的病情。

小多冲进卫生间，吐出一团粉红色的黏稠物。回到病房时，多萝西已经回来了，正哼着小曲抖弄枕头。名叫丽莎的护士站在墙角，假装忙着整理小多的药物。接着，多萝西看到了病床上的那本杂志。

“啊，看来你读过了。”她对小多说。

“这张照片是什么时候拍的？”小多咬牙切齿地质问道。

多萝西低头说道：“几个月前，亲爱的，那会儿你还在另一家医院。你不记得了吗？”

“不记得。”小多在记忆里翻找，把毫无用处的幻觉当成软趴趴、不想穿的T恤扔在一边。她脑子里没有一丝关于拍照的印象。她绝不会容许摄像师在她脸色如此可怕的时候拍照，但这正是她的大脑的问题所在：有时候，她的记忆会彻底被剥离，就像竹篮里的水一样从缝隙里漏掉。

小多抓起杂志，一把扔进垃圾桶，扔之前又瞥了一眼自己的照片。

“我好丑。”

“哦，亲爱的，这篇报道能引起大家对你的关注，现在每一个人都会看到你病得多么严重。我想着设立一个募捐基金会。你是这篇报道的主角哦！”

丽莎轻轻咳了咳，多萝西扫了她一眼，嘴咧成了一条线。

“报道里除了说我快死了，别的什么都没讲。”小多说道，连大声说出那个词都很难，“上面说我那是恶性肿瘤，不能动手术。我还以为肿瘤已经被切除了。而且从来没人告诉我，我得了癌症！”

“你没得癌症。”丽莎大声回答道。

“报道里这么说的？”多萝西瞥了瞥垃圾箱，小多担心她会把那本杂志拣出来，然而她只是把双手叠放在腿上，坐着没动，“说实话，亲爱的，有时候啊，那些记者，唉，就爱夸大事实。听着，这没什么大不了的。这篇报道可能根本没人会仔细看，他们只会看看照片，读读标题，这才是最重要的。”

“那他们还是会看到我的样子。”

“你没那么难看了啦。”

小多没心情听这虚假的安慰：“妈妈看了吗？”

多萝西猛地抬起头，脸色瞬间变成了土灰色。“记住，我那么做全都是为了帮你。我不想让你步托马斯的后尘——我知道他的大脑出了问题，可是哪个医生都不信。只有这样的报道才能让医生们把这当一回事。不过我会离你远远的，如果你乐意这样。”她走出病房，用力关上了门。

小多愣愣地看向房门，心里满是震惊。角落里的丽莎叹了口气。

小多眼神呆滞地看向地面，牛油果一样的绿色地砖已经褪了色，磨损的痕迹斑斑点点。她摆弄着手腕上的珠子手链，那是多萝西在她第一次生病时送给她的。手链上刻有许多骷髅符文。今年学校里已经不流行符文手链了，可她舍不得摘下。那样会让姨妈心里难受。

丽莎轻轻地走过来，拍了拍小多的肩膀：“嗨，小姑娘。要我陪你一会儿吗？咱们可以玩乌诺牌哦。”

小多摇摇头，心里始终挥之不去的想法再次显现：“要不你把我姨妈叫回来吧，如果她还没走的话。”

丽莎拉长了脸：“你确定？”

“看看她还在不在，好吗？”

小多又说了两次“好吗”，丽莎照她说的做了。多萝西一脸委屈地走了进来。

“你一定恨死我了。”小多脱口说道。

“算你走运，我等电梯等了好久。”多萝西同时说道。

两人抬头看着对方，多萝西弯腰抱住小多。“傻姑娘，我怎么会恨你。”她凝视着小多的双眼，目光里是前所未有的坦诚，“爱你还怕来不及呢。”

《洛杉矶时报杂志》一事发生几天后，多萝西兴奋地冲进小多的病房，小多神情疲惫地看着她。小多的病最近犯了好多次，每次都让她痛苦难当，像一波波巨浪拍打在嶙峋的海岸上。经历这么多次剧烈的震荡，小多的大脑累坏了。病情稳定的时候，她会觉得死亡倒是一种解脱，至少不会这么混沌不清。

“医生打算召开病情研讨会。”多萝西叽叽喳喳地说道，“你显然成了一个医学之谜。你猜怎么着，他们让我也参加！是不是很棒？”

小多朝她眨了眨眼，心里还在思考“医学之谜”那句话。

多萝西得意地在病房里走来走去：“谢天谢地，他们终于肯尊重我了。现在可以防止他们瞒着我们了。真实的病情尽在我的掌握。”

“你觉得医生有事瞒着我们？”小多问道。多萝西没有回答。

多萝西为这次研讨会精心打扮了一番：丝质卡弗坦长袍，搭配香奈儿细高跟鞋。她还找了个化妆师给她化妆。“祝我好运吧。”

进入会议室之前，她说道。研讨会在上午十点举行；指针爬行到十一点，又指向十二点，多萝西还没出来。到了十二点半，多萝西终于回来了。她的口红全抹掉了，嘴里嘟嘟囔囔的。

“怎么了？”小多一边关掉正在看的电视剧《我们的日子》，一边问道。

“医生全都搞错了。”多萝西说，“一群蠢货，不负责任。”

小多心头一紧：“他们怎么说？”

肿瘤复发了？又要忍受化疗的摧残，让那灼热的射线将体内的一切融成液体，只剩下一堆瘫软的血肉？奇怪的是，虽然经常犯病，磁共振扫描却总是查不出病因。或许磁共振扫描也不是万能的吧。

“他们要让你转病房，把你送进重症监护室，不许任何人探视。他们说，只有这样才能排除导致病发的所有环境因素。全是放屁，这就是个阴谋。”

“他们要把我送进不能探视的病房里？”

“我要投诉他们，放心吧，但恐怕我再也做不了主了。”多萝西的目光骤然转向小多，瞳孔收缩成了两个黑点，“你在背后说了我什么？”

小多一把抓住床单：“没什么。”

“他们耍了你。他们装作你的朋友，跟你套近乎。宝贝儿，你一定是说了什么话，把你——我们——送进重症监护室，这是对我们的惩罚。”

惩罚？为了什么？难道是因为小多不小心说出自己在几天前趁多萝西转身的时候抿了一口她的葡萄酒？又或者是因为小多告

诉他们，自己在护士站偷了桌上的 M&M 糖果袋？在最近的一次磁共振扫描过程中，小多动了一下，操作员没吭声，但也没说要重新进行。她那是痒得受不了才动的。

“对不起。”小多撇着嘴小声说道，“我不知道他们为什么要这样做。”

多萝西脱掉左脚的鞋子，揉了揉脚踝，然后把鞋子穿上：“记住，别相信他们就行，千万别相信。”

“我们不能转到别的医院吗？”

“没那么简单，宝贝儿，没那么简单了。他们通知了你妈妈。”

“她肯定不想让我一个人住吧！”

姨妈古怪地咳嗽了一声：“听着，我不是要故意抹黑她，但我觉得她对这个决定有推波助澜的作用。”多萝西下巴一沉，坚毅地说道，“不管怎么说，我该走了。”

“什么？”小多坐起身，“你不能走！”

“我约了人。”多萝西拍了拍小多的胳膊，“我会回来的，别担心。要乖乖的，好吗？只要乖乖的，一切都好说。”

多萝西带着一股浓烈的香柠檬花的味道走出了病房。小多的泪水止不住地涌了出来。她控制不住自己，抽泣了至少十分钟。痛哭竟然没有引发痉挛，这让她十分惊讶。她不知道这一切都是怎么回事——妈妈也参与了？难道这个主意是她提出来的？难道这是为了把自己和多萝西分开？也许妈妈是出于嫉妒，因为很显然，多萝西夺去了她的地位。

可是多萝西为什么要走呢？多萝西为什么不抗争？在所有的其他事情上，多萝西都是会奋力抗争的啊。

过了一会儿，护士丽莎走了进来，拔掉小多的输液管，然后叫她下床，给她脱了病服。丽莎给小多穿上另一套病服，带着她做X射线检查，然后是抽血。

“今天已经抽过血了啊。”小多抱怨道。

“这次是为了比对。”丽莎爽朗地说道。

小多在同一天又做了磁共振扫描和电脑断层扫描。做完这些，一群人二话不说，就把她送进了重症监护室。

重症监护区一片死寂。小多的房间很小，屋里充斥着一股说不出来的味道。到了这个年纪，她很快就意识到了周围的孩子全都已经病入膏肓，有些可能很快就会死掉。夜里，婴儿虚弱的哭泣声把她吵醒。她听到呕吐声。门外站着一个女人，正哭得稀里哗啦。小多究竟做了什么，导致她沦落到这般境地？难道是说了诋毁他人的梦话？难道护士们知道她和多萝西在她们轮班的时候说了她们坏话？也许就像电影里那样，病房里都安装了微型麦克风，护士们能把她们的话听得一清二楚。如果小多道歉，可以回到普通病房吗？

或者说，她真的病得这么严重吗？

后来的某个早上，小多听到奥苏里医生的声音：“我说过，你不能再来这里！你哪个字没听懂啊？”

小多聚精会神地辨别医生在跟谁说话。有疯子闯进了重症监护室？她幻想着来人挥舞着板斧，外面布满橘黄色的暴风云，还有长着尖角的野山羊。压制痉挛的药物让她昏昏欲睡，她重新进入了梦乡。就在她失去意识的那一刻，她看见妈妈站在门口，双手抱在胸前，脸上带着紧张和担忧的神色。小多或许能鼓起精力保持清醒，跟妈妈打声招呼，可她不想那么做。

几个小时后，奥苏里医生来做检查，表扬她晚上没有再犯病。

“看到没，我好多了！”小多兴高采烈地说道，“快把我转出去！”

奥苏里哈哈笑道：“快了，我保证。”他脸上带着些同情和忧虑。小多心想，这个人跟早上吼人的绝对不是同一个医生。

在重症监护室住了三天，小多的病没有再发作。她用 iPad 玩单人跳棋；护士给了她无线网络的密码，她就在优兔上看玩具评测视频。每当妈妈走到门口，她都会假装睡觉。周围病人的呻吟声断断续续。半夜时分，警报突然呜呜作响，医生、护士急匆匆地冲进隔壁病房，接着便传来一阵急促的命令声和机器的哔哔声。小多为自己能在这一片嘈杂声里入睡而感到惊讶。早上醒来，她根本不知道半夜犯病的人是死是活。多萝西给她买的新手机，她一直不知道怎么用，这会儿却收到了短信——这倒是新鲜事。

“你有乖乖的吗？”多萝西问道。小多回复“有”。

“没跟人乱说话吧？”小多回复“没有”。

“很好，心里也别想任何事，因为他们能看出你的心事。”多萝西说道。

“谁？”小多每次都这么问，可是多萝西从来不回答。

第五章

吉吉领着我进了厨房。我一路无话，心怦怦直跳。吉吉的弟弟斯特德曼，就是我的另一个室友，他正撅着屁股站在厨房中央，手里拿着一个“我爱僵尸”咖啡杯，一脸怒气地瞪着我。

“呃，你好。”我忐忑不安地说道，“怎么了？”

斯特德曼冷哼一声，金黄色的头发随着这个动作从他额头上弹起来。他眼圈发黑，看着像是涂了眼影。他的身材上窄下宽，臀部肥硕。他今天穿着一件特别紧身的灰色无袖运动衫，下半身是一条合身的牛仔裤，脚上穿着一双亮闪闪的高帮运动鞋。咖啡杯里散发出一股骨头汤的味道——我也存了一些骨头汤粉，据说能杀灭体内的恶性细胞，不过我受不了那股味道，他倒觉得挺好喝的。

吉吉站在厨房中央，脸上一副逆来顺受的表情。她和斯特德曼唯一的相同点就是那对引人瞩目的深蓝色眼眸。我是在今年早些时候参加的写作小组里面认识的吉吉。我那时一直在写《多萝西的往事》，想找人帮忙判读一下草稿，但又不愿意找熟人。我妈是肯定不行的，大学同学要么是读商科的，要么就是学跟夸克有关、让人摸不着头脑又毫无用处的科学类专业，恐怕提供不了什么有用的建议。当我看到乔氏超市公告牌张贴的写作小组广告时，我心想，要不试试？

交流活动在小组发起人萨沙自己的公寓里举行，从那儿能俯瞰张贴广告的乔氏超市停车场。屋里充斥着美国原住民的装饰——面具、串珠饰物、羽毛，墙上还挂着一叶独木舟——和烟草味，立体音响传来低沉而无调的节奏性吟唱。咖啡桌上的碗里装满了光滑的小石子；我抓着石子在指间翻来倒去，不敢把装订好的六套八页文档从包里拿出来。那是《多萝西的往事》的前两个章节。我很怕给任何人看，仿佛那样的话，写书就成了一件实实在在的事情。

活动的第一天，吉吉就坐在我旁边。她有几缕灰发，给人一种老成的感觉，所以后来得知她才二十七岁时，我很是惊讶。她穿着一件用七彩编绳缝成的衬衫，身上有股草莓娃娃的小塑料头的味道。她注意到我的时候，我一定满脸惊惧，因为她轻轻地拍了拍我的手，以表安慰。

小组其他成员坐在萨沙布置的柳条椅和沙包上。萨沙清了清嗓子，然后看向我："艾丽莎？可以传阅了吗？"

我的手指把稿子折来折去。我担心自己没勇气拿出手。那草稿未经修饰，肯定会被嘲笑的。我突然特别想去上厕所。每当紧张不安的时候，我都会想上厕所。

"不如我先来吧？"吉吉大声说道，"我新写了几首诗。"

萨沙平静地看着她。门边有人叹了口气。

吉吉给大家分发了她的新诗。翻动纸张的声音沙沙响起，屋里陷入了静寂。在阅读的过程中，我逐渐平静下来。她的诗用五步抑扬格和偶联体写成，内容跟占星学和阴道有关，韵脚是子宫和俄狄浦斯。

判读开始了。人们老练地解读吉吉的诗，她则静静地坐在沙发上，姿态优雅无比，表情宁静而忧郁。交流结束时，我正准备拿出自己的作品，萨沙却说今晚的交流活动到此结束。大家起身离开，吉吉转头对我笑了笑："好了，听了那些话，我想去喝一杯。"

出于愧疚——她那污秽的诗作被人蹂躏都是因为我的临阵脱逃——我跟她一起去了。然而吉吉并不这么想。"我感激大家提供的反馈意见，但我要照原样发给《诗刊》。"她一边走路，一边吞云吐雾地说道。

到了酒吧，趁酒保去拿酒的时候，吉吉用净手液擦了擦吧台桌面。"吧台桌面比公共厕所还脏。"她用那似乎从不起波澜的平静语气说道。她讲述了跟几个比她年长至少三十岁的男人分分合合的情事，那故事既漫长又曲折。她小的时候，父母有一个蒲公英农场，嬉皮士都爱邮购他们家秘制的茶叶。如今蒲公英加工业不景气，他们一家都挤在帕萨迪那市附近的一栋小房子里。有那么一瞬间，吉吉抿了口伏特加，做了个鬼脸，然后从吧台后面存放马拉斯金酒樱桃、橄榄和水果片的小房间里拽了一颗酸橙。我高兴地看着她一边偷拿东西一边跟酒保对视，挑衅他对她的猖狂和个人卫生行为发表意见。

几个月后，我把书的版权卖了出去，得了一些现金，便问吉吉想不想跟我一起住。我不喜欢在逃离父母监管的新家里艰苦地独居。我有些希望自己还住在加州大学洛杉矶分校的宿舍里——五十五个舍友只有一门之隔的感觉很棒。吉吉很高兴能离开她父母的小房子。不过，她搬过来的唯一条件是家里的弟弟斯特德曼也得搬过来。

“否则他永远都别想离开我父母，他们恨不得把他拴在身边。”吉吉说。我懂那种感觉。

我问她斯特德曼做什么工作，她说他在尼斯开了家古玩店。“他还招人吗？”我立刻问道。我以前每天用十八个小时写书，现在书写完了，我得找些别的活计打发时间。我每天洗四次澡，剩下的时间大多都是在漫不经心地翻阅爱德华·戈里的大部头诗集中度过的。

现在，我轻轻走到冰箱前面，打开冰箱门，拿出一瓶水。架子上塞满了从乔氏超市买来的食物。豆奶盒和每个希腊酸奶罐上都标着斯特德曼的名字，他还在袋里的每个克莱门氏小柑橘的皮上写上他的姓名首字母。我不想给我的维生素包装盒上都写上名字，所以全收拾到楼上去了。

我感觉到吉吉和斯特德曼都在盯着我。

“这么说都是真的了？”斯特德曼问道。

“什么真的假的？”我喝了一大口水之后问道。

“游泳池那事，艾丽莎！”吉吉举起电话，“你是不是差点儿淹死？”

我大感不妙：“你怎么知道的？”难道是德斯蒙德出门的时候告诉他们了？

“棕榈泉的某个网站上有一篇关于你的文章。我刚刚读到。我原以为是给你的书做宣传的，没想到写的是你被人从游泳池里救出来。”

“这事真上新闻了？”

我从她手里夺过手机。屏幕上的大标题写着“年轻女子差点儿溺亡，幸而获救”。这条新闻发布于二十分钟前——我设置了谷歌提醒，只要网络上有人提到我，它就会响一声，这次一定是漏掉了。文中写道，一位二十三岁的年轻女子失足掉进游泳池，警察到现场查案。文章里提到了我的名字，但没有附带我的照片，也没提谋杀犯罪这回事。

我看得想吐，赶忙把手机还回去：“这报道的内容不全。”

“哦，那还有什么？”

“吉吉，她在棕榈泉的事都是她自己的事。”斯特德曼插嘴道，他看着我说道，“但是，如果你有心事，或许应该跟我们说说。毕竟我是做生意的，你在休班的时候跑到店里乱来，我生意都没法做了。”

我听得一头雾水：“啊？”

“艾丽莎，我指的是星期五那天。你……怎么说呢，举止诡异地跑到店里。”他像章鱼一样晃动双臂和肩膀，示范我诡异的样子。

我眯着眼睛回想星期五的事情。据我所知，我那天根本没出家门半步。出远门去棕榈泉是第二天的事。

“你在说什么啊？”我问道。

斯特德曼从咖啡杯里抿了一口，咕噜咕噜地咽下去：“赫波说你一脸茫然地走进店里，他跟你说话，你一声不吭就走了。你把他吓得不轻，这就说明了很多问题，懂吗？”

“赫波记错了。我没去。”

他的胳膊猛地甩到身体两侧：“艾丽莎，得了吧。那肯定是你。你是怎么回事？嗑药了？酗酒了？要不要去戒疗所？”

“听着，我没事。如果我真的那么做了，我很抱歉。”我挤出一丝笑意，“这事就这么翻篇吧？”

吉吉紧紧握住一枚狼蛛形状的树脂餐巾环。斯特德曼头顶上有一具松鼠骷髅。斯特德曼刚搬进来就把古玩店的一大堆玩具也带了过来，虽然我对他的大部分玩具并不反感，但他装在捕梦网中间饰物上、挂到洗碗池旁边的那个浣熊阴茎，让我完全没有心情去刷碗。

“你太让人揪心了。”吉吉轻声说道，“又是记忆丧失，又是落水淹死……”

“我没淹死。我还活着。”

“可是你试图跳水自杀啊。”吉吉穷追不舍。

“不，我没有！”我盘算着把有人想谋杀我这事说出来，但这无疑是对牛弹琴，“那是意外。”

谁也没有吭声。斯特德曼用长指甲敲着咖啡杯。吉吉盯着窗外，仿佛快要哭出来了。我脑子里还在回放“少男杀手”：哦哦，她来了……

“你说我又是记忆丧失……”我说道，“能不能再举个例子？”

“两星期前，我在瑜伽课上看见了你。”吉吉说，“你那会儿正准备走，我刚到，记得吧？我朝你挥手，我敢发誓，你一定看见我了。可是后来我再提起这事，你却像看傻子一样看着我。”

我禁不住要笑出声。“我记得那次——不对，我记得你提过在瑜伽课上看见我，但是我没去啊。我有好几个月没去你那家舞蹈室了。”我曾经努力去爱上瑜伽，真的，但教练喊口号的时候，我一直笑场。我总觉得那些姿势的梵文名称很好笑。

“但是我看见你了。”吉吉一口咬定，“你还跟我对视了！”

我低下头。我去那儿了吗？为什么我不记得？“我看你是认错人了。”我寸步不让。

姐弟两人对视了一眼，斯特德曼开始像连珠炮一样数落我：“还有别的事情。你说你会负责家务，可你从来只说不干，从来没按日程表打扫卫生。”

我使劲眨了眨眼睛：“慢着，那日程表是当真的啊？”

斯特德曼在物品暂存室的白板上贴了一份家务日程表，我还跟吉吉嘲笑过他，甚至可能是当着斯特德曼的面儿。

“还有，你有时候会吃我们的东西，用我们买的厕纸，上个月没交有线电视费，我们俩挤出点儿钱才结束没有电视看的日子。”斯特德曼又补充一条，“你说你会交电视费，你说你会打电话给有线电视公司。”

“这是我家！”我大声喊道，“我想不交电视费就不交！”

可当我看到他怒气冲冲的表情时，我就知道自己说错话了。如果斯特德曼搬走，吉吉可能也会跟着他离开。

我言不由衷地嘟囔着道歉的话，走出门外。我没敢使劲关门，因为这会被人当作精神不稳定的错误行为，唯有酗酒成性、不敢坦白没去上瑜伽课、自己跳进游泳池的人才会做出这种事情。我一直走到院子边上，才回身朝整栋房子比了个中指。家务清单？有线电视？就为这些烂事？

外面的气温适中，太阳已经落到树下。我走来走去，期望走动能让我的心情平静下来。河边车道刚走一半，身后传来脚步声，我便转过身。来人是吉吉。她打着赤脚，眼睛红通通的，金色的头发像风筝的尾巴一样在她身后飘荡。

“艾丽莎。”她喊道。

我想跑开，但我跑不出这个街区就会被她追上，所以我停下脚步，双臂沉重地垂在身体两侧。

“对不起。”她气喘吁吁地说道，“我没想到我弟弟会说那些话。”

“那你倒是替我说话啊。”

吉吉咧了咧嘴。“我知道。可是斯特德曼，他……唉，管他呢。”她怯生生地笑了笑，“他说也没说错，宝贝儿。你最近的行为好像是有点儿不可理喻。”她把手放到我的胳膊上，“你确定没什么要跟我说说的吗？”

我盯着吉吉长满雀斑的苍白的手。她戴着一枚粗实的塑料戒指，戒指里面有一只塑料蟑螂。这是她从斯特德曼的古玩店里弄来的，但是她不在店里上班。在业余时间里，她扮演《冰雪奇缘》里的艾尔莎公主，给生日聚会、公司聚会、剪彩仪式和醉醺醺的兄弟会成员做表演。奇怪的是，竟然会有人叫艾尔莎公主表演，真是世界之大，无奇不有。不管怎么说，她扮演公主的时候都会戴着这枚戒指，把那只蟑螂对着自己的手掌。她说蟑螂能赐予她力量。

我要说出口的话像那沉重的牙科X射线围兜一样，重重地压在我的心口。一旦开口，不仅要说这次的溺水事故，还要提到德斯蒙德目睹的跑开的那个人，更要把其他的一切都说出来。我没跟吉吉提过我以往的那几次自杀未遂，也没提我得过脑瘤。我不想让她用异样的眼光看待我，而且我知道她肯定会那样。我不想让她同情我，然而从目前的状况来看，她已经同情心泛滥了。

不过，或许跟朋友倾诉一下，让她一同担忧也没关系。我的家人不相信我没跳游泳池是一码事，吉吉在不知情的情况下说我出现记忆问题却是另一码事。如果我的确还没痊愈呢？如果肿瘤复发了呢？有些人擅长解字谜或柔道，而我或许就擅长在自己的脑袋里给肿瘤筑巢。

唯一的疑点是，那个跑开的人是怎么回事？那件事该如何解释？

我不能告诉吉吉。说出那些话，告诉她我的身体状况和精神状态，这就意味着这个突如其来而又甚为清晰的担忧可能会变成现实。

“我没事。”我轻声说道，“我只是……累了。可能是被我那本书弄得精神焦虑吧。我总担心人们会不喜欢它。”

“我明白。”吉吉说道，“压力肯定会很大，但是你应该高兴才对啊，艾丽莎。那本书什么时候出版来着？一个月内？肯定会大受好评的。”她拍了拍腿根，“要不找个地方吃顿晚餐吧？我吃什么都行。”

我觉得心口堵得慌：“我只想自己走走。”

“哦，好，没问题。”她把我拉过去，又拥抱了一下。她身上有股大麻味，整个身体压在我身上，让我心里更加堵得发慌，“去鲍勃的店里吃个火焰冰淇淋吧。”她在我耳边喃喃道，“再点一大杯牛奶。”

我抽身走开。

现在已经五点多了，伯班克一片死寂。宽敞的马路上空无一人，非常适合飙车。一个姑娘在油腻腻的墨西哥风味餐馆里擦桌子，扬声器里传来叮叮当当的墨西哥街头音乐。一辆高配奔驰轿车悄悄驶出道路那头的华纳公司大门，哧溜一声拐上橄榄街，朝高速公路开去。整套动作像两栖动物一样隐秘，勾起了我对自己最近所做的古怪而无法解释的事情的重重回忆。

比如爬过连锁酒店的篱笆，一头扎进第一眼看到的水里——那是一个巨大的室外热水浴缸。我把脸埋进热水里。只有当呼吸停滞时，我才能感受到慰藉。一切都将结束。我要自由了。

比如正在穿过圣莫妮卡和威尼斯海滩的小路上骑自行车，恐惧感突然不可抑制地袭来：有人在追赶我。我转过身，身后的确有人。也许是很多人，那些人的眼睛里充满了怒火和仇恨。我所能想到的唯一的逃离方式就是跳进太平洋里，于是我拼命地跑过沙滩。一股巨浪立刻将我吞噬。在我呼吸停止之后，一对父子把我拽了出来。“她怎么在咳嗽？”小男孩不断地追问，“她不会出事吧？”

还有我两天前掉进宁静酒店的游泳池的那段记忆。冰冷的池水是那么刺骨，却再次给我带来安全感。我翻身躺在池底，过了一会儿才睁开双眼。

我猛地停在路坡前。正如德斯蒙德所说，那天的确有人站在游泳池的平台上。酒店的聚光灯照得我看不清楚那人的面孔，但俯瞰我的那个人却在我下沉的时候得意地喘着大气。

我拿出电话，又给警察局打了一遍。接电话的还是那个接线员，而我还是没想起兰斯的姓，也不想再听那一连串的信息。我挂断电话，用手机自动助手找出宁静酒店的号码。“可以转接一下码头酒吧吗？”我在前台接通之后问道。

停了一会儿，另一个人接起电话。“码头酒吧。”是一个带着澳大利亚口音的男子——麻头酒哈。

“你好。”我说，每当听到别人说话带着口音，我就有也带口音说话的冲动，“呃，我是个私家侦探，正在核查我客户的妻子的行踪。她说她几天前去过你们家酒吧，我想查查她是一直待在那儿，还是离开去了别的地方。”

“这样啊。”他谨慎地说道，“是哪天啊？”我把日期告诉了他，“我星期六没来上班。那天是里奇当班。”

“他今天上班吗？”

“不上。”

“他什么时候会来？”

“呃……应该是明天，或者后天。”

“到那时候，我可能早死了！”我的口音全没了，“你能不能把他的手机号码告诉我？”

酒保哈哈大笑：“不能。”

他说完就挂断了电话。

一阵刺耳的喇叭声把我吓得跳了起来，原来我不知不觉地走上了人行横道。我惊惶地跑回人行道上，心都悬在了嗓子眼里。

有人在我沉入棕榈泉游泳池水底时旁观的情景像一只愠怒的猫一样围着我打转。肯定有人一动不动地站在池边，亲眼看我挣扎着沉到池底。

我用谷歌搜索“宁静度假酒店游泳池溺水事故”，搜索结果里只有吉吉给我看的那条新闻。除了我的这次事故，并没有那家酒店的其他事故报道。

我又搜了“棕榈泉跟踪狂”。一名二十四岁的女子被前男友跟踪；一名四十五岁的护士在脸书上发了她自己在棕榈泉拍的性感照片，有个疯子一直跟着她跟到猫王蜜月度假胜地。这两种情况都跟我没有太多相同之处。

我又搜了“洛杉矶跟踪狂”，搜索结果多得看不过来。之后，我搜了“警察会不会对你撒谎”，再之后又搜了“警察掩饰罪证”。我最后搜了“如何找回记忆”。我点开一篇有关创伤后应激障碍症的文章，上面写的都是我早已烂熟于心的东西：记忆，尤其是强烈的、情绪化的记忆，都存储在杏仁核，也就是我的肿瘤所在的位置。如果缺乏时间和空间去塑形，这些记忆极不稳定，很容易被破坏——想把记忆固定住，需要经过一整套生物化学和电子程序。另外，你自认为记得某事发生过，并不代表此事的经过就像你记得的那样。大脑会根据你所想记住的东西或某人要你记住的东西来重写记忆。你的大脑还可能把两种记忆合而为一，使大脑里的突触发生缠结和混乱。

是这样吗？我把这次的游泳池事故跟之前的某次自杀事件弄混了？我想相信这个推论……但是又有疑点。旁观者的脸在我的脑海里是如此的鲜明，容不得我不相信。一旦我开始怀疑自己，这段记忆就会永远消失。

我得找个地方躺一会儿。我望着人行道，心里盘算着——街道很干净，在上面吃东西都没问题。接着我看到了一个更有吸引力的地方：华纳公司对面用库房改造成的街角酒吧。窗户上画着一个抛媚眼的女郎，酒吧上方挂着一个氖气酒瓶。我心想某个人会不会在里面。我开始蠢蠢欲动，像一棵渴望阳光照射的植物一样朝酒吧走去。

我推开门，进入灯光昏暗的室内。这家酒吧是一个各种风格的混合体：有一台点唱机，光照不足，卫生间的清洁度堪比低级夜总会，可它的角落里有个酒窖，菜单上有牛面颊肉，电视上还在播公共广播公司的新闻。

我在长凳上坐好，扫了一眼稀稀拉拉的顾客。跟这个时间来伯班克逛游的所有人一样，这些人要么是不想被人打扰的制片厂员工，要么是想跟愿意聆听的人套近乎的剧作家。酒保布莱恩嘟嘟囔囔地扔给我一个茶杯垫。他总爱跟人抱怨女人都是泼妇，说谎不打草稿，无事生非，淫荡不堪，老想着投机取巧，比男人肤浅一万倍。我还特别讨厌他那赶时髦的胡子造型。

“杜松子酒加奎宁水。”我对他喊道。他满脸不乐意地调好酒，一声不吭地丢到我面前，然后把账单塞进一个空杯子里。

接着，我感受到了一股吸引力，还没看到那个人，我就已经知道我要找的人就在这里。他在那儿：穿着牛仔夹克，留着短短的胡茬子，头发松软，下巴宽大。他坐在酒吧的另一端，正在看杂志。仿佛突然感觉到我的存在一样，他抬起头跟我对视。他的嘴唇抽动了一下，起身像熊一样朝我走来。我从长凳上下来，脚面撑得笔直，心怦怦直跳，看到他便心旌摇曳，同时又身心放松，十分确定接下来会有怎样的进展。

“丽莎。”他走到我面前说道，“好久不见。”

我不知道他是故意喊错我的名字，还是的确没记住，也有可能我给他的就是假名。

“最近一直在忙。”我说道。

他喝了一大口酒——棕色的液体，里面的冰块叮当作响——然后递给我。他知道我不挑。他知道我会喝下去，而我确实喝了下去。是威士忌，便宜的那种。我感到喉咙里一阵燥热。

他上下打量着我，眼睛闪闪发亮：“现在忙吗？”

我朝他挑挑眉毛：“不忙。”

可能我们还说了一会儿话，甚至喝了一两杯加奎宁水的杜松子酒，可能还引来了布莱恩的怒视。但关键在于没过多久，安德鲁便迫不及待地抓住了我的手。我们俩来到卫生间里，我靠在墙上，他的手急切地拉开拉链，我兴奋地把脏兮兮的医院T恤拉到头上。我闭上眼睛，尽我最大努力去享受。一股酸水涌到嘴边。我快要吐了。但在这短暂的时间里，我可以忘掉自己，把自己当成另一个人，变成那个身心俱毁、淫秽浪荡、惹人厌恶的丽莎。

摘自《多萝西的往事》

自从小多被送进重症监护室之后，多萝西就忙了起来。她在经护士转交给小多的明信片上说自己在“参加会议”。或许《卡洛维的骑士》终于要出版了；或许她遇到了心上人——第三任丈夫。小多不再为《洛杉矶时报杂志》那事介怀了，主要原因是那件事会产生她所担心的反作用。最近，医生决定为她安排每天十五分钟的探视，同校有七个学生来看她。他们带来了糖果、碟片，还有她没来得及读的平装书。向来受小多崇拜、脸色苍白的玛蒂尔达坐在床边，惊叹小多的胳膊上有那么多针眼。

两天后，小多又收到一张多萝西的明信片；她即将启程进行为期三个月的调查之旅。震惊之下，小多打给了多萝西。

“你怎么能把我一个人撇在这儿？”小多哭喊道。

“我知道，我知道。”多萝西说道，“你很坚强。你能应付得了。我把工作搁置了太长时间啦，亲爱的。终于有个经纪人看中了这本书，而且还给我定了期限，我只能重新着手。”

“你说过那本书已经写完了呀。”小多说道。

“问题就出在这儿。”多萝西说道，“现在没人喜欢讲野蛮人的小说，经纪人要我调整结构，改成有关圣杯的故事。所以说啊，我必须得去一趟法国南部。唯有亲眼看看那里，这个新情节才能写好。”

小多听出姨妈的语气有些冷淡，仿佛她在为小多所做的某件事生气。难道她以为小多对护士说了什么话，才导致自己被送进重症监护室吗？可小多究竟说了什么不该说的话？

不过，小多现在好多了，脑子变得更加清醒，也不再犯病。第二天，学校里的小伙伴又来探视，小多跟他们聊了整整十五分钟，丝毫没有觉得头晕目眩。后来，妈妈穿着牛仔裤和T恤——那身工作服终于被换掉了——出现在门口，小多没办法再假装睡觉。看到小多醒着，小多妈妈怔住了，车钥匙哗啦一声掉进手提包的某个口袋里。待她再次抬起头时，已是泪眼汪汪的了。

“你这会儿不是应该在上班吗？”小多冷冷地说道。

小多妈妈坐到床边。“我请了一天假。”她仔细而有些迟疑地端详着小多，“小多，我真的很对不起你。”

“哪里对不起我了？”小多问道。

小多妈妈泪如雨下：“所有的事情。”

接着，小多妈妈从手提包里掏出一个盒子。盒子里装着一个音乐盒，上面是个能转动的芭蕾舞女孩儿。她摇动曲柄，音乐盒里便传出“彩虹之上”的曲调。

“芭蕾舞女孩儿？”小多做了个鬼脸说道。

小多妈妈咧着嘴笑了：“我知道这不是你喜欢的类型。我只是想着……”小多妈妈让芭蕾舞女孩儿再次转动起来，两人静静地看着她翩翩起舞。

不久之后，小多脑子里迷糊的感觉彻底消失，医生说她的各项指标完全正常，可疑的脑部肿块也没了。他们甚至停药观察一天，而在这一天，她竟然也没有犯病。小多妈妈、未来继父、继妹跟医生讨论了病情，虽然会议氛围很愉快，小多却禁不住觉得这一家人团聚的场景缺了些什么。多萝西也应该在这里，陪着她迎接这隧道尽头的第一缕光。

“多萝西什么时候回来？”小多问妈妈。

小多妈妈勤快地把她的物品装进一个崭新的格子行李箱里：“你一定会喜欢咱们的新家。装修差不多快弄完了。”

“多萝西见过了吗？”

“还有你的房间！好大的一间哦，小多。还有窗座哦，是你一直想要的那种。”

“多萝西出去旅游了吗？”

小多妈妈终于看向她。“不知道。”她毫不客气地说道，仿佛这个问题有些荒唐，仿佛小多问的是公园里看到的某只松鼠去了哪里，或者经常飞来楼上卫生间的那只瓢虫遇到了什么事情。

“你知道她为什么离开吗？”

小多妈妈耸了耸一侧的肩膀：“她就这样，小多，向来这样。她总是来去无踪，你不能指望她。”她脸上的表情变换了一下，还咽了口唾沫，接着说道，“你房间是长方形偏椭圆的，有点儿非同一般，不过我觉得你能适应。”

小多心里涌起一股失望和愤怒。妈妈显然仍在嫉妒小多和多萝西的特殊情谊。万一妈妈没有把新地址告诉多萝西呢？万一多萝西找不到他们家呢？妈妈到底是怎么了？她突然想到：我有手机啊，我可以自己发短信告诉多萝西地址。这下看你怎么办。

心情重归舒畅之后，小多问道："房间墙壁的颜色我可以自己选吗？"

小多妈妈停下打包的动作："你想要什么颜色？"

"黑色。"小多调皮地咧嘴笑道。

小多妈妈哧溜一声拉上行李箱的拉链，也咧嘴笑道："或许黄色更让人心情愉快。我想涂成黄色和灰色。"

悄然走到小多门前的护士丽莎欣喜地说道："黄色配灰色很可爱哦。"她走上前来，想跟小多拥抱告别，小多却从她胳膊下溜了出来。丽莎也跟多萝西的离去有关系吗？

"他们全是贱人，嫉妒我们呢。"

小多想起多萝西评论护士们的那些话。即便只是在心里咒骂，小多仍旧觉得困窘和羞愧，可同时又觉得像是出了一口恶气。

第六章

第二天一早，我还在睡觉，经纪人劳拉打来电话。当然，我是应该早早起来，做做瑜伽，跑跑步，或者像个无病一身轻的人，粗声喊叫着迎接新一天的到来，然而我却窝在厚实的貂皮被子下面流口水。

“你好有创意，竟然用这种办法给你的书造势。”劳拉在她的助理打通我的电话之后叽叽喳喳地说道。

“啊？”我霍地坐起身，看了一眼墙上的钟。现在才早上六点十四分。

“就你跳水那事！那新闻太及时了——有人从棕榈泉的小网站上扒了出来，现在是人尽皆知。《多萝西的往事》出名了！出版界博客有三篇专门写你的文章。索要样书的人比以前多了好多，预售订单飙升。干得好，姑娘！”

我想开口说话，但被她压了下来。“还有传言说你认为有人想杀你。”她发出一阵短促的哈哈声，“你真的就像书里的小多一样。演得煞有其事，真的。生活源自艺术。继续保持！”

我没见过我的经纪人，因为她住在纽约，而我害怕坐飞机，但每次谈话的时候，我的心里就会浮现一幅景象。在我的设想里，她身材高挑，走路昂首挺胸，做事雷厉风行，头发柔顺，光彩照人，右手上带着一枚硕大的方形钻石戒指。她肯定有一双疯狂的大眼睛，总是眨都不眨一下。她肯定爱跟人对视。我敢打赌，她的助理没少挨骂，但她们依然为她奋不顾身，就像饱受摧残却又衣食无忧的小狗一样。

我仍然不敢相信她会喜欢我的书。在把初稿寄给劳拉一周之后，她在电话里大喊大叫："写得太好了！叫人浑身起鸡皮疙瘩！"

"等下，真的吗？"这似乎有些太过虚幻了。这本书满足了我的虚荣心，但同时也让我感到窘迫。也许情节无聊得味同嚼蜡，也许这是史上最荒诞的书。鉴于我这辈子读的都是史诗和垃圾恐怖小说，我分不太清虚构作品的好坏。我不知道是不是每个所谓的作家都会像坐过山车一样心情不定，还是就我一个人这样。

我把脚从被子下面挪出来，吓得喘了一口粗气。我忘了昨晚跟安德鲁做爱之后醉醺醺、迷糊糊地把脚指甲涂成了黑色，还以为自己得了坏疽。

"我那不是自杀。"我告诉劳拉，"我们得发布一份通告。"

"反正也没人信网络上的东西。"劳拉嘲弄道，"重点在于你确实勾起了大家的兴趣。有几个人要求采访你。出版社想多送出一些样书，扩大评论者的覆盖面。你想让我把书寄给谁？"

"千万别寄给我的家人！"我近乎咆哮地说道。我咽了口唾沫，为自己的情绪波动感到尴尬。

“我说的不是家人。”劳拉说道，“除非他们是《娱乐周刊》或《人物》杂志的内部人士。你认识那些杂志的人吗？认不认识优兔图书博主？认不认识图书分享博主？”

“我连那两个词是什么意思都不知道。”我坦承道。

“哦，这样啊。没关系！哦，对了！我还没公布你的电话号码，但是如果有记者弄到号码打电话给你，你也不必吃惊。”

“他们怎么会弄到号码？”我心口一阵抽痛，大声喊了出来，“我必须接受他们的采访吗？”

“绝对不行。在书上架之前，什么话都不要讲。我觉得应该营造一种浓厚的神秘感——这个艾丽莎到底是谁？书里的情节是真实的还是虚构的？”

“是虚构的！”我近乎吼叫着说道。

“这我知道。我只是想说，人们现在会充满好奇。你已经展现了神秘的魅力，营销和宣传团队高兴得像上了天一样。还有，等到书一上架，你就要开始巡游了。”

“巡游？”我仿佛从没听过这个词一样滑稽地重复了一遍。

“签名啊，读书会啊，问答啊。”她砸着舌头说道，“好多处女作家连巡游的机会都没有。这是天大的好事。开心点儿！”

惊惶的感觉已然袭来。

“在售书活动期间，如果有人乱提问题，我该怎么办？比如私事？还有我不愿回答的问题？”

劳拉咯咯地笑了起来：“那就别回答啊。这又不是考试，不用把所有的空白都填满。但你真的应该去巡游，艾丽莎。图书行业最重要的就是构建人脉关系，当隐士可成不了事。”

“托马斯·品钦就做到了。”我随口说道。我对这位作家的了解仅限于此。他的书我一本都没读过。我曾翻开《V.》，第一页读了不下二十次，但是我总觉得那书有严重的印刷错误，所有的字句都编排不当。第二页也是如此。

劳拉说了些有关托马斯·品钦的事情，我没听清，只听到她说：“起码在社交媒体上露露面，好吗？图享啊，脸书啊，阅后即焚网站啊，哪个都行。提一提多萝西和小多，讲一讲角色的灵感来源。我敢说，这次游泳池事故之后，你肯定收到了很多好友添加请求。对了，这事我都不好意思开口，但是还记得你的编辑波西吧？她人就在洛杉矶。她想跟你在红宝石拖鞋咖啡馆吃顿晚饭——好像是在比弗利山，可能是想谈谈怎么利用这次游泳池事故，给这本书再造造势。你今天中午十二点半能去吗？她在那儿等你。”

“我不是为了给书造势才落水的。”我轻轻说道，“这一点你要记住。”

“我明白。”劳拉安慰我道，“不过我就当你答应去见波西了。记住，务必要准时，波西很忙的。”我听见她的另一个电话响了起来，“祝你好运，亲爱的！她一定会超爱你。”

我还没来得及搭话，她就说声再见，挂断了电话。我盯着手机，然后望向窗外灰暗的早晨的天空，思忖着刚刚到底是怎么回事。

我的视线落在地板上的四个大箱子上。这是我去宁静酒店的那个星期六当天收到的。每个箱子侧边都贴着出版商的商标；商标下面用沉闷无趣的字体写着：《多萝西的往事》，艾丽莎·方丹。我坐起身，弯腰拉过来一个箱子。我用指甲轻松地撬开纸板箱，把最上边的那本拽了出来。

书拿在手里有种厚重感，指尖在毛边纸上的触感令人愉悦，纸张散发着神圣的味道。粉红色的封面像口腔内壁一样光滑无比，一高一矮的两个黑发女人并肩而立。那是小多和多萝西，我创造的两个主角。

我思考着在社交媒体上写些什么。无伤大雅的事情就行。我以前在图享上发的大多是恐怖玩偶图片和旧物商店拍的小雕像，但今天不同以往，我把书举到与脸齐平，拍了一张照片，发了出去。"倒计时四个星期"，我加上文字说明。别的我不知道还能说什么。

果然像劳拉预料的那样，一个用字母和数字拼凑成的账号给我点了赞，接着又有三个人点赞。软件上弹出一条评论：你为什么跳进那个游泳池?

我深吸一口气，又把目光转回书上。我翻到封底的作者照片。那是我的脸，面色苍白，嘴唇鲜红，美艳不可方物；那是我的头发，乌黑发亮，杂乱无章：但又看着不像我。那个人自信满满，不可一世，胸有成竹，绝不会被人推进游泳池。

我不知道发生了什么，但是我很快就能弄清楚了。我在心里回答那条评论。

红宝石拖鞋咖啡馆在贝弗利大道最受游客青睐的地段。去那里的路上，我给德斯蒙德·威尔斯发短信，问他有没有收到棕榈泉警察局的回复。时间够久的了，换作别人，早就应该得到回话了。德斯蒙德没有回信。我有种被人冷落的感觉。他在做什么？什么事比跟我说话还重要？

电话铃声响起，吓了我一跳。我看了看屏幕，是盖碧打来的。

“在干吗呢？”我小心翼翼地说了声“喂”之后，她爽朗地问道。

我在一家肥皂商店门前停下脚步。这家商店的商标是个圆滚滚的胖天使。

“没什么事。你呢？”

“哦，工作啊。昨天落下的事，今天都要补上。”

我听到背景音里盖碧的键盘噼里啪啦地响着。她肯定是在用耳机跟我说话。

“我就想看看你……有没有事。你在家吗？”

“盖碧……”我清清嗓子，觉得这是个契机，“我那天晚上真的没有要自杀，千真万确。你是相信我的，对吧？”

“呃……”

我听到她深呼吸一口气，想说什么。可能是想说她不相信我吧。我截住她的话头儿：“还有，你们怎么知道我在医院？”我绝不能容忍再有人怀疑我的精神状态。

“……什么？”盖碧的声音听起来遥不可及。

“我醒来的时候，你在医院里。你们几个都在。这到底是怎么回事？谁通知你们的？是医院的医生，还是酒店的职员？”

盖碧咳了几下，又传来一阵敲击键盘的声音。

“他们从你钱包里找到了驾驶证，不知道怎么就联系上了妈妈。你问她吧，电话是她接的。不过之后她打电话给我，我们就一起开车去了棕榈泉。”

“你们是在我醒来的当天早上到的？还是晚上到的？”

“当天早上。我们到的时候，你还在睡。医生把官方的说法告诉了我们。”

官方的说法。

我咬了咬嘴唇。她的话似乎很可信。我不知道自己究竟想从她的话里找出什么漏洞，只觉得那天晚上的事情在我的大脑里是一片空白。有很重要的事情被我遗忘了。

“我们第一次见面的时候，你为什么说伏特加是你拿出来的？”这个问题脱口而出。

“……啊？”

街对面有个蹒跚学步的小女孩摔倒在地，哭得稀里哗啦。她的妈妈用胳膊圈住她，眼睛盯着万里无云的天空。

“你应该说是我拿出来的。”我说道，“你应该让我妈妈闻闻我那一大杯伏特加。为什么你没有那么做？还有，我对此表示歉意。我当时简直就是个大混蛋。”

盖碧的语调有些古怪：“我不记得什么大杯伏特加，艾丽莎。你确定那件事真的发生过吗？”

“确定。我当时写在日记里了。”

“唉，你那会儿就很会编故事了。”

这显然是一个阴谋，盖碧肯定记得。我继续逼问："过圣诞节的时候，我拿走比尔给你买的那件卡什米尔毛衣，穿着它去聚会，上面洒的全是啤酒，你怎么不生气？你为什么不阻止我往你的床上放那些稀奇古怪的东西？我从棺材里窜出来吓你，你怎么不说实话？"

"你提这些干什么？跟现在有关系吗？"

小女孩站了起来，紧贴着她妈妈的腿。我看着她们朝人行横道走去。"我刚刚想到的。"我心虚地说道，"我就是想知道原因。"

"你好像有点儿不对劲。"盖碧说道，"要我打电话给妈妈吗？"

"天啊。我没事。"

我气冲冲地挂断电话。我往肥皂商店的窗户里张望。所有销售人员都戴着天使翅膀，挂着亮片，走路踏着小碎步。我绝不会进这家店的门，我心想。无论他们家的肥皂有多好，我都不会去。

盖碧怎么会不记得伏特加那回事呢？那可是一件大事。细节至今依然历历在目：妈妈脸上的怒意，轻易操控盖碧所带来的兴奋感，还有她说"也许你不该喝酒"时犹疑的语气。再之后，盖碧背了黑锅，这事很快就没人再提起，似乎最好不要深究一样。

莫非这事是我自己臆想出来的？但如果真的是我臆想出来的，当时到底发生了什么事？难道盖碧和我见面之后就在沙发上玩起了乌诺纸牌？看了迪士尼动画片？互换了精灵宝可梦卡片？我不是那样的人，那跟我的性格大相径庭。那么，唯一的解释就是她在撒谎——她记得很清楚，只是不想谈论。但她为什么不愿意谈论这些事情？更何况我已经道歉了。

我突然想起忘了问盖碧为什么打电话给我。不过我现在也不会打回去。

红宝石拖鞋咖啡馆——我跟波西会面的餐馆——在比弗利山显得简陋而不起眼。这个小地方昏暗不堪，嘎吱作响的桌子摆得密密麻麻，还播放着嘈杂的巴西音乐。我进门的时候，每张桌子都坐满了人。我跟波西只通过画面模糊的视频见过一次，所以这里的人哪个都可能是她。我站在排队就餐的队伍后面，时不时地被别的顾客撞一下。

每次有人撞到我，我全身就涌起一股不适感。嘈杂的声音，咖啡的味道，低沉的音乐……这一切都让我感觉自己无处可藏，很不安全。有太多人盯着我了。刚想到这里，餐馆另一端就有个男人抬起头，直视着我。他戴着浅色眼镜，鼻子长而瘦削，下巴宽大。一顶扬基队棒球帽紧紧地罩在头上，压着他卷曲而发灰的头发。我猛然愣住。很久以前，在我还不害怕坐飞机的时候，我跟妈妈在纽约市曾遇到过一个身穿雨衣躲在建筑物之间的隐蔽处，对着我们窃笑的男人。他解开外罩，露出阴茎和皱巴巴的阴囊。那张脸永远地被铭刻在我的记忆里。

够了，我不想再在这里待下去了。我还没做好面对这个世界的准备——或许有人在监视我。我蜷缩着身体从两个凝视着馅饼的男人中间挤出来，走到餐馆的前廊。车辆嗖嗖地疾驰而过。成群结队的漂亮姑娘穿着高跟鞋在人行道上漫步。我的呼吸越来越沉重，手指颤抖着去摸索口袋里的手机——我要坐车回家，马上就走。

“艾丽莎？”

在将咖啡馆和街道分割开的小门边，站着一个身材高挑、眼神和蔼的女人。她比我高了至少一英尺。她的胳膊很长，腿却很短，像一只猩猩。就连手指都很修长。她披着一头像棉花糖一样蓬松的黑发。气温只有十五度，阴冷无比，她却穿着一件扣皮带的背心裙。裙子被她那因怀孕而臃肿的大肚子撑得紧紧的。

“波西？”我用几乎听不到的声音说道。

“对！”她抱住我的手，“你刚到吗？咱们进去吧？”

我另一只手的手指还抓着电话：“我，呃……”

她径自把我拉进餐馆：“我真是太可恶了，这么久才来看你。你的书差不多就要面世了！可惜我还要办理种种试管婴儿的手续，就为了这些家伙。”她指指自己的肚子，“而且办理这些手续好慢的。你知道他们让我每天都塞着阴道棒吗？正常日子都没法过。还有晨吐——我基本上连家门都不能出。”她弯下腰，对着肚子说道，“你们怎么这么调皮？就不能歇一会儿吗？”她的语气充满了严厉的味道。

“里面有几个啊？”我一边爬楼梯，一边紧张地问道。

“三个。”波西咧嘴笑道，“三个小男孩。”

“哇。”

波西拿起一份菜单，轻车熟路地走到餐馆后面。她示意我坐到包间里，我不知道还能怎样，只得照做。就跟她聊几分钟，我心想，然后找个借口走人。我偷偷看了一眼手机，取消了叫车服务。我环顾了一圈这间屋子。再也没人盯着我看了。也许我没事了。有人陪着我，我感觉略微安全了一点儿。

没过多久，波西面前的玻璃杯后面就摆上了三块三明治、一大瓶苹果汁和一大块胡萝卜饼。我点了一份巴西莓奶昔，但我不敢喝下去。“好了。”她双手支住脸颊，凝视着我说道，“跟我说说，讲讲你自己。”

我耸耸肩，把奶昔放下。饮料一滴没洒，这真是一大奇迹，因为我的双手还在剧烈地颤抖。

“哦，这个，你知道，我就是一个普通人。”

“现在全世界的人都在为你痴狂呢，说你是个自己跳进游泳池的神秘作家。”

“我没有自己跳进去。”我脱口而出，紧接着猛然抬起头，“全世界？”

“唉，就算不是全世界的人，也是有很多人的。我得承认我们有点儿添油加醋——我们说书里的女人经历坎坷，也许创作这样一个角色给你造成了太大压力，你想洗清内心的污秽，所以才有那么一场事故。”

“可是……”我震惊了，“这不是真的！”

“所以你才要在书出版之后的采访里解释清楚啊。”波西尖声笑道，我还没来得及提出异议，她又说道，“好了。是什么促使你写《多萝西的往事》这本书呢？我们最好统一口径。”

这不过是波西的工作，她好奇是人之常情。她买下小说版权，预付款可能相当于二十多岁的普通人十年的工资，如今自然想让这本书大获成功。我不能因为这些问题而对她有看法，但从声名狼藉到声名鹊起的转化过程却让我感觉……卑鄙无耻。搞得像书都已经被卖光了一样——其实还什么都没卖出去。书写得好不好，应当并且只能用文学标准来衡量，不是吗？

还有另外一件事。我的前几次溺水事故都没有公开——当时我只是个无名小卒，没有公开的必要。但如果有人想深挖下去，肯定能找出一些蛛丝马迹。在圣莫妮卡把我从太平洋捞出来的那对父子，就可能出面说些什么。或者清理戴斯酒店浴缸、发现我脸朝下趴在泡沫里的那个门卫。我甚至可以想象新闻会如何报道。“她根本不是我们的顾客。”门卫会这么说，“她没有门卡之类的东西。浴缸区平常封闭得严严实实，也不知道她是怎么进去的。她还说有人追杀她，可是我没看见任何人……”

我意识到波西在等着我答话。我不知道是什么促使我说出下面的话，也不知道是什么促使我突然转移话题，但这句话禁不住脱口而出：“在加州大学洛杉矶分校读大三读到一半的时候，我得了脑瘤。”

“跟小多一样？”波西用一只手托着脸颊问道，“老天啊！”

“差不多跟她一样。是同类型的肿瘤——我借用了这个病，因为我了解这种疾病，能猜出来该怎么治疗。”

波西皱了皱眉头。她脸上沾了块黄瓜，但我不想点明，免得让她尴尬。

“你说你能猜出来该怎么治疗是什么意思？”

“我做治疗那段时间的记忆比较模糊。手术做得很直接，之后我就一直……稀里糊涂的。”

“真的？”波西往前挪了挪，仔细地看了看我的头皮，“你那整形外科医生手法太妙了，我都看不到伤疤。”

“毕竟是洛杉矶嘛，对吧？”我有些阴郁地说道，但更多的是觉得尴尬，“他们采用了新技术，不用开很大的口子。不管怎样吧，我觉得我现在好好的，好得不得了。大家都说这是个奇迹。”

波西闭上双眼：“我还见人就抱怨做试管婴儿、扛着三个拖油瓶呢。你那段日子一定很难熬。我好心疼你。”

“的确是很难熬，主要是因为我以前总担心自己会得脑瘤。”我坦承道，同时又厌恶自己照搬妈妈的话，“结果一语成谶。康复之后，我搬回父母家里住。我一个人躲在房间里，像离了水的鱼一样难受，想着找点儿事做，于是写出了这本书。”

波西听得眼睛发亮：“你几天时间就写完了全书，对吗？”

“不是几天时间，不过也就几个星期吧。我收不住笔，要一股气写完才行。”

“你那是神游症。”波西高兴地说道，“我早就想见见得过这种病的人了。当时是什么感觉？你分裂出第二个人格了吗？”

“呃……”我倒希望自己分裂出了第二人格，那样好有趣，“不，没有。我只是突然萌生了一个念头，想趁着还没忘记，把它全部写下来。”

波西伸手抚摸着肚子。“你们这些作家啊，你们那一套路子啊。跟我合作过的一个男作家，他的整本小说都是在往返上东城去做他那差劲的医生助理的地铁上写出来的，而且工具只是一部黑莓手机，你能相信吗？那个可怜人连一部新款手机都没有，只能靠那别扭的键盘打字。”她往前凑了凑，“那你为什么写这个情节？有什么动因吗？”

“刚开始是随便写的，想用言语记录我的个人经历，就是生病这事。于是我写了一个待在病房里的女孩。她望着街对面的牛排店，想象自己到了那里，身边还有一众稀奇古怪的角色。我为她创造了一个可以倾诉的对象。之后就……成形了。”

“你重写了很多次吗？有没有拟定情节大纲？”

或许我当时的确处于神游状态，因为我记不清写作的过程和构思灵感从何而来了，只记得灵感迸发之时，我就会写下来。也许那时有一只无形的怪物浮在我身旁，在我耳边窃窃私语。也许是罗马神话里的创作女神。估计德斯蒙德会喜欢这个说法。

我为自己找不到合适的答案而深感不安，上了年纪、更加睿智的作家或许会知道该如何回答。业余爱好者艾丽莎只会在她的键盘前瞎摆弄，敲出一串串词语，把词语编排成句，那些词语便会翻翻白眼，自动改换顺序。词语翻着筋斗，快速飞动，直至创造出一个故事。这本书的写作过程就是这种感觉。仿佛别的东西取代了我，而我不过是个见证者。“我最好的构思都是在半夜想出来的，”我竭力回忆道，但这是假话，“在沉沉的梦境中迸发。”

“太棒了。你会以小多为主角再写一本书吗？”

我做了个鬼脸。为什么要再写一本以小多为主角的书？她在终章里已经无路可走了。她的命运毫无转机。

“打扰一下。”

那个“纽约市露阴狂”站在我们身旁。距离近了之后，他身上散发出海飞丝洗发水的味道。他的眼神不像我所期望的那样狂野，但我的心仍旧猛地一沉。他站得很近，几乎要贴在我身上了。

“什么事？”波西像保护领地一样抱住自己的肚子。

那人看着我：“我们见过，对吧？”

我眨了眨眼睛。喝了没几口的奶昔里的巴西莓种子在舌头上翻来滚去。突然之间，我的心提到了嗓子眼。我知道答案吗？

一股不悦之色掠上他那满是褶皱的脸：“哦，或许没有吧。对不起，抱歉打扰你了。”他对我又点了点头，然后转身离开。

波西朝他皱了皱鼻子。“洛杉矶跟纽约一样诡异。”她兴高采烈地说道。我这才意识到，对于大多数人而言，这个世界是一个滑稽的所在。这里令人神魂颠倒，无所畏惧。我多希望自己能跟他们一样啊。

波西抓住我的手：“跟你说，我们收到了一个让人兴奋的采访请求。采访内容会在书上架的那天播出。你准备好了吗，《罗克珊医生》？”

我皱了皱眉头：“让我上医疗节目？”

她用“哦，我真傻”的姿势拍了拍自己的脑门儿：“你不看电视，对吧？肯定是了。《罗克珊医生》是一档脱口秀节目。她的名声几乎可以媲美奥普拉。奥普拉退出之后，她就接手了读书俱乐部。”

“等一下，你想让我上电视？”

“劳拉说你会同意的。艾丽莎，求求你，好不好？我们会在播出之前审查所有问题。如果你不想提既往病史，那就不提。就当是一日水疗——他们给你设计发型和妆容，在更衣室给你换上好看的衣服。大家一定会喜欢你的。”她切了一块蛋糕放进嘴里，“再说了，这是你应得的。毕竟你在医院经历了那么多痛苦，对吧？”

咖啡馆的门开了，“露阴狂”早已没了踪影。推门进来的男子身材颀长，面容俊秀。他对我笑了笑。“露阴狂”换帅哥，让人精神为之一振。

我紧紧抓住自己的膝盖，对波西点了点头。“好吧。”我说。因为我想博取她的欢欣，我不想让她失望。

更何况，上电视能有多恐怖啊？

摘自《多萝西的往事》

读初中时，小多跟玛蒂尔达成了好朋友。玛蒂尔达和小多一样，也喜欢剪短头发，穿上用锡箔做的后现代服装。两人坐在玛蒂尔达哥哥凯尔卧室里散发着汗味的沙包上，用黑胶唱片听朋克摇滚——死亡肯尼迪乐队、后人乐队和爱丽丝·杜娜特乐队。玛蒂尔达给小多抹上酒精，用针头给她的肚脐打了个眼。小多用她爸爸的推子剃光了玛蒂尔达的头发。她们把莎士比亚有关"黑女士"的《十四行诗》读了一遍又一遍，期望自己也能把他人内心里的这种断断续续而又狂热的情感激发出来。

有一天，正当两人创作"芭比娃娃出车祸"的透视画的时候，玛蒂尔达的妈妈走进屋里，叫玛蒂尔达去看望外婆。她的外婆已经病重，几个小时内就可能去世。

小多问能不能跟着去，玛蒂尔达的妈妈用古怪的眼神看着她问道："你确定要去吗？"

"嗯。"小多透过几乎涂了一整管睫毛油和一整管眼线膏的化妆品瞥了一眼玛蒂尔达的妈妈。玛蒂尔达的妈妈不情愿地同意了。或许玛蒂尔达的妈妈只是害怕神经质的女儿和女儿那同样神经质的朋友，又或许她特别忍让小多吧。小多自九岁以后就没再犯过病，可毕竟《洛杉矶时报》的那篇报道白纸黑字地写着她的一只脚踏曾经进过死亡的门槛。

两人坐进玛蒂尔达妈妈的奔驰轿车。小多原以为会去医院，结果却是在穆赫兰道上蜿蜒辗转，来到了一栋俯瞰峡谷的别墅前。“你外婆在后面的卧室里。”玛蒂尔达的妈妈说道。小多忍不住要出口讽刺。不然会在哪里，在游泳池里游泳？

接着，玛蒂尔达的妈妈转头对小多说道：“你可以坐在厨房里等着。”

“不，我也进去。”小多坚决地说道。跑这么远的路，哪能就这么坐在外面等着。

外婆坐在摇椅上，腿上盖着一条阿富汗毛毯。她的双眼炯炯有神，身上却插着各种管子，银色的机械在给她供氧。她每动一下，周围的人便惊慌失措地问她是不是不舒服，要不要喝点儿东西，氧气够不够，冷不冷，热不热，无聊不无聊，害怕不害怕。小多为这戏剧性的场面深感困惑。有些地方说不通。后来，小多想明白了：以往处于玛蒂尔达外婆这种状态的是我。如今自己已经恢复了健康，别人就不再担忧了。

小多打量着自己，心里泛起一阵涟漪：以前一次又一次地犯病，现在怎么……安然无恙了？病魔什么时候会重新回到她的大脑里？再做扫描还会什么都查不出来吗？

小多期望姨妈能知道自己现在多么健康，可多萝西去做书籍调查还没回来。五年过去了，多萝西音讯全无，也没见她的书上架。离开医院时，小多给多萝西发了新家的地址，然而多萝西从来没有回复。小多往白玉兰酒店寄信，却每次都被退回，说是多萝西没有提供转寄信息。小多常常在网上搜索她的消息，却一星半点都找不到。小多翻阅各种杂志，心想多萝西可能会出现在某张名流照片里，毕竟她一度也是个名流吧？小多打出“多萝西·班克斯，阿尔罕布拉”和“多萝西·班克斯，阿拉斯加”，把所有的州都搜了一遍，仔细查阅所有的多萝西·班克斯的信息，看看是不是她的姨妈。小多用同样的方法搜了英格兰、意大利、日本和东欧的各个城镇。小多努力回想两人玩“葬礼”游戏和“奥斯卡颁奖晚会”游戏时多萝西最爱用的化名：特蕾莎·迪·温琴佐、哈妮·莱德、吉西铃木。小多惊讶地发现，这些竟然都是邦女郎的名字。她把邦德电影看了一遍，想着能从中找出线索。她想搜索多萝西曾经约会的隐形眼镜先生或那位政府要员，可仔细想想，她并不知道这些人的具体名字。就连“弥尔顿·班克斯，已逝电影制片人”这个跟多萝西前夫有关的链接也查不到任何有用的信息。

小多跑去各个墓地，寻找多萝西的儿子托马斯的坟墓，却次次无功而返。她甚至翻出了自己的纪念物，凝视着多萝西留下的寥寥数张照片。其中一张是多萝西和她站在白玉兰酒店的游泳池旁边——正是那一天，小多回想起来，多萝西给她讲了冥河的故事。从那天起，小多遇见水就唯恐避之不及。另一张照片上，多萝西和小多戴着同款披肩；多萝西拿着夹着烟的长烟管，小多的嘴里则叼着一根用糖果做成的香烟。

这个人曾经和我朝夕相伴，可如今她已不知所踪。小多一边摆弄着手里的照片，一边想到。人真的能从世界上消弭踪迹吗？

有那么几次，小多觉得在镇子里看到了多萝西。每当看见一个身材苗条、黑发的女人在等公交或者在药店排队时，小多的呼吸都会短暂停止。有一次，跟父母在帕洛斯福德庄特雷尼亚酒店吃午饭吃得不开心的时候，小多走出女士卫生间，看见多萝西推着一辆清洁车沿着走廊朝客房走去。

“多萝西！”小多喊叫着抓住她的胳膊。姨妈转过身，脖子上紧紧地围着独属于她的爱马仕潜伏猎豹围巾。小多高兴地抱住多萝西，管它什么愤怒，管它什么背弃，全忘得一干二净。多萝西回来了！万岁！

可是多萝西却往后直退：“什么？谁？别！”

这人的声音比较高昂尖锐，抬起头时，露出一双绿色的眸子。她一脸恐惧地看着小多，很可能是因为小多距离她只有几寸那么近。

小多猛地闪到一边。这女人的声音把她脑子里的某个齿轮啪的一声撞回了原位，一缕模糊的记忆——姨妈纠缠医院里的某个护士，因为这个护士跟姨妈长得很像——泛上心头。这会是那个护士吗？小多记得自己听过她的名字，却没有勇气说出口。

“对不起。”小多急忙道歉，然后转身离开。她一路跑回餐厅，差点儿撞倒一个推着装满路易斯·威登小行李箱推车的服务生。

小多时不时地向妈妈询问多萝西的消息，每问一次，对妈妈的愤恨便更强一分——妈妈肯定插手赶走了多萝西。妈妈似乎感觉出了这种愤恨，可她没有像别的父母那样努力争取赢回女儿的爱意，却对小多十分严厉，经常叫她坐直、梳头、做作业，天啊，别把睫毛膏涂得连着太阳穴，跟疯子一样。小多便会反驳她，两人从争论到对吼，小多妈妈最后总是转身对新任丈夫说：“我再也受不了她了。以后她做什么我都不管了。”一副当小多没在屋里的样子。

小多原以为向妈妈问多萝西的事会引发新一轮的争吵，可她妈妈经常漫不经心地回答此类问题。“多萝西这个人吧，没个定数。”小多妈妈近些日子好像有心事，“可能是在摩纳哥卖地毯，也可能在索邦学习写作。”

“索邦是哪里？”小多颇有兴致地问道。

“巴黎。”小多妈妈回答道。

小多的双眼迸发出了光芒。法国！姨妈说过她要去那里！“她怎么会去这么长时间？”小多问妈妈，“法国的生活成本不是很高吗？”

小多妈妈耸耸肩：“你姨妈啊，最不缺的就是钱。”

小多双手叉着腰问道：“既然她那么有钱，我住院的时候，你怎么不问她借钱？”她见妈妈迷茫地看着自己，便解释道，“那样你就不用那么卖力地上班了。她能分担一些费用，你也能多来看看我。”这还需要解释，小多恨恨地想。她觉得心好累，如此无助。妈妈早些年就该想明白其中的逻辑了。

小多妈妈摇摇头说：“不，不行。多萝西的钱就是多萝西的钱，绝不能花到别人身上。对了，除了托马斯，在他还活着的时候。”

小多来了精神：“托马斯是什么样的人？”

“他……很古怪。”小多妈妈的眼神飘忽，“听着，我不是说多萝西没经历过悲苦，但这并不代表我们就能忽略她的缺陷。”

小多轻蔑地说道：“具体是哪些缺陷？”

“小多，现在该让你知道了，你姨妈……她不是你所认为的那种人。”

“你这话什么意思？”

“我是指……精神方面。她……”小多妈妈把头转向一边。

“你说她是个疯子？”小多质问道，“你怎么可以这么说你姐姐？”

小多妈妈耸耸肩：“我知道你爱她，但我知道她是个疯子，因为我是她妹妹。我和她一起长大，她从小就这样。”

小多思索着这番话。妈妈和多萝西的成长故事，她所了解的并不多。父亲是纽约的银行家，总出差；母亲涉足模特行业，但大多数时候只会嗑药、喝酒，给朋友逗乐。他们住在长岛的农场里；姊妹两人有专属司机，读的是曼哈顿私校，白天晚上各有保姆照顾。生日宴会奢华大气，不过小多妈妈记得爸妈从来没参加过。后来，姊妹俩去了不同的寄宿学校。既然读的不是同一所学校，小多妈妈怎么可能知道她姐姐的为人如何？妈妈一定是出于嫉妒：无论相貌、天赋和财富，姐姐一样都不缺。妈妈却恰恰相反，她不拿家里的一分钱，靠修牙为生，而且头发稀疏又粗糙。

“你以前很爱她。”小多痛苦地说道。

“这跟我爱不爱她没有关系，问题在于是非曲直。”

“嗬，我倒觉得她精神正常得很。”听了这话，小多妈妈跟继父交换了一个复杂的眼神。小多翻了个白眼。

少了姨妈的陪伴，小多的心口仿佛被剜了一个洞。有一次，她甚至自己跑去学校心理医生的办公室，坐到桌前，要他停下手里的工作跟她聊聊。小多知道，这个心理医生早就想找自己聊聊了。她见过这个医生躲在走廊里，看着她努力融入平常人的生活。每周都有那么几天，当她戴上六英尺宽的翅膀，都会听到这个医生跟另一个老师的窃窃私语："那翅膀是用人皮做的吗？"

小多在心理医生的办公室里说，一定是因为她做了某些事，挚爱的姨妈才狠心抛弃了她。"你为什么这么说？"心理医生问道，"你觉得自己做了什么事？"

小多思索了一会儿。自己生病了？在医院里说错了话？感激之情没有表达到位？就算有理有据，也不能乱扔杂志激怒她？

"我觉得你应该就当她去世了。"心理医生说道，"跟她聊聊，她会听你说话的，但是你要接受她已经离去的事实。你要相信她去了更好的地方，你自己也要摆正心态。"

小多这辈子都没听过这样的鬼话，但她的确听从了那位辅导员的一些建议：每天晚上，她都会在日记里给多萝西写信。信里大多都只罗列了一天里所发生的事情。做了磁共振扫描，仍然没有异常。我在解剖室和布罗迪·费西亲热了。他似乎有些紧张，因为我们坐在二十只开膛破肚的猫咪旁边。玛蒂尔达和我在放学后点着了自己的头发。那味道好难闻。

小多还写了多萝西的回信，每封信都讲述了多萝西在巴黎所做的种种趣事。住在能看到凯旋门的公寓里；与法国总统同居过夜；带上一条狮子狗，用尤克里里在戛纳的大街小巷即兴表演。多萝西最擅长哼唱谁人乐队的歌曲。可这些回信总也填补不了内心的空虚。它们根本帮不上忙。

小多后来才知道，他并不是真正的心理医生，只是一个获得教育学位的学校辅导员。

在玛蒂尔达外婆临终之时，在各种医疗设备的环绕之中，小多看着这个注定将死去的老人热切地拥抱玛蒂尔达。老人眼里的英勇让小多感到迷惑。这个老人是发自内心的果敢，还是故意摆出姿态，以免家人担忧？小多心想：这就是爱的终极展现，这就是我渴求已久而不可得的爱。她对多萝西的陪伴是那么的渴望，以至于心里阵阵抽痛，几乎能尝到那种苦楚，像金属一般坚硬冰冷，让人欲罢不能。

第七章

星期三那天，我把可能憎恨我的人都列了出来：儿时的朋友，老邻居，我的父母，斯特德曼，吉吉和我所参加的写作小组里写的东西被我批判得体无完肤的人，我在斯特德曼的古玩店里兼职时遇到的顾客，今年早些时候被我追尾逃逸的车主。其中任何一个人都可能是那个人，但我又觉得不合理。我做过更可怕的事情，这一点我很肯定，可我不记得到底是什么事情了。

那么如何获得事情经过的更多信息？我又给码头酒吧打过几次电话，每次都一无所获。我聆听自我催眠磁带，寄希望于进入昏睡状态，召唤出那段记忆。我搜索杏仁核肿瘤，看看这种病是不是会反复发作。的确会。我盯着几张杏仁核肿瘤照片看了好久。肿瘤的样子让人反胃。

之后我输入“艾丽莎·方丹，杏仁核肿瘤”，期望……唉，我也不知道自己期望什么。医院肯定不会把我的病例发到公共论坛上。不过，要是能看到我的肿瘤扫描图片就好了；那样就能更直观地想象它在我脑子里的情景。但唯一的新闻就是我跳游泳池和那本书的链接，我把这些内容迅速看了一遍，然后点了退出，因为上面全都写着我要么有自杀倾向，要么就是极度渴望关注。

我翻了翻老朋友的线上活动记录，看看当晚我在棕榈泉落水的时候，有没有谁也在那里。一个都没有。我又查了查德斯蒙德·威尔斯。他的图片在圣费尔南多战车竞赛节官方网站的前排正中央。德斯蒙德头戴常春藤花环，身披参议员长袍，腰上缠着用绳子做的腰带。我发现他的双腿很是诡异，竟没有一根腿毛。我不知道自己为什么要去看他的腿。

我还要向吉吉证明我已经恢复正常，不需要她担惊受怕。这种想法促使我邀请她参加今天下午的洛杉矶大区猫展。据说，吉吉小的时候曾和家人带着一只名叫巴斯特的圆滚滚的缅因浣熊猫巡游全国，希望能进入全国总决赛。她的卧室里现在依旧到处都是巴斯特的照片，据传言，她妈妈把它做成了动物标本，就放在壁炉架上。我们现在不养猫——她爱猫如命，她弟弟恨猫入骨，而他显然是当家做主的人——但吉吉说哪怕只是看到品种优良的猫咪，都能填补她内心的空虚。

猫展在威斯汀酒店大厅举办，距离中国剧院和好莱坞星光大道只有一个街区。所有桌子都靠墙摆放，屋里充斥着喵喵声。猫咪大多被关在笼子里，而且无论男女，所有人都像是克隆人一样——身材短粗，头发卷曲，戴着眼镜，叽叽喳喳——分不清谁是评委。有上百个人穿着棉花彩色猫咪汗衫。挺着啤酒肚的男人身穿写有“猫咪无敌”的文化衫。我们路过几台讲笑话的猫咪机器，那笑话好像跟暹罗猫有关。广播在播放音乐剧《猫》的主题曲“魔术猫先生”。说实话，猫咪很可爱——跟我常见的满身疥疮的流浪猫就像完全不同的物种。一只波斯猫用睿智的双眼看着我，我敢肯定它在读取我的思维。我朝一只斯芬克斯猫挥了挥从家里抽屉拿来的羽毛，我发誓它一定翻了翻白眼，仿佛我那个动作侮辱了它的智商。

我用肘部碰了碰吉吉：“你小时候真的喜欢看猫展？”

“哦，那时候超好玩的。我的初吻就是在猫咪评审会上丢的。”吉吉傻傻地笑道，“你都要上脱口秀了，我配不上你了。”

我忍不住把上罗克珊节目的消息告诉了吉吉；她追了好多日间剧，所以我估计她应该知道《罗克珊医生》。果不其然，我一说完，她就开始大喊大叫。“那个女人厉害死了！有她给你撑腰，你的书一定会爆红。”她抓住我的手，兴奋得上蹿下跳，“等节目播出的时候，我们要聚会庆祝！”

然而，我仍旧为罗克珊的提问担忧。其中的提问肯定会跟我得肿瘤有关，我不想谈论这方面的事情。我不想让疾病界定我这个人。我不该跟波西提起这事，但当时我觉得必须澄清事实。关键在于，万一她已经公之于众了呢？万一营销团队现在以此为噱头了呢？

采用大脑外科新技术开颅，手术两周后开始写小说，书就写成了！我不愿成为这样的杰出人物。人们会把我当成跟雨人一样的自闭症患者，神经质的作家，也许身上还装了机械部件。受难者所经受的苦难不足以概括他们的人生，但世人不明白这一点。如果罗克珊怂恿我谈论自己的疾病，我将永远无法获知读者买我的书是因为我战胜了脑瘤，还是因为我的书勾起了他们的兴趣。也许我不应该在乎这些，也许我应该为他们买书而高兴。但我想让他们喜欢我的书，我想让他们喜欢我这个人。

吉吉一脸入迷地走向一箱俄罗斯蓝猫。“这些是蓝色妖姬先生的后代吗？”她向猫的主人问道。那人脸色苍白，头上光秃秃的，一看就是个连环杀手。他点点头，吉吉就跟他聊了起来。

我从这个展台走开。左右两边的笼子一模一样，再往前走，入眼的都是猫咪玩具、有机食物和猫咪维生素，尚未颁发的彩带和奖品陈列在铺着蓝色天鹅绒桌布的桌子上。我在这里才待了五分钟，就已经厌倦了这些猫咪。我从人群里挤到通往大厅的走廊上，呼吸那不太容易让人过敏的凉爽空气。

此时大厅里的人稀稀落落，声音从高耸的天花板回传下来。我闭上眼睛，享受这公共场合的喧嚣。我喜欢酒店里的环境，因为工作人员时时刻刻要待人友好，给人一种宾至如归的感觉。举个例子，如果你在大厅里放声大哭，前台的人就会赶紧跑过来，给你一杯酒安慰你。一个小孩把手伸到前台的什锦糖篮子里抓糖吃，大家都视若无睹。一个西装笔挺的男子——可能是大堂经理——看到我，对我眨了眨眼睛。他的表情——或许身在酒店里，空气清新无比，灯光别有情调——让我有种似曾相识的感觉，然后我又感到一阵惊恐。我又看了他一眼，坚信他是个穷凶极恶的暴徒。他却早已转身走了。

接着我听到一个声音。那高昂、尖刻的语调在大厅里蜿蜒回转。我转向声音的来源，有人站了起来。他的红头发十分惹眼，额头宽阔，身材瘦长。那声音是某个打电话的年轻男子发出来的。他走路左摇右摆，像鹅一样——但我以前见过这种步姿。如果我的大脑能震动，它现在肯定要震得地动山摇了。

我认识他，但不知道为什么。

我吓得往后直退，重重地撞在放有洛杉矶导游手册的桌子上。

“你没事吧？”我身后穿着猫咪汗衫、上了年纪的女人问道。

我心烦意乱地对她笑了笑。目光转向沙发旁的那个红发男子。我有种走过去让他看到我的冲动，但鉴于我想不通自己为什么认识他，这样做可能不太好。我蹑手蹑脚地顺着墙壁往前挪，坐到离他特别近的一张椅子上。我像鸽子一样把头埋在胸前，身体蜷成一团，免得被他注意到。我希望靠近之后能激起记忆中的涟漪。

“喂，没事的。”他对着电话嘟囔道，“不会有事的。”

他靠着沙发背，双脚放在咖啡桌上。没教养，我心想。我以前认识一个爱这样做的人。是谁呢？他身上有股混合着脏衣服、男性荷尔蒙的霉味，熏得我直犯恶心。

“警察不会问的。”他继续说道，“我是说，警察为什么要询问你？你也不要提艾丽莎和棕榈泉。”

什么？

空调的冷气吹动我的衬衫，让我心中的寒意更重一分。那人又站了起来，我以为被他发现了，赶紧把头转向一边。古怪的是，他好像没看见我。“那就别疑神疑鬼了。不管怎么说，这事可能要平息了。警察还没打电话给你吧？他们可能不会打给你。”他停顿了好大一会儿，“好了，我给你讲讲该说什么，以防他们再问别的问题。”

突然之间，他从沙发旁边走开，朝通往大街的旋转门走去。我在椅子上坐直了身子，伸手去翻手机。我仍在疑惑他究竟是谁，便拍了一张他的侧脸。我刚把手机放进口袋，他就不见了。他怎么走这么快？

我一跃而起。旋转门近在咫尺，可前面有一群游客进进出出，我得等他们先走。一堆人拉着左摇右晃的行李箱、购物袋和一个没有折叠的折叠婴儿车进入旋转门，两个年轻人嚼着甜味口香糖，一个女人傻站在我面前却不推门，经过这些之后，我终于走到了门外。空气里弥漫着汽车尾气和香奈儿香水的味道。右边的星光大道上人头攒动：有身穿清一色T恤的教徒，有衣着邋遢的大学生，有穿着短裙、戴着大号太阳镜的漂亮姑娘，还有胸前托着婴儿的妈妈。红发男子早已不见了踪影。我踮起脚尖四处张望。他不可能走远。如果能看到他的头顶，我就能知道该往哪个方向走。但他就像钻入地下遁走了一样。我的脑袋仍然在嗡嗡作响，身上被汗水浸得湿透。我刚刚听到了什么？我怎么能愣愣地站在这里，什么也不做？

旋转门又转了一下，三个孩子急匆匆地跑出来，撞在我的身上。我踉跄着往后退，手提包头朝下掉落在地。“噢。”他们的妈妈紧跟着他们跑向大街，“天啊，对不起。他们跟疯子一样。”

她蹲下帮我捡起撒出来的舒洁面巾纸、钱包和眉笔。“没事，没事。”我说完她就走了。一本《多萝西的往事》也掉了出来，那是我今天出门之前放进包里的。那本书掉在了一个房屋租赁宣传页架子上，跟其他书正好颠倒过来。这让我想起塔罗牌解读者把牌倒放的场景。我捡起书，心想我写下的文字是不是跟塔罗牌一样有着相反的含义。我翻开书，读了结尾处的几句话。果然，这个魔法似乎生效了，小多变成了施害者，多萝西成了受害者。语言能轻易地自成一路，包含如此之多的不同信息，真是神奇。

“原来你在这儿。”

吉吉穿过双扇门，身上也穿了一件猫咪汗衫。她看见我的脸色就停下脚步，双颊开始变得惨白：“发生什么事了？”

我眼神空洞地看着她，喉咙里一阵发干。我翻出刚拍的那张照片。照片里是那个红发男子，他扬着下巴，头发贴在脸上，双眼睁得圆圆的，两只肮脏的滑板鞋像鸽子爪一样呈八字形。“咱们认识这个人吗？”我问道。

吉吉仔细看了看屏幕，然后端详着我。她咽了口唾沫。“艾丽莎。”她小心翼翼地说道，“艾丽莎，那是列奥尼达。我记得很清楚，他是你的前男友。”

摘自《多萝西的往事》

小多是在大三那年遇见男朋友的。马隆坐在美术史入门课程的教室后排，这是无论哪个专业的大学生都必须学习的科目。谣言迅速传遍全班：她的未来男友是个表演艺术家；在学年初，他从当地的宠物店偷来老鼠，拿到学校的走廊里放生，然后把整个过程录了下来。这件事显然十分轰动，连银湖城的某家美术馆都向他发出了举行个秀表演的橄榄枝。

马隆似乎总是在教室后面开小会，讲述一些不可思议的故事，惹得众人捧腹大笑。每当老师叫他回答问题，他总能对艺术家的动机说出独到的见解。不过，奇怪的是，小多无意间听说他学的是物理专业，想在毕业后研究夸克。小多根本不知道夸克究竟是个什么东西。这么说来，他不是艺术家了？

有一天，小多看到他在四方院子里抱着一个身材矮小的女孩，心里顿时泛起一股醋意——她哪一点比小多强了？不过，小多后来发现那女孩是他自打幼儿园读书起就认识的邻居。小多对于自己松了口气感到惊讶；至此，小多意识到她是真的暗恋上马隆了。小多善于向男生主动出击，因此，当她在宿舍的节日聚会上遇到他的时候，她出手了。

显然马隆也听闻过小多的事迹。“你很出名。”接吻之后，马隆说道。

小多垂下眼帘。她以为马隆会提到她得肿瘤的事。多年来，她的病引起了意想不到的注意：初中时，年纪较大的女孩把她当洋娃娃一样宠着；高中时，焦虑缠身的男孩认为她很有趣，因为她曾体验过生与死的交锋。在高中更衣室里换健身服的时候，她注意到女孩们鬼鬼鬼祟地打量她的脑袋。小多不止一次听见人们喊她弗兰肯斯坦。除了被教育弗兰肯斯坦其实是创造者，那个脑袋被缝过的创造物叫作“科学怪人”，这些女孩的储物箱里还收到了死老鼠这一馈赠。当小多把死老鼠放在花边内衣、情书和未开封的早孕试纸上面时，一旁望风的玛蒂尔达咯咯地笑了起来。但是在过去三年的大学生活里，小多并没有向外人提起自己得病的事。她再也不想让这个名声跟着自己了。她想从头再来。不过就算被人发现，这也不足为奇。

但现实与希望恰恰相反，马隆说她很出名，是因为她是多萝西·班克斯的外甥女。“我祖父母就住在白玉兰酒店附近。”马隆兴奋地说，“她在那边啊，几乎尽人皆知。”

“她已经不住白玉兰酒店了。”小多淡然地说道。

“不住了？”

“对，几年前就搬走了。”

他看起来很困惑：“哦。哈，我敢发誓，有人说看到她了。”

“有个人跟她长得很像。”小多说，“也许你们看到的是那个人。我想她还住在城里。但我已经十二年都没再见过我姨妈了。”

“她去哪儿了？”他问道。

“可能在索邦。在巴黎。”

“真的？你应该去拜访她。巴黎棒极了。”

小多动心了。为什么不去看望姨妈呢？妈妈说多萝西精神有问题，并不代表小多就一定要相信啊。再说了，她现在已经成年了，大可以跑去索邦，找到多萝西。

那个周末，在家里跟家人一起吃饭的时候，小多跟妈妈说她打算买一张票。“巴黎？”她妈妈皱起鼻子，“巴黎有什么好的？”

小多不敢相信妈妈竟然忘了。“多萝西。”她傲慢地说，“你说她在索邦。想起来了吗？”

小多妈妈一脸震惊：“哦，小多，恐怕你想多了。”

“你在说什么？”

“我说她可能在那儿，但她也可能在别的地方。”

“不，你说她就在那儿。”可话刚一出口，小多就知道妈妈说得没错。妈妈从来没有说过确切的地点，这勾起了她无穷的怒火。她把所有的希望都寄托在巴黎，替多萝西写的所有虚构信件全都来自巴黎。她买了大号的巴黎摄影集，这样她就能想象多萝西坐在杜乐丽花园，或在地下墓场打猎的样子。

“你知道她在哪儿吗？”小多质问道。

小多妈妈摇了摇头：“从你还在住院的时候起，我就没再收到过她的消息了。”

小多怒气冲冲地说：“如果我有个姐姐，我一定会爱护她。如果她失踪了，我一定会去找她。”

“你有个继妹。”小多妈妈指着她继妹的空椅子说道，继妹正在大学行进乐队排练，“小多，我以前经常听见你跟你高中时的怪人朋友私下说她，听你说话那口气，我觉得或许你并不爱护她。批评别人之前，首先想想自己是不是行得端，坐得正。”

小多打了几通电话，才知道索邦那边根本没人听过多萝西·班克斯这个名字。她砰的一声摔下电话，直视着继父办公桌上的家用办公室地球仪。多萝西可能在那个球形地图上的任何地方：在崎岖的山脉中，在湛蓝的海洋里。

两天后，正当小多在听美国文学讲座的时候，一个本科生在门口喊她。“楼下有人找你，说是急事。”他意识不清地说道。小多慢慢走出学校，心想会不会是继父。也许妈妈病了，甚至死了。可当小多看清眼前的人，她一下子屏住了呼吸。

是多萝西。真的是她。她回来了。

第八章

星期三下午，我收到比尔发来的短信。内容很简单：我们想见见你。你能过来吃晚饭吗？几个小时之前，我肯定不会把这条短信当回事。他们只不过是想再给我推荐橡树精神疗养院。但是在猫展那件事之后，或许我真的该去橡树疗养院。我绝对需要些精神治疗。

我现在不宜开车，便乘着窗户上贴着优步标签的出租车来到妈妈家。这栋房子位于好莱坞山蜿蜒曲折的北卑池伍德道。刚搬进来的时候，我觉得这贝壳粉色的圆形独栋小楼像一个纸杯蛋糕；在二十世纪三十年代，原房主是个魔术师，他因为水下脱逃失败而死。我听说这位魔术师开了一道通往密室的暗门，但我在墙上敲了好几天，也没找到通往密室的开口。

和妈妈刚搬进来的时候，我很喜欢这个地方。房子是在拍卖会上廉价买来的；这里显然闹鬼，所以才没有别人愿意买。整栋房子分成许多个小房间，墙壁涂成粉色。每个房间里都结满了蜘蛛网，散发着霉味。沙发上盖着落满尘土、鬼魅一般的沙发套，这显然是原住户留下来的。那些东西脏得要命，我们马上把它们扔到了人行道边，让捡垃圾的落了个好。餐桌上摆着一个大号黄铜烛台，蜡烛都融成了一摊摊血红色蜡油。楼上的东方地毯沾满了猩红色的污渍，我暗自期望那是血迹。后院的凉棚好像被钝斧砍过。房后有个小型墓园，堆满了写着“秘密”二字的小石块；我翻开石块，却没有发现墓穴。在成为我的卧室的那间屋子里，衣橱内壁画满了古怪的符文。所有的手写文字都跟死亡有关：死亡三天之内，消化食物的酶开始分解你的尸体。原住户是多么非同寻常啊，我高兴地想道。我们肯定能成为知交好友。

一个会让我永远铭记的好朋友。人都会记得自己的朋友，即便是很久以前结交的，对吧？也会记得自己的男朋友，无论他们多么不起眼，对吧？我怎么会把这个活生生的男朋友忘掉？我记得读高中时被我随便拽进解剖室做爱的那些男孩子们。我记得有个叫大流士的男孩在去拉布雷亚沥青坑游玩的校车上吃我豆腐。然而，我的记忆硬盘里关于这个男朋友的信息却全被抹除了。这怎么可能？

“哦，他啊。”在猫展外面，为了掩饰我的困惑，我急切地对吉吉说道，“不好意思，他跟以前相比，变化太大了。”我夸张地拍了拍脑袋，“真是大脑短路了！”

然而，我内心里却十分惊慌。我已经忘了吉吉刚刚说的名字。我只记得那名字又长又复杂，有些自命不凡。我的肿瘤肯定复发了。一定是这样。医生没把肿瘤清除干净。做完手术后，他们说我可能会遗忘某些事情、姓名、长相、细节……但现在的情况似乎比他们说的严重得多。我把整个人都给忘了。

吉吉一脸担忧地看着我："其实我从来没见过他。我看过你的脸书主页，所以才认出他的。"

我皱了皱眉："我没有脸书主页。"

"你有啊。第一次写作小组活动之后，咱们去了酒吧，你给我看的，上面有你和列奥尼达的照片。你们俩穿着加州大学洛杉矶分校的校服汗衫，你一脸幸福的样子。"

我不知道该继续反驳她，还是该顺着她说的话，证明一切都在掌控之中。我决定选择后者。

"哦，呃，对啊，唉，我一直在努力忘掉他。"

她清了清嗓子："他不会是……打你了吧？"

我跟她有同样的怀疑，但我不想让她担忧，于是自信地笑笑："没，没有的事。只是在同一间屋里听到别人谈起自己，难免会起疑心。"

她皱了皱眉："他说什么了？"

"没什么。"我说道。我绝不能提起棕榈泉和警察。我摸了摸她的汗衫的包边，"这件衣服真时髦啊。"

吉吉戳了戳猫咪的脸："是啊，我遇到了一个养猫的，她是我父母的旧识。我们就聊了一会儿。她在易集上卖这些衣服，八十块一件。我很喜欢就买了。"

之后，她喋喋不休地说着麦当劳最新推出的冰淇淋，说获奖的缅因浣熊猫就是个混蛋，竟然放臭屁。我以为列奥尼达这事已经被她忘在脑后，但在我们上车回家的途中，她总是神情不安地瞥着我。回到卧室，我听见她在楼下跟斯特德曼窃窃私语。我想象得出她说了什么。

艾丽莎把她前男友给忘了！这正常吗？

我刚锁好卧室门，立刻打开脸书，输入我的名字。我搜到了《多萝西的往事》的粉丝主页；上面有八百三十四个赞。那个页面上除了封面和我的脸之外，根本没有列奥尼达和我穿着校服汗衫的影子。然而，如果吉吉真的是在我们认识之后在脸书搜了我，那我还没有《多萝西的往事》这个主页——那时候这本书还没写完呢。

我一直搜啊搜啊，却怎么也找不到艾丽莎·方丹的个人主页。是我神经错乱，还是吉吉神经错乱？难道我的个人主页被人注销了？连我都不记得的账号，谁会去注销呢？

接着我打开去年在加州大学洛杉矶分校的舍友名单。上面没有列奥尼达这个人，这也证明不了什么——他可能住在别的宿舍。他就是《多萝西的往事》里面的那个男朋友的原型吗？我们是不是在艺术史课程上相遇的？我记得我上过艺术史课。我记得那个老师长着浓密的黑发，总是披着纱丽，可她根本不是印度人。我记得玛丽尔，她每堂课都坐在我旁边。有一次，她说如果帕波罗·毕加索还活着，她一定会献身于他。我不记得有个男孩在教室后面开小会，或者说一些有关蒙德里安的俏皮话，又或者被我不由自主地逐渐爱上。

那么我们到底是怎么相识的？为什么分手？他为什么会提到我、棕榈泉和警察？他在跟谁打电话？我躺在床上，一段记忆像飞驰的足球砸中我的脑袋。在那段记忆里，我躺在后院走廊贴着瓷砖的地面上，闻到干酪和乳酪的香味，小音响里播放着嘈杂的二十世纪九十年代迷惑摇滚乐。我在酒店大厅里看到的那个红发男子就站在我身边。

列奥尼达——我猜那就是他，但这段记忆就像一部我从未看过的电视剧，根本没办法辨认那些角色——凝视着我，血从他的脸颊往下掉。“你答应过我。”他咬牙切齿地说道，“我真是看走眼了。”

“对不起。”我听见自己说道。记忆中的我浑身是血。那是我的血吗？是不是我的大脑为了戏剧效果而变出了血？我注视着他，他朝我走来，我发出一声尖叫，“对不起！”

“噗”的一声，记忆回放结束了。如果这段记忆里的东西都是真实的，他为什么那么恨我？我做错了什么？出轨了？很有可能——高中的时候，我给每个男朋友都戴过绿帽子。感觉就像我控制不住自己。

也许正因为这样，我才选择遗忘列奥尼达——我为自己的所作所为感到愧疚。也许我确实惧怕他，害怕他报复我。在棕榈泉意图谋杀我的人是不是他？

找不到答案的感觉让我烦躁。我觉得我的大脑肯定知道答案，但它没办法告诉我，很可能是因为新肿瘤阻挡了重要的传输路径。我还吃那些维生素做什么？我吃那么多蓝莓有什么用？我应该狂吃比萨、拼命抽烟才对。我哪还用去沙漠里找那个萨满，做那些我不愿做的锻炼。也许正因为肿瘤复发，我才在宁静酒店喝了好几瓶红牌伏特加。也许正因为肿瘤复发，我才酗酒度日。其实我来父母家之前喝了一杯威士忌，现在还晕乎乎的。不用这残破的大脑杀死我，我就已经在自掘坟墓了。想到能控制自己的死亡，我总算安心了一点儿。

我拿出手机，输入富尔尼医生的电话。我记得他好像是给我做肿瘤诊疗的神经科医生。办公室职员接通电话，我说要找医生。

“情况紧急吗？”护士问道。

“我不太清楚。”我轻声说道。接着我鼓起勇气，说我想预约磁共振检查。就是确认一下，偷偷地检查，不用告诉其他人。

“你得提供转诊证明。”她说道，“我可以帮你预约这里的富尔尼医生。他下周有时间。”

仔细想想，也许还是不要找医生了。富尔尼医生可能会发现我最近喝酒了，那样他就会谴责我。他可能听说了我掉进游泳池的事，会认为我是故意的。他可能会提议我去橡树精神疗养院那样的地方。但我只想得到实实在在的证据，比如扫描图，比如一个乌七八糟的斑点。

“谢谢，我回头再打给你。”我对护士说完就挂断了电话。

我开始朝父母的房子走去。游客经常走这条街进入格里芬公园，爬山去看好莱坞标志。今天像往常一样，街边停满了并排摆放的租赁车辆。让人眼花缭乱的游客提着照相机和水瓶在路中间闲逛，一副参加音乐会的派头。他们脸上全都带着迷人而急切的微笑，这是不会在洛杉矶久留的人惯有的表情。我小时候常趴在楼上的窗口那儿冲他们扔装水的气球。“别扔了。”盖碧看见我扔的时候就会哇哇乱叫，“这样不好。”我总是回以白眼。她向来痴迷于友善待人。

我在前廊停下脚步。我突然闻到一股熟悉的香水味，但我想不出来在哪里闻过。这股香水味让我一时间头晕目眩，失去了思考能力。我脑子里传来一阵尖叫。

门呼啦一声被打开。“艾丽莎！”比尔伸长双臂，摆成了个丁字形，“你来了？外面好闻吧？”

我精神恍惚地笑了笑：“嗯，是什么啊？”

他指指我以前从没注意到的一棵树。树上橘黄色的大果子压弯了树枝，形似乳房。“你什么时候种的？”我问道。

他耸了耸肩。“我们搬进来的时候就有了。”他用古怪的眼神看着我，“你还好吧？”

我有种瘫在他面前、告诉他我一点儿都不好的冲动，可我又担心这样做会引起的后果。还是我自己悄悄地应付吧，免得让别人瞎操心。“嗯。”我简短地说道，“很好。”

比尔把着门让我进屋。比尔和盖碧刚搬进来，这栋令人毛骨悚然的老房子就被里里外外收拾了一番，现在通风良好，空间开阔，家具占地小，还配了高端电子产品。原先散发着霉味的家具被移了出去，埋着“秘密”的坟墓被推土机推得一干二净，贴着眼神空洞的圣徒和罪人照片的脏玻璃窗被小心翼翼地拆掉，换了新的窗户。我衣橱里的死亡笔记保留了一段时间，但有一天，妈妈说她全都用新漆盖住了。“那些东西太可怕了。”她说。我为此哭了好几天。我为那些词句的消失而悲痛不已。我用铅笔重写了还没遗忘的语句，但怎么看都不一样。我写不出来那种歪歪扭扭的样子，也模仿不来字母的反向拐角。

这些都记得一清二楚，可我怎么就把列奥尼达给忘了呢？

“要我说，你的脸色还挺好的。”

我猛地跳了一下，转过身来。比尔站在门口搓着双手。

“谢谢。”我说道。我知道我自己的脸色一点儿都不好，但我很感激比尔用这种老套的方式鼓励我。那对父子把我从海里捞出来的第二天，比尔开车带我去医院治疗。他那样子就像是带我去一个好玩的地方，比如家得宝家庭用品店。

“快看，有家农产品直销店。”我记得他在半路停车时说道，“艾丽莎，你想吃桃子吗？”我常常觉得妈妈配不上他，不过他们好像达到了某种平衡，他用和蔼消解了她的刻薄。

“想喝点儿什么？”比尔问道，“家里有水、苏打水、橙汁……”

“呃，喝水就行。”我撒了个谎。我特别想来一杯威士忌。

他闷声笑了一下，走进厨房。我朝嵌入式书架走去。这也是他搬来之后改装的。书架上放了好多书，大部分都跟内战有关，这是比尔的专长领域。架上还有些南方传奇文学，封面都是彩笔画，还有一本传记，讲的是一个女人在只有一间屋子的简陋小屋里长大，她父母都是神经病。这些书肯定是妈妈的，不过我很少见她读书。光滑的有机玻璃侧桌上还放着一本薄薄的书，薄得堪比宣传页——《论大脑的沉思》。书的封底上画着一个男子，他双眼外凸，留着跟爱因斯坦一样蓬松的头发。

我骤然停下脚步，一股战栗传遍全身。他和咖啡馆里跟我打招呼的那个人很像。他叫赫尔曼·莱文斯基。我起了一身鸡皮疙瘩。我为什么会知道这个名字？

我抓起电话，打开谷歌搜索。赫尔曼·莱文斯基是洛杉矶的

“治疗师”，经常带人们去死亡谷进行“精神之旅”。我刚要打开他的网站，身后的地板突然传来嘎吱嘎吱的声音。

“水来了！”比尔端来一杯巴黎水，里面有片酸橙欢快地漂来漂去。

我把那本书拿给他看：“这人是谁？”

比尔耸了耸肩。“不认识。可能是你妈妈的书。”他把书从我手里接过去，放回书架上，然后拉住我的胳膊，“来吧，宝贝儿。让我们跟你说说话。”

我又扫了一眼那本书的书脊。仔细想想，或许这位作者并不是咖啡馆里的那个人——那家伙看着就不像是个能写东西的人。然而，这本书还是让我有了心结。我脑海里闪过一个画面——短暂而模糊，更像是味道和声音的集合体，而不是真切的画面——自己身在灭菌室里，有个人的木底鞋在地上轻轻拍打，有个声音说：“好了，从十开始倒数。”

我打了个寒战。这是怎么回事？难道是我得肿瘤那会儿，护士给我注射麻醉药？或者是我在切除肿瘤后去拜访的某个人，以避免复发？

“好啊。”我转身对比尔说道，“我也正想和你们聊聊。”我想跟他们说说列奥尼达。告诉他们如果看见他出现在附近，一定要告诉我；如果他上门来，一定不能让他进来。他们或许还能给我讲讲他是个怎样的人。

虽说比尔用舶来的木头、高端的百叶窗和自动化电气系统——灰还没落下来就被洗干净了——重装了大半个房子，厨房却被妈妈保留得几乎跟我们刚来的时候一模一样。橱柜重新漆成了纯白色，但把手还是原先的圆形淡色黄铜纽扣。煤气灶上有四个灶，桌面不是大理石的，而是用某种弹性材料制成，上面有些小斑点，让人以为是把石头压在里面。以前我常用叉子尖扎的老餐桌还摆在角落里，一旁放着摇摇晃晃的木椅。

妈妈和盖碧站在餐桌旁，我一走进来，她俩就唰地一下分开，好像我是一块扰乱她们极性的大磁铁。“呃，嗨。”我跟妈妈打了招呼，然后又对盖碧说，“你也在啊。”

她们哼哼哈哈地应付了几句。桌上的东西突然引起了我的注意。我的书静静地放在那里，书脊朝上，封面闪闪发亮。我的心提到了嗓子眼里。我指着书问道：“你们从哪里弄来的？”

盖碧瞪大了双眼。妈妈一声不吭。

我气得全身发抖：“我问你们话呢。这书为什么在这儿？”

“今天寄过来的。”妈妈低声说道，“上面没写退回地址。”

我的大脑开始飞速旋转。

波西。

我特意叮嘱她不要给我家人寄。我说得一清二楚、明明白白，她肯定不会不听我的话。难道是别人寄的？不会是劳拉，那会是谁？

想杀我的那个人？我深吸了一口气。这也太疯狂了吧？

妈妈叹了口气：“我们遇到难题了。”

我嘴里突然涌出了大量唾液，我连吞了三次才全部咽下去：“什么意思？”

妈妈指着那本书，眼神坚定地说道：“艾丽莎，这本书不能出版。”

我出了一身冷汗。我一时间以为自己听错了，但比尔插嘴道：“我们今天给你的编辑打了电话，不过她还没回话。”

“等一下。”我缓慢地说道，“那……你读过了？”

妈妈怒气冲冲地说道：“对，读过了。”

“那……看来你是不喜欢了。”我不自然地笑了笑，话说出口的时候有些呜咽。

妈妈瞪大了双眼，仿佛这是我提出的最愚蠢的问题。我的脸因为羞耻而发烫。也许我这段时间的担忧很准确：我的书是出版史上最无脑、最琐碎、最可笑的作品。果真如此的话，我的经纪人为什么褒奖有加？为什么编辑会买下版权？这到底是怎么回事？我回想了一下妈妈刚说的话，心里有股怒火油然而生，质问道：“你给我的编辑打电话了？”

“对，你也要打给她。”妈妈蛮横地说道。

我抓起书，紧紧地抱在胸前：“我没叫你读我的书。之所以没跟你们提起，就是因为我知道你们不会喜欢。我做什么事情你们都不喜欢。”

“艾丽莎。”比尔开口道，“这话说得……”

“不，算了。”我的双颊发热，“我走了，回见。”

“等等！”比尔拉住我的胳膊，“只是……你写的那个情节……你确定要出版吗？或许你应该静下心来好好想想。你是个很有意思的作家，肯定还有别的故事可写。”

我使劲甩开他的手：“别人都觉得这本书写得很好，我的经纪人说读者的反馈非常正面。”

妈妈一脸惊恐地望向比尔：“别人也读过了？”

“只有编辑和经纪人读了，出版社可能也有几个人读了，但是许多评论家正在读。”我一时间觉得劳拉是不是为了达到逆反效果才找了妈妈，因为我现在就想让评论家看到我的书。我想让全世界的人都来评论我的书。我要让妈妈看到，其他人都觉得这本书写得好。她有什么权力决定什么书能出版，什么书又不能？她这分明是公报私仇！

接着我就想明白了。我后退一步，大声笑道：“你被书里妈妈的角色惹怒了，对不对？她开头是个好人，后来就变成了一个彻头彻尾的薄情寡义的人。你觉得我是在影射你。”

妈妈紧紧地咬住下唇，一句话也没说。

这太明显了。她肯定只会注意到这个设定，然后迈不过心里的那道坎。仅仅基于这一点，她就把我的书判成了垃圾。我这辈子就做了这么一件正经事，还遭到了她的反对，这跟她以往对我的看法一脉相承，所以我何必惊讶。

那我为什么还会惊讶？为什么我会这么在乎她的看法？为什么我会觉得受到了有如实质的伤害？

妈妈向前迈了一大步，从墙上拽下电话，递到我面前：“请你立刻打电话给出版社，告诉他们这书不出了。”

我不禁大笑起来：“你觉得这书写得不好，不代表你有权阻止它出版。”

“艾丽莎！”她的眼神里透着疯狂，好像马上就要号啕大哭似的，“求你了！”

我从她手里接过话筒，啪的一声拍回底座。“不。”我说道，“你这样做不公平。”

比尔把双手摊在桌上：“艾丽莎，你为什么写这本书？”

这个问题似乎是要套我的话。我迟疑道：“我不知道。因为……我一直都想写书。”

煤气灶那边传来咕嘟咕嘟的声音，空气里弥漫着一股焦煳味。妈妈瞥了一眼比尔。他把手从桌上收了回来。谁也没动。

一股刺痛感传遍我的全身：“这是不是跟别人把我推进游泳池有关？”

妈妈闭上了双眼：“艾丽莎，没有人把你推进游泳池。”

“救我出来的人说他看见有人从现场跑开。”

“不，他没看到。”

我冷哼一声：“你怎么知道？他为什么要撒谎？我觉得推我的就是列奥尼达。”

妈妈对比尔说道：“她的大学男友？”然后又对我说，“他不会那么做的。”

“你怎么知道他不会？”

比尔似乎终于闻到了酱汤的焦煳味。他悄悄地走到煤气灶旁关了火，之后说道：“他不是瘦得连只鸡都抓不住吗？”

“那他也能推人。”我咬牙切齿地说道，“他很危险。我们约会的时候，他就打过我。”

“真的？”妈妈一脸震惊地问道。

我低下了头。我其实我并不能确定。

“我觉得不会是列奥尼达。”盖碧柔声说道。

我转身看着她，盼望她接着说下去：“你为什么这么说？”

她耸了耸一侧的肩膀。“他……”她的声音越来越低，“他似乎是挺好的一个人。”

“他不是还从宠物店救过老鼠吗？”妈妈声音颤抖地说道，“那不正是他的杰作吗？”

“不，你说的是小多的男朋友。你把我们两个搞混了。”她这么强烈地厌恶我的书，却记得里面的内容，这着实让我感到震惊，“我今天偷听到他跟别人打电话说的话了。他提到了棕榈泉，还说要报警。”

“但这会不会是巧合？”盖碧谨慎地说道。

“这太荒唐了。”妈妈立刻接口道。

我在两人之间看来看去：“不荒唐。有人跟踪我。有人想害我。”

“艾丽莎。宝贝儿。”比尔用手按住我的肩膀。他的手掌很宽大，很温暖，手指的力道一直传到骨头上，“没有人想害你。我们都在保护你。我们绝不会让人伤害你。我们想让你好起来。”

桌子另一端的盖碧点了点头。我看向妈妈，她的眼神也变得柔和了。气氛变了味。他们突然之间显得如此诚挚，仿佛我的身体健康是他们心头唯一的念想。此时此刻，如果我放下芥蒂，如果我告诉他们我撒了谎，而棕榈泉那次事故跟以前的几次如出一辙，他们对我的爱可能就会像花儿一般绽放，他们就会保护我。反正我也担心是我的肿瘤复发，对不对？那我为何不让他们帮我？我幻想着这样一幅场景：他们迅速把我带上楼，送到我以前的床上。比尔把电视推进来，又给我端来热汤。盖碧给我读杂志。妈妈用手绢捂着脸啜泣。

但在我开口说话的那一刻，我意识到，为了博得这种关怀，我必须说假话。可我不能这么做。“那天晚上有人在游泳池边。”我厌烦地说道，“真的有人”。

比尔的肩膀猛地垂了下去。盖碧低下了头。妈妈用手蒙住双眼，深深地叹了一口气。接着，她摇摇头，转身走出了房间。就这样。

“拜托打给你的编辑。”她头也不回地说道，“我是认真的。”

我看着她的背影从门边消失。楼上传来关门的声音。空调——比尔和盖碧搬来之后装的——转了起来。

我转身对比尔和盖碧说道：“这到底是怎么回事？”

“我们很担心你。”比尔柔声说道，“我们不知道你的记忆——”

左侧有阵动静引起了我的注意。我嗖地一下站起来。院子里有张被黑影笼罩的脸在朝屋子里张望。我冲到窗前：“有人在……”那个身影动了一下。我眨了眨眼睛，外面的那个人是我。我又眨了眨眼睛，一切又变了样。那是我的影子。

我揉了揉双眼。院子里空无一人，玻璃上我的影子也不见了。我把脸贴在窗户上，伸长了脖子看向右侧。砖头前廊上星星点点地撒着花瓣，游泳池里落满了树叶，棕榈树静静地站在那里。砖砌的烤架上方，铬合金的罩子一尘不染，闪闪发光。

我转身看向比尔和盖碧。他们俩紧紧地贴在厨房中央，仿佛一阵冲击波把他们推到了那里。他们的姿势很古怪：盖碧的肩膀往内收着，双手像爪子一样柔弱无力地搭在胸前。比尔的一只胳膊搂着她的腰，双脚似乎钉在了地上。这场景就像刚刚发生了一场小型的火山喷发事件，两人在火山灰里凝住了身形，越来越僵硬。

“你们也看到了？”我低声问道。

比尔咽了口唾沫：“我什么也没看到。”他瞥了一眼盖碧，两人之间进行了一场沉默的对话。他们一起从厨房中间挪开，重新坐到桌子旁。

“对不起。我以为……”我清了清嗓子，全身仍然有种被人偷窥的刺痛感。接着我转身对比尔说，“你刚刚说到哪儿了？”

比尔摇了摇头。“没什么。”他把一个盘子推到我面前，“都吃掉。你瘦得都快皮包骨头了。”

摘自《多萝西的往事》

一辆全黑色野马敞篷车停在学校的停车场，多萝西就坐在车里等着。她戴着一副大框墨镜，头顶大号软帽，帽绳系在下巴下面。小多的心跳加速，几乎快要冲破胸膛。这一定是幻觉。姨妈不可能在过了这么久之后回来。小多的希望之火早已熄灭了。

“亲爱的。”多萝西张开双臂，从车边走来。

那正是多萝西的声音，跟小多记忆中的一模一样。在多萝西把小多揽到身前的那一刻，十几年前那一次次拥抱的感觉重新回来了。她说：“噢，亲爱的，我好想你。”

小多惊讶得说不出话，可她一开口，各种问题便喷薄而出：“你去哪里了？你做了什么？你去巴黎了吗？你忙着写书吗？你有没有尤克里里和狮子狗？”那个最重要的问题却没问出口：你为什么离开？你为什么丢下我？

“来，来。”多萝西打开车门，“我会全都告诉你的。不过，最好别让你妈妈知道。”

小多哼了一声：“这你就放心吧。”

两人开车绕洛杉矶转了一会儿。小多没怎么说话——她既高兴又担心，生怕说错一个字。车子在城西一个她们熟悉的地方停下。“我想着我们可以来这里，纪念往日的时光，毕竟我们给这个地方编了那么多故事。”多萝西说道。她指向远处的一家餐馆，招牌上写着“M&F恰好食餐馆”。街对面矗立着小多住的第二家医院——圣母玛利亚医院，那建筑在让人麻木的晌午阳光下显得灰暗而肃穆。

小多其实不想来这里。自从那次离开之后，她就没再来过，可是她又不想扫姨妈的兴，所以什么都没说。两人没走前面的双扇门，多萝西把车停在后院，领着她走到侧门，下了几级台阶，来到一扇门前，敲了三下。“就像无证经营的酒店，这个入口只对重要人士开放。”多萝西快活地说道。

一个圆脸、粉色皮肤、声音像维尼熊的男子笑意盈盈地打开门，跟多萝西拥抱了一下，然后领着她们走过几层室内台阶，墙上顺着台阶饰有装裱了的餐馆评语。进入餐厅，只见墙壁用暖色调的木材做嵌板，空气里充斥着肉腥味。男人向小多介绍说自己叫伯尼。他把她们安置在餐厅最靠后的包厢里，小多心想，肯定没人知道我们在这里。小多觉得有些怪异；小时候，只要没给安排最好的座位，多萝西总会牢骚满腹。小多把这个想法说给多萝西，姨妈的双眼一亮，说道：“亲爱的，这就是最好的座位。没人会来打扰我们。来，看看这个地方。还记得那些故事吗？”

小多羞怯地笑了起来。她当然记得。而且多萝西也记得，她为此感到激动。在这十二年的时间里，她一直在想自己对于多萝西有着怎样的意义。

多萝西点了香槟，然后摘掉墨镜，解开围巾。小多深吸了一口气。十二年了，小多想象过多萝西逐渐老去的模样，可眼前的这个女人，皮肤是那么的光滑，没有一丝皱纹，黑色的秀发里没有一根灰发，眼部涂着黑色的眼线，贴着闪耀的星点，一笑之下，皓齿比小多的还要白上几分。假如小多带着她走进大学校园，肯定会有很多小伙子倾心于她的。唯有那双手上爆胀的青筋、少量的雀斑和初现肿突的关节，才暴露了她的年龄。

多萝西也小心翼翼地打量着小多。多萝西打量了好长时间，小多都开始觉得难为情了。她用手捋捋头发，拽了拽毛衣。这件黑色的船形领山羊绒毛衣是她在一家寄销店买来的，上面略有些樟脑味和烟味。她戴着一顶小号的网帽，那网边总蹭进眼睛里。

“你出落成漂亮的大姑娘了。”多萝西赞叹道。

小多激动得几乎要哭出来：“谢谢。”

“咱们两个长得这么像，想想还挺离奇的，对吧？咱们可以做双胞胎呢！”多萝西双手按在心口叹了一口气，“可惜我没能亲眼看到你长大成人。”

“你为什么不陪着我？”小多脱口问道。

多萝西又叹了口气：“我做不到。”

服务员送来了饮品，小多惊讶地发现自己的那份也是香槟。看着泡沫升腾到香槟酒杯的顶部，她犹豫起来。这些年来，同龄人以为她对治中风的药和聚会毒品来者不拒，但她却严格遵从医生的嘱咐。她偶尔也会喝上一点儿，但只喝啤酒，稍微烈性一点儿的都让她心生恐惧。她害怕多喝一点儿就会把旧病召回脑子里，就像不成器的青少年从后门门缝钻进会员制俱乐部那样。

“我真的能喝这个吗？”小多指指面前的香槟。

“怎么，担心你的病吗？”多萝西摆了摆手，“完全没问题。

再说了，你都快二十一了吧？”多萝西愉快地叹了口气，“我的小淑女。”

小多抿了一小口香槟。酒入口中，既有水果的香味，又有一丝酸涩。泡沫在舌头上炸裂，液体带着出乎意料的热度沿喉咙径直而下，却给胃部带来一股舒服的暖意。她朝桌子对面的多萝西笑了笑，多萝西也回以微笑。

“两位可爱的淑女共饮鸡尾酒。”多萝西欢呼道，然后对小多眨了眨眼睛。小多心情愉悦，又抿了一口。两人终于聚到了一起。这种感觉太完美了。

多萝西仍旧住在白玉兰酒店的同一间套房里。“酒店给我留着那间套房。”多萝西用颤音说道。她刚回来没几天。

“你从来哪里回来的？”小多问道。

“哦，好多地方呢。”多萝西叹了口气，迅速喝完了杯中的酒。

首先，她是真的在构思书里的某个章节，为此遍访法国和奥地利的城堡，然后去了摩洛哥，又去了非洲部分地区。在索马里，她遇到了一个名叫欧土福的部落酋长，两人开始了一段艳遇。多萝西无法想象和他在一起的未来生活——非洲的生活方式跟她习以为常的一切相差太多——但她觉得这倒是很好的素材，所以就留下了。可是，她发现欧土福跟当地的军阀有来往，走私军火之类的东西。“那是个坏到骨子里的家伙。”她解释道。“我得从他身边逃开，到美国大使馆去，可是要离开他的地盘，也得冒很大的风险。那地方到处都是武装守卫。一个女仆帮我趁半夜溜了出来。我赤脚跑到大使馆；欧土福的手下在后面追赶。为了保证我的安全，大使馆得派飞机把我送到意大利，不过他们建议我先躲一段时间。欧土福的势力遍及各处，他以为我会揭他的老底，还发布了悬赏通缉令。”

“我的天啊。”小多喘了口气。

“我在罗马躲了一段时间，就躲在一间几乎没一点儿热气的破烂公寓里。我偶尔会写点儿东西，不过大多数时候就是吃东西、看书和找情人。”多萝西顽皮地看了小多一眼，“当时形势危急，时间过得好快，快得我都没反应过来。不久之后，大使馆说，或许回到美国会稍微安全些。我好想你，迫不及待要见到你，所以我就回来了。”

小多朝她眨眨眼睛：“太惊险了。”

“哦，还好吧。”多萝西示意酒保再来一杯鸡尾酒，却因吧台那边的某样东西而瞪大了双眼。小多转头顺着她的目光看去。一个身穿黑色套装的女人坐在窗边的桌子旁，头发比以往的金色略淡了些，眼角处有了皱纹，但小多还是一眼就认出了她。

“科德医生。”小多说着准备起身，突然间心里一沉。科德医生坐在轮椅上，是电动的那种，尺寸庞大而臃肿。她用扭曲的手指颤颤巍巍地往嘴里递着沙拉，腰上拴着一条绑带，把她的身体绷得笔直。

小多用手捂住了嘴：“她出了什么事？”

“快别看了。”多萝西把小多拽回座位，“盯着人看很不礼貌。”

多萝西的指甲深深地嵌入小多胳膊上的皮肉。小多凝视着多萝西的手指；一时间，那指甲仿佛动物的爪子。目光转回餐盘，猩红色的牛排酱汁呈黏稠状，衬得土豆块斑斑点点。

“我来这里最怕的就是这个。”多萝西轻轻说道，“我就担心会遇到旧相识。我是说，我知道你也不好受，亲爱的，特别不好受。但你根本想象不到我一天天的不知道你的死活，心里有多痛苦。”

小多点点头。她回头瞥向科德医生，偷偷地看着那个女人舀起一口奶油菠菜。菜汁滴到医生的衬衣上，旁边身穿斜纹软呢夹克的和蔼男子从桌子对面凑过去，给她擦掉。科德医生对着他粲然一笑。

看到这里，小多转过头，下定决心以后再也不去想科德医生。无论多萝西想要得到什么，都一定会如愿以偿。多萝西笑了笑，似乎看透了她的心事。

“所以啊，跟我讲讲你的事吧。”多萝西平静地说道，香槟送到嘴边，“你读大学了！真是没想到啊！”

“我想着读英语专业。”小多说道。

多萝西兴高采烈地拍了拍手：“太好了！世界上正缺文学教授呢。”

“其实我想当作家。”小多轻轻说道。

多萝西似乎没听到她说的话。“你可以在课上朗读我的书哦！”多萝西兴奋地说道，“我敢肯定，书一出版，必然会被列入教材大纲。虽然我比不上亨利·詹姆斯，可如今的课程书籍里不是有好多现代虚构作品吗？我肯定比那些枯燥乏味的现代主义作家强多了。史蒂芬·克莱恩？”多萝西笑得喘不过气了，“哪里还有他的份儿。”

小多再次伸手端起香槟，试图抑制被人忽略的感觉。多萝西好长时间没跟人说话了，仅此而已。小多应该任由她说下去。今晚绝不能出任何差错，一定要完全按照姨妈的意愿进行。

第九章

去斯特德曼在威尼斯开的古玩店的路很难走——要走好几条高速，要过好多个红绿灯，不要命的神经病骑着越野自行车乱闯，无家可归的流浪汉躺在路中间。更严重的是，我还没去棕榈泉把我的车开回来，所以只能打出租。车子走走停停，弄得我都快吐了。猫展两天之后，也就是那一周的星期五，我来到店里上班，周围的环境一如既往地让我大失所望。我对这个地方的想象稍好些。这家店位于河沟附近的一条偏街，全靠一个橘黄色的灯泡照亮，感觉只比杂物间强一点儿。时间一分一秒过去，这唯一的房间像木桶一样越缩越小，动物标本的脑袋、古老的医疗设备、骨头制成的项链都向我聚拢过来。有时候，我会怀疑在这里工作值不值得斯特德曼付的八美元五十美分的时薪——连加利福尼亚州最低薪资标准都达不到。

我坐在古董收银台后面的软椅上，双脚跟着广播里的古典音乐来回摆动。有个冥想教练说，古典音乐可以疏通大脑里阻滞的神经通道，我却觉得这声音跟指甲划黑板的声音没什么两样。我想换台，可是斯特德曼给这地方放什么音乐定了很多规矩：不许放流行歌曲；不许放乡村音乐；不许放饶舌；不许放恐怖歌曲。我觉得最后一条是专门针对我的。他以为我会怎样，难道一整天都听“土豆怪兽”？

墙上挂的动物标本的脑袋投下长长的影子。标着“短吻鳄牙齿”“冻干乌龟”和“维多利亚时代人类毛发花环”的箱子摞得高高的，上面摆着几个婴儿棺材。有个珠宝箱里放着用迷你娃娃腿、蝉翼和伏都教鸡爪做成的耳环之类的东西。房间对面，也就是大概一臂之外的地方，贴着一张传单，上面写着：“对动物标本剥制术感兴趣吗？五月十二日盛大开课！”猜猜教课的是谁？是我！

显然我有资格做的只有这个，而不是写书。

德沃夏克的一曲终了，播音员疲倦地说了下一首歌的名字。我一遍又一遍地刷新手机屏幕，担心错过警探兰斯或那个不知道到底叫不叫瑞奇的酒保的电话。店里的手机信号不稳——这么多骨头似乎影响了信号。

一阵叮当声传来，我吓得差点儿把手机扔掉——它响了。但接着我才意识到声音是从前门传来的，可这似乎不太可能，大多数客户都是在线订购的怪胎。有个人弯腰挤过窄门，在一个真人大小、素瓷脸的男性玩偶前站了一会儿。等我看清他的五官，我笑得差点儿断气。他今天穿着一件酒红色的连帽披风。

“德斯蒙德！”

德斯蒙德遮住眼睛上方，从十英尺之外眯着眼睛看向我所在的收银台的方向。他招呼道：“艾丽莎。是你啊。”

他绕过一堆敞口的箱子朝我走来。他一脸笑意，不过当他看到我的表情时，那笑意消失了。“你怎么知道我在这里上班？”我质问道。

“我在网上查了查。你的推特上有一张猫咪骨骼的照片，而且你开了定位，所以很容易就找到你了。”他一脸得意地咧嘴笑道。

我的心怦怦直跳。定位？万一列奥尼达也在偷看我的推特呢？

“你应该事先打电话告诉我一声。我这一周都在给你发短信。”

“啊，打电话不就失去神秘感了嘛。我想找到你。”德斯蒙德环顾了一圈。屋里弥漫着一股强烈的毛发焦煳味，并排摆放的牙齿在架子上喋喋不休。

“这地方太神奇了。”他总结道，转过身，打量着房间的另一侧，“竟然还有专门给喜欢占卜板的人举办的集会？”他指着几个古董假发旁边的传单问道。

“在巴尔的摩，那是占卜板的发源地。”我闷闷不乐地说道。

他一脸兴奋地看着我说道：“你去我就去！”

我不耐烦地皱了皱眉：“不了，谢谢。”

他指指一个类似大号瓶塞钻的金属工具。那东西摆在一个玫瑰木箱子里，标价九百三十美元。“环钻哦。”他奉承道。

我不由自主地咯咯笑出声来。他的确令人刮目相看。我说道：“知道这玩意叫什么的人屈指可数，你是其中一个。”

“这种东西很神奇的。内科医师认为，在患有脑部疾病的病人脑袋上钻几个洞，就能把邪恶的灵魂驱赶出来。”

“这我知道。”

“希罗宁姆斯·博希有幅画我特别喜欢，画的是一个人躺在椅子上，医生给他的脑袋钻孔。”

“如果你对这感兴趣，这儿就有一张。”我从柜台下面拿出一个活页夹，里面都是可以定做成海报的塑封图片。我翻到博希那一页，德斯蒙德用小指敲了敲。他戴着一枚印章戒指。“他跟铁皮人很像。”他指着拿钻头的医生说道。医生的头上罩着一个金属漏斗。

“艺术专家都说这是暗示他是个庸医。”我把大学第一学期上艺术史课程留下的唯一记忆炫耀了出来。

“他肯定是庸医啊。这可是给人脑袋钻孔。谁会做这种事情啊？”

我合上活页夹：“你来这里干什么？警察终于联系你了？”

德斯蒙德愣了一下：“呃，没有，我没收到任何消息。我只是想来看看你怎么样，大美女。”他耸了耸眉毛。

我猛然回想起那天他来我家的时候，我不知羞耻地朝他凑近。是什么驱使我做那种事情？他今天来这里，倒让我松了一口气。我过去几天在心里把“他跟保罗喝着苦艾酒，说‘天啊，你绝对想不到那个奇葩姑娘对我做了什么’”这个场景想象了好多遍。

我叉着双手，尽力摆出正常、清醒的样子，不过周围摆的都是装着鹦鹉标本的古董鸟笼，而且我的脑子里浮现出一个巨大的标志，上面写着“全新上市！鲸鱼鸡鸡”，这就给我增加了难度。

“我还行。”我坦承道，不过我的语气非常惨烈，这话怎么听都不像实话。

德斯蒙德皱了皱眉，然后声音降了一个八度，好像不愿让动物标本听到一样：“那我就开门见山，不耽误你工作了。你愿意挑个时间跟我去喝杯饮料吗？”

我盯着他：“你是说出去喝酒吧？”

“用外行话来说，是的。”

这是要约会啊。我没有跟人约会的能力，我感觉我从来没跟人约会过。仔细想想，我肯定有过：列奥尼达。如果我记得我们是怎样约会的就好了。

德斯蒙德用胳膊肘支着柜台说道：“你想去哪里都可以，我任你差遣。”他笑得面容扭曲，却令人怦然心动。

“我很忙。”我随口应道。

“真的吗？连喝杯开胃酒的时间都腾不出来吗？”

“我不知道你说的是什么。”

“喝咖啡可以吗？十分钟就行。你今天什么时候下班，咱们就什么时候去。”他歪着脑袋，浓密的眉毛罩着他的睫毛，“上次分别的场景不太雅观，而且太过仓促了。”

或许他当时真的想跟我做爱，或许他在这四天里一直悔恨自己的临阵退缩。我摆弄着斯特德曼放在黄铜收银机钥匙旁边的一只兔爪。其实我非常寂寞，渴望性爱，但性爱对象唾手可得，难以得到的是亲密感。有时候，我会强烈地渴望能有人陪我走过停车场，拉着我的手，给我做三明治，在我生病的时候给我敷毛巾。我不知道这个人是不是德斯蒙德——我仍然禁不住想象和他亲吻的时候自己哄然大笑的样子——但有人陪伴总是好的。

接着我又想到了列奥尼达。我要查清楚那件事，而且我已经想好了接下来怎么做。“呃，我下班后要处理一件事。”我说道。

“我跟你一块儿！”话一出口，他立刻就蔫了，“对不起，只是集会正如火如荼地进行着，我很少有机会放假，而我又太想见到你了。如果我表现得太过火了，你可以告诉我，让我消停一会儿。”

“没事。”我一边盘算，一边慢慢说道。我不该把德斯蒙德卷进这件事，但让他跟着或许也不是什么坏事。

我深吸了一口气：“我其实正在查杀我的人，或者说，是差点儿杀了我的人。”

“你是指在游泳池边的那个人？”他从瘦削的胸膛里吐出这么一句，“我绝对要跟着你。你需要保护。”

“你确定？我有个想法，恐怕你会不乐意。”

德斯蒙德假装从手腕上摘掉一样东西，然后扔在我面前。“战书已经下达。”可惜啊，他并没有真的戴着手套，“你什么时候走？我到时候立刻来这里跟你会合。”

我把下班时间告诉他，他甩甩斗篷，以爱德华时代的优雅步子走了出去，只剩下管弦乐和一堆死气沉沉的动物凝视着我。我环顾着那些动物，企图问问他们刚刚的情景是不是真的。我还没来得及细想，一辆满载的大巴便停在门前，各种各样的人都下车来店里买东西——鬼知道从哪里来的人，都提着大号空箱子。他们看着如此普通，身材臃肿，动作笨拙，土里土气，和睦友善，可一进门，他们就开始争抢那些捡回来的古怪物品，还有我们以前不懂事的时候偶尔制作的古董傀儡。那场面真是壮观。

两小时后，斯特德曼来接我的班。“今天卖了好多！”我大声喊道，“我们接了一车从帕萨迪纳来的游客！”我尽力走得稳当，说话口齿清晰，但为了平息进行列奥尼达大调查的激动心情，我其实喝了三杯米德葡萄酒——我在逼仄的里屋里边两英尺高的纸堆下面只找到了这一种酒。

斯特德曼把手提箱丢在柜台上，大拇指冲向前门。“外面有人等你。”起初我以为他是因为看出我喝了酒而生气，可他又来了一句，“他开了辆蝙蝠车，占了好停车位。”

“他开了什么？”我从柜台后面窜出来。我三步并作两步穿过店铺，打开前门。果然，德斯蒙德站在人行道上。我的天啊，他把蝙蝠侠的座驾偷来了。

摘自《多萝西的往事》

"我有事跟你说。"艺术史课堂上，小多对马隆轻轻说道。那天讲的是印象派作品，即空灵之花和雨点斑斑的街道之类的油画。这正是小多不感兴趣的艺术类型——小时候，只要医生的办公室里挂着莫奈的作品，她就会转身走掉。多萝西总会纵容她，说看到莫奈的画，自己也有自杀的冲动。

马隆颇有兴致地看着小多，放下了手中的笔。可是小多担心别人听到，就把要说的话写在纸上递给了他：我姨妈回来了。你知道我说的是谁。

他当然知道，那时两人已经在一起了。小多三句话不离多萝西。

眼见马隆看完第一部分，瞪大了双眼，小多又写道：我每星期三都会跟她秘密会面，她想见你。

小多把纸条再次传给马隆。马隆读完点点头，然后写了回复：好，我去。

小多要马隆把纸条吃掉，以免被人看见。

星期三那天，两人坐进马隆的车里。"咱们去哪里见她？"马隆兴奋地说道，"常春藤餐馆？梅尔罗斯大街新开的韩国料理店？虐恋俱乐部？我是说，她的思想天马行空，什么事都敢做，对吗？”

“其实她最喜欢去阿尔罕布拉的一家牛排餐厅。”小多说道。马隆做了个鬼脸，小多捏了捏他的手，“没事的，我跟你保证。听听她给你讲的故事，你绝对会大吃一惊。”

看到 M&F 的模样，马隆的眉头皱了起来。小多突然意识到，这家餐馆看着只比德克萨斯路边连锁餐馆强上一点点。“里面很雅致的。”小多说着指了指待客区。当然，他们没走正门。小多一如既往地走了后门，像个行家一样轻叩门扉。

“干吗搞得跟无证经营的酒店一样？”马隆犹豫着说道。

小多双眼冒光：“你跟多萝西说得一模一样！”瞧，这就是天命：马隆和多萝西肯定能合得来。

多萝西还没到，小多坐到往日的椅子上，马隆则坐到对面。

“要不要换个好点儿的位置？”马隆问道，“这里紧挨着杂物间，咱们的饭会染上漂白水味的。”

“得了吧。”小多说道，“这里清静，方便说话。”

跟小多混熟的酒保正在擦洗吧台，他抬头笑笑：“香槟？”他刚说完，酒就上来了。服务员伯尼放下三只酒杯：一只给小多，一只给马隆，一只放在多萝西的空座位前。

马隆紧张地看着小多：“我以为你只喝啤酒。”

小多瞪了他一眼：“别假正经了。”

多萝西从后走廊进来，衣着光鲜，让人眼前一亮。小多立刻站了起来，马隆羞怯地跟在她身后。多萝西拥抱了两人，一遍又一遍地说见到小多的男友真是太开心了，说他是个万里挑一的俊杰。“个子真高！”多萝西摸着马隆的头顶喊道，“还有这头发！得控制控制！你怎么身材这么好！”

马隆红着脸说道：“大概是基因遗传吧。”

“真好。”多萝西朝他抛了个媚眼，说道。

三人坐了下来。马隆仍然紧张得坐立不安。多萝西喝了一大口香槟，做了个鬼脸。“这个一定要尝一尝。”她从包里拿出一只长颈瓶，然后打了个响指；服务员送来两只矮玻璃杯。

“这是我的珍藏特供。”她给两人分别倒了一杯棕色液体。

“这是什么？”马隆问道。

“威士忌啊，亲爱的。”多萝西咧嘴笑道。

马隆疑惑地看了看小多：“我不太喜欢喝威士忌。”

小多在桌下踢了他一脚。她怒气冲冲地想道：那就别喝，别扫我们的兴就行。她尽情地大口喝下威士忌，全然忽略了腹内的灼烧感。

多萝西开始向马隆讲述她那非洲酋长情人欧土福的故事。有的情节连小多也不知道——躲在某个索马里村庄的妓院里；有人塞给她一把突击步枪以防万一；亲眼看到欧土福的心腹在他们的地盘上杀死一个男人。马隆听得拼命眨眼。最后，多萝西拿手在他面前挥了挥：“喂——喂？你在听吗？”

“感觉像演电影一样。”马隆喃喃地说道。

多萝西一把抱住马隆。“小伙子不错哦，亲爱的。”她对小多说道，“会说话。”

吃完牛排，三人叫了辆豪华轿车，去了多萝西熟知的跳舞俱乐部。进俱乐部要走一段灯光昏暗的台阶；走到半路，多萝西停下来，扫了眼人行道。“我觉得那是个偷拍的狗仔。”她拿手指着某个带相机的人，小声说道。她把围巾蒙到头上，弯腰走开了。

进到俱乐部里，只见外国人、憔悴的模特和烂醉的健身狂混杂其间。多萝西始终蒙着围巾，把它当成了临时头巾。小多像摆脱了缰绳的野马一般，纵情又疯狂地扭动着身体。夜里两点，当小多试图把手伸进马隆的裤子里时，马隆轻轻地把她推开。

“宝贝儿，你醉大发了。”他柔声说道。

小多如雨点般地亲着马隆：“没啦，我没醉！”

“我很担心你。我是怕这酒伤了你的脑袋，知道吗？”

“我都没喝多少。”小多安慰他。这话不假：只不过是在餐馆抿了几口威士忌；在这里待了几个小时，可能才喝了一杯。她这是为生活而迷醉！陶醉感充斥着她的身体，为她干涸的溪谷注入甘霖，让她的枝叶重新焕发生机。

突然之间，她摔倒在地，仿佛双腿被砍掉一样。众人大笑着四散开去。她想站起来，可是脑袋软乎乎地耷拉在脖子上，胃里的东西涌到喉头。她的双腿在颤抖，接着从她身下向外蹬直了。她只记得贝斯音乐轰隆隆地在俱乐部的地面上回荡，周围全是人们的脚，面前有一个塑料杯，还有一个被人嚼过的口香糖。

醒来时，她发现自己睡在安静的房间里的白色床上，旁边有东西在哔哔作响，胳膊上传来一阵麻木的痛感。她的第一反应是自己掉进了虫洞，回到了九岁那年，回到了医院里。房间的布局开始变得清晰。她看见那绿白条的窗帘，墙上挂着一台液晶电视，窗外的游泳池闪着微光，还有一片棕榈树。

有个身穿白衣大褂的男子出现在她的面前。他鼻子宽阔，眉毛浓密，黑色的眼眸炯炯有神，身上那股须后水的味道十分强烈，刺激得小多忍不住想吐。“小多小姐，好点儿了吗？”他用印度口音问道。

小多环顾四周：“发生什么事了？我男朋友呢？”

“好好休息，好吗？”

“我妈妈呢？”

房门被打开，多萝西冲了进来。“亲爱的，你醒了。”她碰了碰那人的小臂，“这位是辛格医生。我请他来给你做检查。”

小多眨了眨眼睛。她昨晚一定是晕倒了。肯定是因为犯病。肿瘤复发了。她使劲咬着舌尖。

多萝西拿来一个枕头放在小多旁边：“你在我的套房里。这儿是白玉兰酒店。”

“严……严重吗？”小多轻声问道。

“什么严重吗？”

“肿瘤。肿瘤复发了，对吗？”

姨妈的双肩一沉，笑着说道：“噢，宝贝儿。”她把冰凉的手贴在小多的额头上，“你昨晚喝太多了，仅此而已。”

小多想坐起来：“真的吗？应该给我做做检查，找别人过来。”

多萝西轻蔑地挥挥手。“好好休息。你只是脱水了，没别的问题。这是喝太多酒引起的。你应该感谢我，辛格医生大老远带这么多设备来看你。”她凑到小多面前，“输点儿液就会舒服多了。”

“谢谢你。”小多机械般地说道。有些地方感觉不对劲。或许她耗尽了精力，体内还残留着酒精。身体里的那个肿瘤，她知道，还在伺机而出；那些顽皮的小细胞正在重组、变异，毒害着她。她对此仍旧深信不疑。

“还有一件事。”多萝西转身看着镜子里的自己，抖了抖卷发。小多朦胧地看到她用胳膊揽住了辛格医生的腰，可坐高点儿再看时，她的胳膊却垂在身体两侧。“别跟你妈妈提这事。她最讨厌聚会。”她通过镜子与小多对视，“这是我们俩的小秘密。”

第十章

“这是什么鬼东西？”我走上人行道问道。

德斯蒙德站在副驾驶座旁。他把斗篷换成了一件亮闪闪的纽扣领衬衫，牛仔裤恰如其分地显出他的屁股有多瘦，头上还戴了一顶红色贝雷帽。他说道：“蝙蝠车啊。你就是我的维可·瓦丽。”

“我可比不上维可·瓦丽。”这辆花里胡哨的蝙蝠车棱角分明，带有翅膀，涂着略显廉价的清漆。车的前端很长，配了一台发射装置。两侧都有通风口，后侧装着夸张的翅膀，原本应该是排气管的位置，被改装成了类似火箭推进器的东西。

“这能开吗？”我问道。

“当然。”

“你的？”

德斯蒙德按了一下副驾驶车门，门就像电影《回到未来》里的德罗宁一样往上翻开了。他说道：“当然。”

“那天去我家怎么没见你开？”

“那会儿送去修车铺换新漆了。”德斯蒙德说道，“我骑自行车去的。”

车钥匙倒是很普通，方向盘上有个别克车标。表盘和数字显示没有想象的那样富有科技色彩；速度计上限只有每小时一百三十英里。车从道边石开走时，人们几乎连瞅都没瞅。这毕竟是威尼斯嘛。即便我们变成坐着阴茎形状的飞船的章鱼人，也没人会多看一眼。

“去哪里？”德斯蒙德问道。

“韦斯特伍德的一间办公室。不远。”

今天上午，我在脸书上好不容易找到了列奥尼达。他弄了个粉丝主页，唯一值得粉的就是他自己，而他自称“今生只识我这一个列奥尼达足矣”。我的粉丝主页没有加他好友，但他可能是另外一个曾经存在却又消失无踪的账号的好友。他是洛杉矶唯一的二十二岁的列奥尼达·罗瑞——显然只识他这一个足矣——多亏老天保佑，他的状态是公开的。我不由自主地往回翻，看看他有没有和我在一起的照片。那家伙痴迷于拍摄日落、在镇子里看到的狠毒文身和每天的早餐，但没有我的踪影。

主页上说列奥尼达在他爸爸位于韦斯特伍德的整容所做兼职接待。我妈妈在同一幢办公楼给一个足科医师当助理。我脑子里浮现出那条街的全食超市停车库和自行车停车位。我查到了他办公的电话，打了过去，听到了他的语音答复。那声音勾起了我的记忆。我曾听到过那声音，它对我说过甜言蜜语。但是，他是不是像我记忆里那样，也曾对我咆哮？咆哮过很多次吗？

我揉了揉太阳穴。鲁斯·菲力兹有家免预约诊所，宣传册上印了一台磁共振成像机，他们不问任何问题，也不走保险。要做乳房X射线和骨骼扫描之类的人特别多，我要等三个星期。肿瘤复发似乎是板上钉钉的事了；也许我根本不需要做磁共振扫描。除了肿瘤，还有什么能如此高效地盗取我的记忆？肿瘤就像盗走圣诞节的鬼精灵，它咧着嘴把我的人生经历装进圣诞袜子，爬进烟囱就消失了。

德斯蒙德用单手操控蝙蝠车，静静地驶过几条满是涂鸦的街道。汽车扩音器上吱吱啦啦地播放着美国国家公共电台的《美国生活》。坐在这种车里听伊拉·格拉斯的鼻音，真是太不协调了。

“实话告诉我，这玩意是不是从博物馆偷来的？”我问德斯蒙德。

“不是，是我几年前从拍卖会上买的。”

“是不是花了好多钱？”

他傲慢地笑了笑：“我继承了一笔小钱。”

真是有钱没处花了，买这种东西。

我差点儿脱口而出。拿到书的预付款那会儿，我曾体验过从坚称自家所有产品都开过光的公司进行特别订购的快感。

圣莫妮卡的交通状况出乎意料的好，我们几乎一路畅行无阻。车子驶向韦斯特伍德时，德斯蒙德指了指卡姆登大道上的一栋公寓。“我住那里，卡姆登·阿姆斯，105号公寓。”他咧着嘴瞥了我一眼说道，“里面有特斯拉电动车停车场，如果你开得起那种车的话。”

我凝视着那栋闪烁着微光的庞大建筑。一辆保时捷绕过转盘。我忍不住问道："集会营销人员大多都能住得起这么好的地方？"

"呃，说实话，这是我父母的公寓，不过他们很少来了。我兄弟斯蒂凡跟我同住。他是个半吊子。"

"是什么？"

"就是啥事都干，一瓶不满，半瓶晃荡。等你见了他，就明白了。"

我往窗户靠了靠。我才不要见德斯蒙德那古怪的半吊子兄弟斯蒂凡。

聚光灯、行人、商业街一闪而过。我把列奥尼达的情况和我在酒店偷听到的话告诉了德斯蒙德，尽量避免让他听出我是最近才重新知道有列奥尼达这么一个人的。"他似乎跟某个人是同谋。很明显，警察询问他们了。"这倒让我欣慰，或许警察终于把我当回事了，"我要弄清楚列奥尼达那天晚上是不是在棕榈泉。如果他在，那就是他干的。"我使劲咬着下唇，"可是我不明白其中的缘由。"

"分手闹得不愉快？"德斯蒙德问道。

"对。"回想着我躺在充斥着油烟味的比萨店地板上，列奥尼达站在那里，说我做了什么不可挽回的坏事的场景，我便近乎肯定地说道。

"你把列奥尼达的事跟警察说了吗？"

我说我给报警热线留了很多条信息，但他们根本没回复。"你确定兰斯真是警探吗？"德斯蒙德问道，"他可能就是个狗仔。

有些人会花大笔钱挖名人的料。”

“怎么可能有人要挖我的料？”我突然怔住了。我想起波西说的话：全世界的人都知道了你的事。还有，兰斯在游泳池事件十三个小时后就出现了。他当时还不知道我已经出名了。难道真的是好事不出门，坏事传千里？

德斯蒙德摆弄了一下贝雷帽，弄成了让人觉得好笑的角度，问道：“我是说，那个叫兰斯的有没有给你看警徽，或者证明他是警局派来的人之类的东西？”

我挠了挠鼻子：“呃，没有……”

“空口无凭你就信了？”

“是啊。不过兰斯其实并不是警探，他是个司法心理学家。”

德斯蒙德一脸疑惑：“警察为什么会派他去跟你谈话？”

“我猜是因为他……”我叹了口气，“他认为我可能是想自杀。”

德斯蒙德愣了一会儿：“别人这么想也有道理。毕竟你的确沉到了游泳池底。”

“我沉到游泳池底是因为有人推了我，而我不会游泳。”

“我知道。但是为什么他不这么认为？”

我叹了口气：“兰斯进病房之前就知道我的一些事情，之后我妈妈跟他说了其他事情。”

“其他什么事情？”

一解释就没完没了，但我已经深陷其中了：“我一年前得过脑瘤。”

德斯蒙德皱了皱眉：“你说什么？”

“一年前，我做了手术。我现在好了，但是……”

他带着哭腔说道：“哦，我的宝贝。”

我跟他讲了患肿瘤之后的几次自杀未遂事件。“我妈妈以为我这次掉进游泳池还是想自杀。看来她觉得我还没好。”我做了个鬼脸，“有时候，我觉得她恨不得让我一直病着。或许不能说是病着，而是……被人看管着。”

“怎么说？”

我思考了一会儿，然后说道：“我第一次自杀的时候，她的反应跟任何当妈妈的别无二致，哭啊，来回走动啊，满脸担忧啊。后来又发生了几次，她便开始疏离我了。感觉就像她厌烦了我一次又一次企图自杀，我应该赶紧消停下来。她总想着让我住院，我一出院她就生气。每当我再次企图自杀，她就会翻来覆去地说她早就知道会这样。”

“你确诊脑瘤的时候，她有什么反应？”

“我记得她有天冲到护士面前，问人家，怎么样？她好点儿没有？治好没有？”

“感觉她想让你出院，而不是住院。”

“我倒觉得她是失去了耐心。反正她一直都看不上我——好像我企图自杀之前就那样。她从来不懂我的心思。不管我做什么，不管我说什么，她都……看不上。”

“母女关系嘛，我常听人说比较棘手。”德斯蒙德叹了口气，瞥了我一眼，“谢谢你告诉我这些。你很勇敢。”

我在座位上局促不安地动来动去。他没必要把这一刻搞得这么正式。仔细想想，他说得很对。长久以来，我没跟任何人透露我自己或我家人的这么多事情，就连吉吉都没有。或许是因为德斯蒙德对我没有成见，而我不打算在今天之后再深入了解他。又或许是因为他静静地坐在那里，仔细听我说话，却没有立刻发表意见。

一条条街道从眼前掠过。我看到三辆黑色的轿车，六辆银色的。几个人目瞪口呆地看着蝙蝠车。“你得脑瘤住院是什么感觉？”德斯蒙德问道。

“就像我说的那样，没太大印象。整个过程都感觉醉意朦胧，可能用了不少吗啡和其他药物。我那时只想睡觉。我记得自己说了很多话，不过肯定都是在梦里。醒来之后，我没办法集中注意力，不吃止痛片的话，脑袋就会像炸裂一般疼痛难忍。”

“天啊。”德斯蒙德喃喃地说。

“一个人的时候，屋里很安静，我盯着自己的双手，仿佛以前从没见过。我总是嘟囔着某些单词，看看我能不能说对。牛奶。气球。狗。那些词语听着很陌生。我还觉得自己缺了什么东西，脑袋里留下了一个大洞。”

“是肿瘤吗？”

“不知道。我没看过我的肿瘤扫描图。”

“你怎么不会游泳？”德斯蒙德过了一会儿才问道，“我以为加利福尼亚州的孩子都会游泳呢。”

“你会游泳吗？”

“会啊。我还会蝶泳。”

炫耀。

“我小时候可能会游泳，后来我觉得所有的水区，无论是湖泊还是海洋，都是冥河。我读过很多希腊神话。我妈妈给我报了游泳课，可我每次都会想到古斯塔夫·多雷的蚀版画，里面的生物从波浪里窜出，把我拉进地狱，然后就不敢下水了。一想到下水，我就会哭得稀里哗啦。”

德斯蒙德啧啧了几声。

“过了段时间，我妈妈便把游泳课退了。我敢肯定她觉得很丢人。”

“你可以现在学游泳啊。”德斯蒙德说，“你不会还觉得所有的水都通往地狱吧？”

“不会啊。但是，水跟我……有不解之缘。我要么跳进去，要么冲进去，要么钻到水底，心里抱着必死的念头。水会给我造成太大的心理压力，我宁愿踏踏实实地待在地面上。”

“懂了。”德斯蒙德拍了拍前额，“记住，短时间内不要带艾丽莎去任何沙滩酒店。”他举起苍白的胳膊，“我个人对沙滩倒是没什么偏见。”

列奥尼达爸爸的办公室在几个街区之外。我们把车停在我之前轻易就能回想起来的全食超市停车场，我放学后有时会在这里等妈妈下班。我有次在这里偷新鲜的梅子、油桃和圣女果，结果被人赶了出来。

我们一边数着大楼编号，一边沿着大街往前走。到了1104栋前面，德斯蒙德端详了一会儿写着“罗瑞医生”的标牌，然后皱了皱眉：“你的前任情人是个整容医生？”

“呃……”我讨厌自己没弄清楚，“他爸爸是医生。列奥尼达是前台接待。”

“你打算怎么做？查他的手机？看看他跟谁通过话？去过哪里？”

“对。”

“具体怎么做？”

“这个，我还没想清楚。不过我希望你能在我查的时候，把人引到别处。”

德斯蒙德摘掉贝雷帽，用手拨了拨柔顺的头发。“下指令吧。”他献殷勤般地说道。

“就说你预约过了。进去等候室，然后在大厅里假装腿部受伤。他会跑去帮你，我趁他离开前台找到他的手机翻一遍。必要的话，我再拍些照片。”

德斯蒙德的眼睛眨个不停。“你想让我假装要做整形手术？”他一脸懊恼地说道，“这差不多违背了我的所有人生原则。”

“又不是真要你做整形手术。”

“万一被熟人看到怎么办？”

我嗤之以鼻：“你真以为你那些角斗士同伴会在整形所乱逛？得了吧，你肯定没问题。进到里面，说你要做小腿肚植入。”

他抬起一条腿看着我：“可是我的小腿肚好好的啊！好些姑娘说我的小腿肚很可爱呢。”

我闭上双眼：“算了，没关系。不用做了。我跟你又不熟，谢谢你送我过来。”

德斯蒙德把贝雷帽戴到头上：“别，别这样，我愿意去。我要抛弃偏见，为你效力。”

“真的，德斯蒙德，不去也没关系。”

“我想去。我强烈要求去！”

“你确定要……”

“何止确定。但是我没有预约就跑去做什么？他会看出我有别的企图的。”

“你一进去，马上装作腿部受伤，就不用多说什么了。”

大楼的前门敞开着，我大摇大摆地走过去，替德斯蒙德扶着门。我的肌肉似乎记得通往整形所的路——可能我以前来过这里。

我们在挂着罗瑞医生铭牌的玻璃门前停下。我往里瞥了一眼，看见列奥尼达古怪的高大身影在前台晃动。他趴在桌前，桌上的手机可能正是我要找的那部。看到他低着头戴着耳机，我的心里就有点儿刺痛。我能想象到他在听什么——311乐队的“我的另类浪漫史”。过时而又怪异的乡村音乐。我心里藏着这些信息，却不知道它们从何而来。

我扫了一眼德斯蒙德。“你还参与吗？”我问道，他迟疑地点点头，“那就赶紧进去，说你要上厕所，再假装腿受伤。”

“哪条腿？”

我指着他的右腿，又改了主意，选了左腿。接着，我替他拧开门把手，指指等候室，示意他进去。

德斯蒙德把门推得敞开，一股冷风扑面而来。门又嘎吱一声关上，我把耳朵贴在门框上，暗自祈祷，千万不要有别的预约客户从前门进来看到我。之后，我从窗户往里瞥了一眼，心脏怦怦直跳。身影模糊的德斯蒙德走向前台，同样身影模糊的列奥尼达说了些什么。我听不清他们说的话，德斯蒙德开始朝等候室走去。几秒钟过后，走廊里传来一声过于夸张的尖叫。即便如此，我还是想为他按照计划行事奖励他一个吻。

听到德斯蒙德的叫声，列奥尼达飞一般从前台冲了出去，从我的视野中消失了。我数了五下，然后拧开门把手。凉爽的紫丁香味迎面袭来。我朝左右看了看，等候区空无一人。墙上贴着皮肤完美无缺的大胸女人照片，他们眼神空洞地凝视着我。对面墙上贴着一张女人大腿的照片。咖啡桌上放着一个插满鲜花的花瓶，旁边摆着几个隆胸用的硅胶填充物。

德斯蒙德的呻吟声在走廊里回荡。“你没事吧？”列奥尼达的声音传来。

“啊，疼死了！”德斯蒙德惨叫道。

我的视线转向前台办公桌。桌上有一台电脑显示器、一个预约登记本、一本健身杂志，还有一些表格。一部安卓手机放在一个脏乎乎的黑色邮包旁边，邮包上面打着一堆生态意识行动小组的标志。我伸手抓过手机。

手机屏幕还亮着，好事！省得我猜密码了。我盯着一排应用程序，手颤巍巍地点击了电话图标，打开通话记录。屏幕上闪出一连串名字，旁边标记着日期和时间。我先查了他星期六晚上——那时候我在棕榈泉——的呼出和呼入记录。我连星期日——那时候我在医院里——那日的也查了一遍。那两天的记录有好几条，但很难判断列奥尼达当时在哪里。我拟定这个计划的时候，倒没想到这一点。这手机不会轻易吐露信息。我得查无线通信塔，可是我不知道该怎么弄到那种数据。

“你踩到自己的鞋子绊倒了？”列奥尼达在走廊里说道。

接着我努力回想星期二那天在猫展看到列奥尼达的具体时间。上午？刚过中午？我往回翻了翻记录。数字在我面前闪动，有些通话记录上标着名字——妈妈，爸爸，还有个叫波特的，其他记录只有数字。我翻出自己的手机，把满屏的数字都拍了下来，摄像机“咔嚓”一声，吓了我一跳。我把好多条呼出记录也拍了下来。

“试试能不能站起来。”列奥尼达对德斯蒙德大声说道。

“我以后走不了路了。”德斯蒙德说道，“我完蛋了。”

走廊里传来拖着脚走路的声音和呻吟声。“站起来了。”列奥尼达说。

我扔掉他的手机，赶紧从办公桌后面走出来。我刚出办公室，他和德斯蒙德就从拐角处走了出来。大厅里静寂无声，我的心跳声震耳欲聋。我缓缓地深吸了一口气，想让心平静下来，但它一直怦怦跳个不停。

过了一会儿，门开了。“我给你叫救护车吧。”列奥尼达说道。

“哦，我能撑得住。”德斯蒙德敷衍道。

“真的，不麻……”列奥尼达还没说完，德斯蒙德就把门关上了。

他转身看向我，脸上带着我无法理解的表情；感觉他快要吐了。“咱们走。”他抓住我的手，我们赶紧穿过大厅，朝楼梯走去。我们的鞋子砸在金属台阶上，轰隆作响。到了楼梯平台那里，我们仰头听楼上有没有关门声，以免列奥尼达跟过来。我只听到远处有只小狗在叫。

回到停车场，德斯蒙德弓着腰说道：“不敢相信，我竟然骗过了他。可怜的孩子。我对他撒谎了。他可能正担心我呢。他可能会打电话叫救护车吧。”

“没关系，你做得很好。”

“我说我要做小腿肚植入。”他的声音越来越大，“万一我遭了报应，小腿肚真出了什么事怎么办？”

“怎么，怕得小腿肚癌症吗？”我问道。德斯蒙德一脸惊恐，我拍拍他的胳膊，“别担心，根本没有小腿肚癌症这种病。”

他冒出一脸冷汗：“这样太不应该了。”

“省省吧，是你自己要来的，我给过你退出的机会。你身为骑士什么的，我还以为你胆子够大呢。”

“我是恺撒大帝。”德斯蒙德痛苦地说道，接着他自言自语道，“真没想到，我竟然撒谎了！”

我们静静地走回全食超市停车场。我为把他牵扯进来而感到愧疚。德斯蒙德颤巍巍地打开蝙蝠车的门锁。“你不用送我回家。”我对他说。

他猛地抬起头：“那你怎么去你要去的地方？”

我给他看了优步软件：“用这个。”

德斯蒙德把手揣进兜里。远传出来救护车的警铃声，我看得出来，他越来越担心那正是列奥尼达喊来的。

他干巴巴地笑着说：“看来我不是做卧底的料啊，对吧？”

“不，你做得很好。”

“你真这么觉得？”

“嗯，我拿到了想要的东西。”

“啊，好，那我的任务就算圆满完成了。”

我们互相看着对方。他脸上带着充满期待的笑意，倒显得有几分可爱。他有些底子，只是需要刮刮胡子，理理发，拔掉一些眉毛。我不介意他身材矮小，真的。还有他的手掌，虽然小了点儿，却很有型，甚至有些精致。他担心得小腿肚癌的样子让我心动。换作是我，我也会担心。

突然之间，我敏锐地感觉到头发在脸上拂动，痒得我像牛一样耸动鼻子。我几乎有种走到他面前，用胳膊抱住他肩膀的冲动。也许我应该这么做。

一阵刺耳的喇叭声打破了寂静，我们俩吓了一跳。“总之，谢谢你了。”我低着头轻轻说道。

“乐意效劳。”德斯蒙德鞠了个躬，“等你从那些通话记录里找出有用的信息，告诉我一声。”

我挪了挪脚，漫不经心地挥了挥手，转身朝全食超市走去，仿佛我打的出租车就停在那里，然而谁知道优步出租车会停在哪里，谁知道他们多久会到。从他身边走开就像电影里的场景；我希望他正在身后看着我一步步离去。空气似乎更清新了。我禁不住吹了声口哨。

身后响起脚步声时，我以为真是德斯蒙德跟了过来，要把我的身体扳过去，像恺撒对克利奥帕特拉那样深深一吻。我突然不敢相信自己有多么渴望他这么做，也不敢相信这种做法多么的自然而然。一只手放在了我的肩胛骨中间。我转过身，准备对德斯蒙德嫣然一笑，但阳光撒进我的眼睛里，我只看到一个绝对不是他的朦胧身影。灿烂的阳光、激动的心情和体内的酒精让我猛然一阵眩晕，但当我眨着眼睛辨认身前的人影时，我的视野越缩越小，两腿开始瘫软。阳光照得我看不清楚，但我只觉得阴森森的，或许还有些险恶。

“哎，糟糕。”我瘫倒在地时，有人低声说道。接着，我听见有人说，“不！怎么回事？快起来！求求你！快起来！”

我翻身躺在地上，拼命睁着双眼。有人在拉我起来。他或她的手指细长，胳膊上的肌肉很结实，力量却不太够。呼吸时带出一股薄荷味。有东西在骚动我的脖子，可能是头发，很长的头发。可惜我还没弄清楚这是怎么回事，双眼就闭上了。我在韦本街上行人恰好看不到的昏暗小巷里晕了过去。

摘自《多萝西的往事》

被胳膊上的输液针疼醒之后，小多就知道自己以后得少喝酒，以免酗酒成性。然而，真正让人欲罢不能的是多萝西，小多忍不住要去见她。每星期三，小多总会和她见面。外出的夜晚属于M&F、西好莱坞的那间昏暗的小俱乐部，或者坐在高级轿车里绕着城市一圈又一圈地飞驰，透过有色玻璃车窗欣赏城市的迷人魅力。香槟的酒香溢满了后车座。多萝西时刻随身带着一瓶；伯尼给她们上最好的葡萄酒；俱乐部黑暗角落里的酒保直接将装着五颜六色液体的酒瓶拿给她们。

小多贪婪地聆听着多萝西的故事，拼命博取她的关注。每当多萝西揽住小多的肩膀，说她漂亮、精神、有趣、奇妙，是这世界上每个女人都最想拥有的外甥女，她便会笑逐颜开。可每天晚上结束的时候，小多都会晕倒，第二天醒来时瘫在多萝西的白玉兰酒店套房里的蓝白条沙发上，满嘴黏乎乎的。辛格医生再也没来过，而小多依旧被头痛、迷惘和恐惧所困扰。她一定是离了酒就活不下去的那种人吧。

“躺下来，亲爱的。”多萝西说道，“你乐意的话，在这儿躺一天都可以。”多萝西给小多拿来好些面包，还点了好多煎蛋。

多萝西把冷毛巾贴到小多的额头上，单单是用手抚摸小多的头发，都能花上好几个小时。

有时候，多萝西只是坐在小多身边，一边用勺子喂她，一边说：“噢，你不知道照顾你给我带来多大的愉悦。”

“我只希望别每次出去都喝得烂醉不起。”小多埋怨道。

“别担心。”多萝西急忙说道，“更何况有我照顾你呢。这是给你的特殊待遇。托马斯死的时候，我还太年轻。”

又提托马斯。小多心里有很多疑问，可她还是觉得问出来有失教养。

小多的男朋友在第一晚之后就没再跟她们一起出去了。他借口说要考试，实验室有事情做，后来又说鱼乐队的演唱会不能错过。“我怎么觉得你不愿意跟我去见菲利斯啊？”有一天，她怒气冲冲地说道。两人正在餐厅里吃饭；每当身处公共场合，他们就用菲利斯代替多萝西。小多得万事小心，她妈妈可能找了人来监视。

马隆耸了耸肩，端着餐盘拖着步子走到下一个窗口。小多跟着他走到沙拉餐台、麦片餐台，又走到冰冻酸奶机前面。最后，他重重地叹了口气：“你在俱乐部晕倒那天晚上，我想带你回家，我想照顾你，可她非要你留下。说实话，她太强势了。”

“她是我姨妈嘛。”小多说，这事有什么好争论的，“她是我家人。”

“是啊，可你真的了解她吗？”

小多直愣愣地看着马隆。他“啪嗒”一声把塑料杯子放到奶酪分流器下面。小多说：“我以为你对她很着迷。”

“单听你说，她的确很厉害，可是见着了真人，她又那么……”马隆瞥了小多一眼，朝热食窗口走去。

小多追着他问道：“那么什么？”

“没什么。”

小多看着自助餐厅的服务人员往他的餐盘里铲了一堆土豆泥。他找了个地方坐下，自顾自地吃起了土豆泥和冰冻酸奶，仿佛与世隔绝一般。“你竟然惧怕一个五十岁的女人？”小多嗤笑道。

马隆抬头看着小多，嘴里含着食物说道：“凡事小心点儿，好吗？”

小心点儿。这话逗得小多笑了好几天。小心什么？

第十一章

我睁开双眼，在人行道上坐起身，阳光晒得我浑身发热。

“艾丽莎？”有个声音说道。

我使劲眨眨眼睛。我眼睛酸痛，眼前有个光圈。一个身影凑近，浓烈的除臭剂味扑鼻而来：“你是艾丽莎吗？是你叫的车？”

那人戴着飞行员太阳镜，穿着皱巴巴的细条纹衬衫和细腰牛仔裤。他身后有辆本田轿车轰轰作响。四周是熟悉的韦斯特伍德商业中心，最显眼的就是全食超市，我一下子反应过来。但除了我们两人之外，小巷里一个人都没有。我一挪动，脸上就传来一阵剧痛。我小心翼翼地摸摸脸，以为会摸到血，却只觉得疼。

“我问你呢，你是艾丽莎吗？”那人指指自己的车，“你叫的出租车？”

“嗯——对。”我一边扶着地起身，一边勉强说道。我又环顾了一圈。周围好像没有人暗藏在某个角落。但刚刚明明有人的。

“我等了你很久。”那人厌烦地说道，“给你打了得有六次电话。你要再不醒，我就准备走了。”

我摇摇晃晃地坐起来，看看自己的全身。所有的衣服都还在，包在地上放着。我抓起包，在里面翻了一遍。钱包在，手机也在。我按了一下底部的解锁键，看了看时间。距离我上次查看时间才过去了几分钟。

“刚刚有人在这里，你看到了吗？”我对那人说道。

他朝车那边走去。“我两秒前才到这里。你还坐不坐车了？”他瞥了我一眼，“坐车的话，别再晕过去了，也不能吐。”

我抖了一下：“我没喝醉。”

“哦。”他又嘟囔了几句。

我一时间没了主意，脑袋里跟打鼓一样，更是让我没办法思考。离开的话，那就是丢下犯罪现场不管了。我得马上报警，动手的那个人可能还在附近。问题是，如果我没丢东西，这还算不算犯罪？突然之间，所有的细节都混成了一团。太阳烤着我的头顶。

呜呜声传来，我抬起头，一辆警车开进了小巷。我坐在地上，看见一个警察从驾驶座伸出头。那个警察说道：“我们刚接到报警，说有人在这里晕倒了。”

我扭头对优步司机说道：“你报警了？”

优步司机摆出投降姿势：“没有，天啊。我刚到。”

警察盯着我们两个。副驾驶的警察从雷朋太阳镜上方瞥了一眼，然后对我说道：“小姐，你没事吧？”

我的喉咙像是生锈的金属，一阵发紧：“刚刚有人把我引到了这里。可能对我实施了犯罪。”

开车的警察把视线转向优步司机。优步司机把手放在胸前走到一旁："我刚到，长官。不信你查我的导航，我什么都没看见。"

"不是他。"我对此颇有把握，"是别的人。"但有件事不对劲。我又打量了一次整个小巷。如果优步司机找到我的时候我是一个人，优步司机也没报警，那是谁报的警？

开车的警察看了看同伴，戴雷朋眼镜的警察点了点头。两人同时从车里跨出来，步调一致，优美无比。两人朝我走来，鞋子在沥青路上发出清脆的响声。

"呃，打扰一下，我能走了吗？"优步司机说道。

"暂时不能走。"警察说道，"我们可能需要你录个口供。"

优步司机用西班牙语小声嘟囔了几句。开车的警察蹲下来，双手支在膝盖上。他的黑色警服干净整洁，胸前的口袋上挂着一个亮闪闪的警徽，上面写着"奥哈拉"。这名字悦耳且富有诗意，和警察的身份放在一起太不协调了。

"你叫什么名字？"他问道。

"艾丽莎。"

"发生了什么事？"戴雷朋眼镜的警察指指我的脸。我试探性地摸了摸，疼得缩了一下；肯定肿了。

"我摔了一跤。"我说道，"有人吓唬我，我转过身，却看不出是谁，然后我就觉得头很晕。"这些话刚刚说出口，我就意识到它们有多么经不起推敲。别人走到你身边，拍了一下你的肩膀，总不能就把人抓起来吧。

"那人对你说什么了吗？"奥哈拉问道。

"没有。我记得没有。但是在我摔倒之后，那人说：'怎么回事？快起来！求求你了！’”

“求求你了。”奥哈拉觉得有趣，他瞥了一眼同伴，“还挺有礼貌。”

我挣扎着想站起来，可是双腿摇摇晃晃，使不上力。我扶住奥哈拉的肩膀，嘴差点儿亲到他的脸。奥哈斯伸手搀住我，我刚站直，就发现他的眉毛皱了起来。他的同伴扫了他一眼，一副了然的样子。他的嘴不自然地咧了一下。

“你还好吧？”奥哈拉比我高，至少得有一米八七。

“不知道。”我故意说道，“头可能受伤了，我有点儿……头晕。”我满脸期待地望着他们。两人谁也没有做笔录的动作，也没人叫救护车。

“唉。”奥哈拉咳了一声，“艾丽莎，我觉得你需要喝杯咖啡醒醒酒。”

“你可能误解了你在停车场看到的人。”他的同伴——名牌上写着“拉尔金”的人说道，“他们可能是担心你，想帮你。”

我脸上一阵发烫。我没喝醉，我在心里说。我可能得了脑瘤，但这不是我的错。我突然想起从斯特德曼的古玩店出来之前喝的米德葡萄酒。我喝了几杯来着？两杯？三杯？不止这么多？米德葡萄酒里到底是什么？我翻列奥尼达手机的时候毫无畏惧，是因为喝了很多酒吗？

“我们可以送你回家。”奥哈拉善意地说道，“如果你想检查一下，我们也可以送你去医院。”

“不去医院。”我说道。

“呃，我能走了吗？”优步司机再次问道。

“嗯，走吧。”拉尔金挥手让他走了。

我别无他法，只好蹒跚着走到巡逻车前，爬进后座。车里有股旧皮革的味道，搁脚的地方有个纸质手环，上面画着某个破烂的脱衣舞俱乐部的标志。拉尔金在我身后把车门关好。我把身体尽量埋进座位里。如果妈妈看到我这副模样，估计会强行把我送去橡树精神疗养院。

我解锁手机，按下图片按钮，急切地要看一下列奥尼达通话记录的图片。其中一个号码一直在我的脑海里徘徊——我认识这个号码，但我不知道为什么会认识。可当我打开图库，那张照片却不见了。我左翻翻右翻翻，哪里都找不到。

“呃？”我朝前排两个不吭声的人扬起下巴。奥哈拉从后视镜里看了我一眼。有人实施了犯罪，我想说，有人拿了我的东西。我晕倒之后，有人拿我的手机删了一张照片。

我尝试着组织语言，但话还没说出口，我就知道这有多么荒谬。那样的话，我就得说我溜进了列奥尼达爸爸的办公室和中间经历的各种波折，也许我不应该说出去。这是对我窥探他人隐私的惩罚，我心想。

可我就做了那么点儿龌龊事，这惩罚也太严重了。

摘自《多萝西的往事》

四月中旬，多萝西给了小多一个惊喜：带她去度假村。这个度假村位于茫茫沙漠，多萝西十分喜欢，因为整晚都能听到土狼的嗥叫声。

多萝西订了一个双人套房。套房的阳台十分宽敞，往下看去，只见大杂院一样的庭院里长满了青草、开花植物和时髦的木质长椅，还有个女人裸着身体躺在浴巾上晒太阳。

多萝西转身对小多笑道："这家酒店有个关于谋杀案的传奇故事。二十世纪六十年代，社会名流常光顾这里，尤其是那些靠身体上位的。有个姑娘一定是惹错了人，被人在那庭院里杀了，脑袋上给砸了一下。第二天，酒店工作人员发现她的尸体，把她当成了另一个明星，比她还有名的那个。人们给她策划了一场盛大的葬礼，各州的亲朋好友纷纷前来悼念，联邦调查局展开了全面调查。后来，那个明星出现了，活得好好的。结果呢，'死了'三天竟然让她的事业蒸蒸日上，之后接拍了好多电影！还嫁给了著名歌手辛屈纳的好朋友！"

"那被杀的那个姑娘呢？"小多听得唏嘘不已。

多萝西耸了耸肩："噢，不知道她是怎么回事。估计是惹了暴徒，所以才被杀了吧。”

“没查出凶手是谁吗？”

“没，应该没有。这姑娘没那么重要。”

“活着的那个明星有没有对她表示敬意？”小多问道，“我是说，正因为这个死去的可怜姑娘，这明星才走红的，对吗？我倒希望她能心怀感激。”

多萝西若有所思，然后直视着小多说道：“你知道怎样才有意思吗？假如那个声名显赫的明星才是惹上棕榈泉黑道的，而她找了另外一个姑娘去代她受罪，她既能摆脱麻烦，又能推动事业发展，多绝妙啊。”

“啊？”

“噢，我乱说的。”多萝西调皮地拍拍小多的胳膊，“我编故事而已。”

去酒吧的时候，多萝西戴上了墨镜和围巾。“为什么你不想让别人注意到你？”小多在姨妈照镜子的时候问道。

多萝西的嘴抿成了一条线：“我不想被人追着提问。”

“问什么？”

“我有很多身份，小多。我惹了太多人。”

有人弹起钢琴，为二十年代有很多颤音和华丽辞藻的老歌曲伴奏。

“为什么我妈妈会恨你？”小多冷不丁地问道。

多萝西愣住了：“这是她说的吗？她亲口说恨我？”

小多没吭声。

多萝西的头垂了下来，啧了一声：“我们姊妹俩曾经是好朋友，无话不谈，特别是小时候。虽然我们不经常见面，可亲情的纽带维系着，懂吗？我比她漂亮，可我情场失意。你妈妈的丈夫，你爸爸？他特别招人喜欢，是个好男人，对你妈妈和你照顾有加。他住在洛杉矶，所以你们全都搬到了那儿。我也跟着你们搬过去了。这些你肯定都不知道。”

小多摇摇头。她的确不知道。

“可你妈妈……唉，你知道她的为人。她给不了你爸爸想要的。我经常去你们家——我看得出来，他们的婚姻遇到了问题。我也感觉到了他看着我的眼神。我想无视他的目光，可我也有欲望。那会儿我刚离婚，又失去了托马斯，正是单身、有钱而又迷惘的时候。我只亲过他一次，却被你妈妈逮到了。从那以后，她就排斥我，说要跟我恩断义绝。”

“你亲了我爸爸？”

“不，亲爱的，是他亲的我。可他不是个负心汉，千万别那么看待他。那件事……自然而然地发生了。有些事情就是这样。但不管怎样，你妈妈只按自己的想法去解读。你妈妈觉得是我勾引他的。我们有段时间互不搭理。我想她明白你我之间的情谊，她也知道我能从经济方面施以援手，所以她妥协了，允许你我继续来往。但她明确表示，她不待见我。

“我竭尽全力地想要挽回你妈妈的心。你爸爸去世之后，你妈妈发现他欠了一屁股债，也没有人寿保险金，只能没日没夜地工作，挣钱给你们俩过日子。我说我愿意帮忙，可她不肯拿我的钱。”多萝西喝了一口水，“你妈妈很要强的。”

小多听得瞪大了双眼，原来多萝西有提出帮忙。她的手在桌子下握成了拳头。

“从那之后，我们俩就又有了隔阂。”多萝西解释道，“她工作起来就没完没了，还找各种借口去上班，不过我认为她也感觉到那样不好。愧疚感压得她喘不过气，就拿我当出气筒。她嫉妒咱俩亲密无间，嫉妒我无所不能，她却无能为力。”

“是她把你赶走的吗？”小多大声质问道。

多萝西盯着桌子，缓缓地舔了舔嘴唇。“我不想挑拨你们母女的关系，亲爱的。”她轻轻说道。

小多冷哼一声，看来不和是早已存在的了。她接着说：“妈妈说你精神有问题。”

多萝西脸上的肌肉猛地一抽。她抓住小多的双手，直愣愣地盯着小多，紫罗兰色的双眸充满了真诚。她急切地问道：“你觉得呢？你觉得我精神有问题吗？”

“不。”小多答道。她突然想到男友说的话。多萝西太强势了。

他说：你对她了解多少？

他怎么如此多疑？

一群跟小多年纪相仿的小伙子从吧台经过，小多谨慎地看着他们——他们蓄着胡子，身上脏不拉几的，牛仔裤紧紧地裹着腿，鞋子烂得不成样子。他们大概是从邻镇为期三天的音乐会过来的吧。那种音乐会，大伙儿都露天搭个帐篷，吸食各种违禁品。小多和马隆曾计划去看一看，后来因为两人都没有应景的衣服，就放弃了。

那群小伙子鬼鬼祟祟地走到酒吧的顾客面前，跟他们窃窃私语。他们似乎找的都是年轻人，而且被问的人都会皱皱眉，思考一下他们的问题，然后再摇摇头。最后，这群人朝小多走来，一看到多萝西年纪较大，就继续往前走。

"等下！"多萝西喊道，那群年轻人转过身，"你们要么是卖东西，要么是找东西。是找还是卖？"

小多捅了捅她："你干什么？"

多萝西目不转睛地看着那群人："小伙子们，我不是警察。我只是好奇。"

那群年轻人晃了晃，把手伸进口袋里。他们互相看了一眼，耸了耸肩。"我们有批夫拉卡，想找个买家。"个子最矮、身上最脏、呢子大衣上几乎沾满泥巴的那个说道。

"夫拉卡是什么玩意？"

"不适合你。"个子最高的马上接嘴道。

"你怎么知道？"多萝西问道。小多满脸惊恐地看着她。

一群人中间看着最正常、棕色头发略显油腻、胡子刮得干干净净的那个耸了耸肩："跟致幻剂很像，也跟魂飞很像，只是没那么冲。"他的朋友们戳了戳他，瞪了他一眼。"干什么？"他对他们嘟囔道，"是她问的。"

"脏呢子大衣"吐了口痰："哥们儿，她知道魂飞是什么玩意吗？"

多萝西嘲弄地说："小伙子，我知道魂飞是什么。没错，给我们来点儿。"

"不行，不能要！"小多喊道。

多萝西已经拿出了现金。小多惊恐地四处张望，担心酒吧里有人举报她们。那样会把警察招来，多萝西就要进监狱，小多也会受到牵连，她妈妈就会知道这事。

交易很快就结束了，整个过程流畅而隐秘。那群小伙子悄悄溜走，个头最大的那个“呢子大衣”欢快地摇摆着。他们笑得跟傻了一样，小多怀疑他们已经神志不清了。

她转头对多萝西说道：“你到底想证明什么？”

“没什么。”多萝西傲慢地说道，“哦，好吧，有那么一点点。我那是教育他们别以年龄看人。有时候吧，五十出头的老女人也喜欢纵情享乐。”

小多盯着多萝西放药丸的口袋：“你不会真要吃下去吧？”

“不知道，可能会吧。”多萝西喝完最后一口斯丁格，“别担心，亲爱的，我会趁你不在身边，随便挑个孤独寂寞的午后再吃。”

“那我就每天盯着你，防止你吃了。”小多说道，“万一吃出事了呢。”

多萝西非常高兴：“亲爱的，要是你能每天都陪在我身边，那可太好了。”

回到家里，小多开玩笑似地把这事跟马隆讲了——我那疯子一样的姨妈！是不是很好玩？她特意挑两人刚做完爱，马隆心情好的时候把这事讲给他听，可马隆一下子脸色煞白。

他阴沉地说道：“我怎么没想到这茬儿。”

“什么？”小多坐起身问道，“你在说什么啊？”

“魂飞。也许她在给你下毒。”

小多气极反笑：“没想到你竟然会说这种话！”

“我一直在反复思考整件事，小多。记得咱们跟她出去那天晚上吧？你确实没喝太多。酒里面一定掺了别的东西，才让你那样昏睡不醒。”

“我姨妈那么爱我！”小多喊道，“她绝不会用魂飞害我！收回你的话！”

马隆举起双手做投降状：“我本来不想跟你说这些，可是我查了一下欧土福这个人。你姨妈去的地方根本不存在，根本没有军阀。”

“那又怎样？她记混了呗。”

“也可能全是她胡编的。我问过爷爷奶奶了，他们说她是个神经病，以前总光着身子绕着白玉兰酒店乱跑。千万别在她套房那儿的游泳池洗澡，她经常在那里面乱交。”马隆做了个鬼脸。

小多从床上下来，一把穿上汗衫：“你四处找人打听她？你有什么资格？”

“我不过问了几个问题，这都是为了保护你。”

小多瞥了他一眼：“就算这些都是真的，那她就是个坏人吗？就会用魂飞害人吗？”

“我不知道。有这个可能吧？”

“我没想到你会说这种话。”她穿上内衣和牛仔裤，抓起背包，径直朝门口走去，“等你思想成熟点儿再联系我吧。”

“喂，别这样，你不能怪我这个传话的啊。”

小多盯着乱糟糟的宿舍走廊：“我们分手吧。”

“小多！我爱你。我说这些不是为了伤害你。”

小多闭上双眼。她知道马隆不是出于恶意。可他为什么不能跟多萝西和睦相处呢？为什么他要诋毁多萝西呢？

“求你不要再跟她出去了。”马隆说道，“消停一段时间，等到我们查清楚再说。”

小多看着通往大厅的门，一道细细的光束从猫眼里透进来。她说：“我做不到。”

身后传来马隆的叹息声。他收回双手；小多感到马隆的体温逐渐远去。她猛地开门跑了出去，喉咙里像有个皮球堵着。她沿着走廊一直往前跑，跑到放着自动售卖机的角落，挤到百事可乐售卖机和制冰机中间，头垂在膝盖上，就这么坐了好久好久。

第十二章

星期一早上，我迷迷糊糊地醒来。我这是在哪里？周围的景象朦朦胧胧：绿白条的窗帘，豪华的加利福尼亚式大床。接着，这些家具变成了一团雾气。我睁开双眼，发现自己躺在卧室里的遮蓬床上。不在家里，还能在哪里？

砰砰的敲门声传来。鉴于没有打断敲门声的动静，我猜吉吉和斯特德曼都没在家。我慢慢地坐起身，嘴里有一股奇怪的臭味。手机上有一条劳拉的信息："呃，有个女人给我发来一条奇怪的语音信息，说是你妈妈？她想让我们停止出版你的书？"我却没收到妈妈的任何消息——我干吗在乎她？没有比尔替她道歉的信息；没有司法心理学家兰斯的信息；没有酒保瑞奇的信息。

聒噪的敲门声还在持续。我瞥了眼镜中的自己，压了压像巫婆一样乱糟糟的头发。眼睛周围的睫毛膏凝固干结，我肯定在第七杯和第八杯酒之间重新涂过口红，因为嘴上有一个歪七扭八的口红圈，牙上也沾了不少。星期五摔倒时脑袋受伤的部位经过一个周末，从耀眼的黑紫色变成了不堪入目的黄绿色，一碰就疼。

我冲进卫生间，干揉了几把脸。没了化妆品的掩饰，我的眼睛变小了，嘴唇浮肿，脸颊跟没煮过的花椰菜似的。我顺了顺前额的头发，遮住伤痕，一口气吃下二十多种维生素，希望它们的神力能消解酒精的作用。我深吸了一口气，仔细听着动静，希望外边的人已经放弃了敲门。可惜事与愿违，敲门声越来越大。

万一是列奥尼达呢？万一他知道我独自在家，要报复我翻他的手机呢？

我拉开楼梯顶部的窗帘，往外瞥了一眼。蝙蝠车停在车道上。我惊讶得不禁哈哈大笑。我原以为过了星期五，德斯蒙德就不会再理我了。

我匆匆忙忙下了楼梯，打开门。他穿着普普通通的黑色T恤、黑色旧牛仔裤和系带靴，靴子是小牛皮的，鞋头很尖，一副吟游诗人的打扮。他扬头对我说："你刚才在打盹吗？"

"没，我在睡觉。"我含糊地答道，"我辗转反侧了整整一夜。"

"破解谜团吗？那你应该叫上我啊。"

我把双手抱在身前："我以为你退出侦探游戏了呢。"

"这话就不对了，我从来没说过要彻底退出。"

我想起之前期待他追过来，把我扳回去亲我。我觉得我昨晚梦到了。

我把手插进口袋，遮盖伤痕的那缕头发移开，露出了绿色的皮肤。德斯蒙德注意到之后吸了口冷气："发生什么事了？"

"摔了一跤而已。"

"摔什么上了，别人的拳头？"

他伸手来摸伤口，我往左边一闪，躲开了。我不情不愿地给他讲了星期五那天在停车场遇到的事，告诉他我拍的照片不见了。他一脸惊骇地说："我就应该留下来陪你！看着你安全上车！"

"其实没人把我怎么样。"我说道，"只是我突然惊吓过度，失去了意识。之后警察过来把我送回了家。"就这样了，多么正常的一天。

"袭击你的人删除了照片，这事值得探讨。"德斯蒙德若有所思地说，"肯定是知道内情的人，对吧？这人不想让你查出列奥尼达跟谁通话。"

我点点头——我也是这么想的。

德斯蒙德叉着腰说道："跟你说，你可以传唤通话记录。我们应该把这事告诉警察。"

我做了个鬼脸："拿什么传唤？除了偷听到列奥尼达的话，我又没别的证据。"

"唉。"德斯蒙德懊恼地说道，"那我们应该努力找到证据。"

我点点头，但我不知道怎么找。"我敢肯定，那个通话记录里有个我认识的号码。我整个周末都在努力记起来，可惜徒劳无功。"我叹了口气，"要是我记得那天晚上在棕榈泉跟谁说过话就好了，最好能想起是谁把我推进游泳池的。"

德斯蒙德在屋子里走来走去，突然间打了个响指："我有办法了。"

我的心一沉。他的语气似有所指。我问道："什么办法？"

"我最近一直在看解锁记忆方面的东西。有时候，找回记忆的办法就是回到失去记忆的地方。闻到同样的味道，听到同样的声音，记忆就能回来。我们应该回去宁静酒店。”

“什么，今天就去？”

“我今天不上班。”他的视线转回我的伤口，“你身体太虚弱的话就算了。”

我的舌头在牙齿上扫了一遍，立刻觉得牙齿又干净又整洁。除了惊慌失措之外，我今天也没别的事可做。宁静酒店就像一本我不愿打开的书，一直在我的脑海里若隐若现，因为我担心自己并不想知道结局。不过也许德斯蒙德是对的，也许我们去了那里，所有的记忆就都会回来。

“好。”我说道。最起码我能从酒店车库把车开出来。我原以为家里人会替我开回来，但据我所知，车还在那里放着。

我再次坐进蝙蝠车，德斯蒙德用CD机播了一首特别受欢迎，有着厚重的曼陀林琴声的歌曲。我放了下一首：斯丽特·吉尼乐队。我看着他的表情，突然想知道他的看法。“有意思。”他说道，然后从CD上选了另一首歌。鲁特琴的琴声十分悠扬，演唱者沉吟低语。我摆出无动于衷的样子，可是看到他像我之前看他一样看着我，我不禁哈哈大笑。

美国国家广播电台、体育频道、西班牙语频道轮流播放了几分钟，然而我们俩谁也听不懂这种语言。前面有一辆大众甲壳虫、车身上涂着“快乐小鸡”的粉红色加长轿车和一辆坐满老人的浅蓝色大巴车。德斯蒙德朝老人们挥挥手，好些人也对他挥挥手。大巴车后排闪出一个年纪较小、看不清脸的人，我猛然一惊。那是我的脸。

“你没事吧？”德斯蒙德问道。我一定是发出了奇怪的声音。

大巴车稍微落在了我们后边。阳光的角度发生了改变，窗户上的那张脸不见了。汗水从我的脖子一直流进内衣里。我狠狠地咬着指甲：“我刚刚好像看到了什么东西。某个人。”

“谁？”

我使劲抓着膝盖。是我，我想告诉他，但我知道那是不可能的事情。我说：“不知道。好像是认识我的人。”

车驶入宁静酒店一尘不染的前车道时，我饥肠辘辘，浑身黏糊糊的，觉得不应该来这里。我跟德斯蒙德并不熟，谁能保证他不会害我？要不要通知比尔和妈妈？上次没跟他们打招呼就跑来棕榈泉，他们已经很生气了。

车子停下，车童立刻跑了过来。

“下午好。”德斯蒙德拿捏着腔调，像德古拉一样说道。他把钥匙抛给车童，我注意到他手劲不大。我猜他在高中肯定是最后一个被选入训练队伍的。

“车不错啊。”车童递给我们一张票，“两位过夜吗？”

德斯蒙德挑着眉毛瞥了我一眼：“要吗？不如来间双人套房？”

我笑得前仰后合，但我仍然觉得身体不舒服，所以我说：“当然不要。我觉得你用法语说‘双人’的时候说错了。”

他抬脚进了酒店，我不情不愿地跟在后面。德斯蒙德揽住我的胳膊，我随他揽了一会儿就松开了。走到半路，龙舌兰酒味扑鼻而来，惹得我心醉神迷。突然，莫名的记忆片段蜂拥而至。我看到年龄较小的自己坐在高脚凳上，正对着某个人笑着。之后看到我和一个人懒洋洋地躺在沙发上。那个人是列奥尼达？

德斯蒙德戳了戳我的胳膊。“起作用了吧？”他兴奋地问道，“你记起来没有？”

“不知道。”我喃喃地说。我深吸了一口气，试图走路稳当些。

我们路过一个由瀑布、仙人掌和陶瓦战士雕像组成的室内沙漠花园。中庭弥漫着开花植物散发的香味，俯瞰沙漠精致的落地窗前，一群人身穿西南部服饰——可能是从礼品店买来的——坐在沙发上。

“这里的确是一个充满了绿洲风情的好地方。”德斯蒙德用手指比了比一个帐篷，“我小时候常跟我爸爸来这里。我带团队来这里也是因为这——在这里，我就成了众人关注的焦点。你也有这种感觉吗？”

我使劲眨眨眼，大脑里盘旋的记忆突然消失了：“也许吧。”

“你小时候也来过这里吗？”

“我……可能吧。”

“可能吧？”

几天前，或许几分钟前，我还觉得我小时候肯定来过这里——因为我知道这个地方，存有这里的记忆，也知道为什么在差点儿淹死的那天选择了这里。这儿不像丽嘉酒店那么知名，又没经常在《漫游》杂志上做广告。这种地方必须得先知道才找得到。我小时候一定来过这里：妈妈、盖碧、比尔和我一起。我清楚地记得自己爬酒店后面的山坡的情景，还有为了听回音而在峡谷中间大喊自己的名字。可是，这中间的记忆都没了。

但这不是我现在应该关注的事情，我需要回想最近这一次住店的经历。如果能重演一遍，我就能想起来是谁下的手。我想象自己身处大厅之中，正往前台去办理入住手续。我想起房卡在手中的光滑触感。我记得有个穿着干净的白色衬衫的女人一脸笑意，把我的美国捷运银行卡从柜台上滑到我面前。我记得自己从盘子里拿出一颗薄荷糖，扔进嘴里。“小姐，请问您要预定水疗服务吗？”那个女人问我，我摇头拒绝了。不按摩，不做脸部按摩，不修剪指甲，那我来这里做什么？

喝酒，喝得酩酊大醉。为什么？难道是因为我潜意识里知道肿瘤复发了？要是这么简单就好了。是有什么东西促使我来的吗？来这里之前的那一天发生了什么事？我试图回想起来。我可能像往常一样醒来，就着奶昔吞下一堆维生素。我可能跟吉吉说了话。那天我收到了装着样书的箱子。难道是因为这事？

“走。”我拉着德斯蒙德的胳膊，“咱们去我掉进游泳池之前去的那家酒吧。”

我们研究着墙上的导航图，要去码头酒吧，得先穿过一条走廊，路过几家礼品店和一家水疗店，乘电梯下楼，再经过一家精美无比的餐馆。酒吧外的游泳池召唤着我，橘黄色的凉台布在微风中愉快地飘荡，蓝色的池水反射着耀眼的光。游泳池竟然开放了，这让我十分惊讶。我原希望我被人救出来之后，这游泳池就会彻底停业。一个男人扶着坐在大号圆形浮板上的婴儿，在水里滑来滑去。婴儿的笑脸特别灿烂，调皮地用水泼她的爸爸。他们谁也不知道，九天之前，我曾躺在游泳池的底部。

我很好奇，假如我把这事告诉那位爸爸，他会有怎样的反应。

现在是下午三点，再加上是星期一，码头酒吧里的人很少。酒保穿着水手服，一脸苦相地擦着酒瓶旁边的桌面。墙纸上画着打各种水手结的步骤图。屋里有股旧香料除臭剂的味道。

德斯蒙德打量了一遍整个屋子，然后看着我说道："记不记得你坐在哪个位子？"

我选了吧台旁边的一张凳子，但我完全没有印象。酒保把印着好看的深蓝色船锚的垫纸放在我们面前，问我们要不要菜单。德斯蒙德问他有什么品牌的苦艾酒。酒吧说了一个名字，德斯蒙德做了个鬼脸。

"业余。"他小声说道，不过他还是点了那种。

我什么也不想点——我本来就有些晕乎乎的了——但我脱口而出："来杯斯丁格鸡尾酒。"点这个酒似乎很应景，因为那天晚上我喝的就是这个。

酒保点点头。他踮着脚尖去取马蒂尼杯子，一股臭味从他腋下传出。

"你不是瑞奇吧？"我对他喊道。

他转身朝我眨眨眼说道："不是。我是萨姆。"

"瑞奇……在吗？"

"不在。"他往不锈钢调酒器里掺了几种液体，"他今天没来。"

至少瑞奇确有其人。我问道："你知道他下次来是什么时候吗？"

酒保皱了皱眉。他面庞英俊，但身材矮小，连身水手裤衬得他更加矮小，看起来跟个小孩似的。他的每根手指上都文着乱序的数字。电话号码？还是出生日期和死亡日期？他问道："你是他朋友？"

"不是，两个星期前，我来这里喝酒，瑞奇招待的。我想问问当时谁坐在我旁边。"我用最最亲切、最正常的口吻说道，"那天晚上，我跟旁边的人说了一会儿话，可惜我没问对方叫什么。我想着瑞奇可能帮得上忙。"

酒保露出一丝笑意。他充满同情地把酒放到我们面前："这种情况我也遇到过几次。跟人聊得来，怦然心动，还没来得及要电话号码，人就走了。你可以在克莱格分类广告网站上发个广告。'想念你的陌生人'，见过这种吧？缅恩街76号的收银员，我是早上进店买热巧克力和红牛的高个子。你朝我挥了手，或许你能看见这份广告。你发这样的就行。"

我的嘴巴一定僵住了："哦，我不是要找人约会。"

酒保眨了眨眼。"哦。"他木呆呆地说道，然后突兀地转身去接待刚进门的一对老夫妻了。

德斯蒙德把绿色液体倒在苦艾酒上面："我以前常在版块发广告。从来没人回复。反正我认识的人从来没收到过回复。这种网站还能存在也是稀奇。"

我开玩笑地指着他说："我还以为社交媒体让你伤心欲绝呢。"

"阅后即焚让我伤心欲绝，自拍让我伤心欲绝，短信能当情书让我伤心欲绝。在'想念你的陌生人'版块发广告，这是多么诗情画意的行为。"

“你这人真古怪。”我一口喝干鸡尾酒，酒味儿冲得我差点儿吐出来。斯丁格酒有点儿苦，跟我平常喝的大不一样，却没有激发任何新的记忆。德斯蒙德细饮慢酌，脚尖随着音响里流畅的萨克斯爵士乐打着节拍。那对老夫妻抿着葡萄酒，轻轻地聊着天。酒保对我们视而不见，一心一意地擦着酒具。远处有个服务员兴高采烈地用真空机清扫地毯，脑袋伴着耳机里的音乐摇摇摆摆。

“说说事情的经过吧。”德斯蒙德低声说道，“你进了这间酒吧，对吧？”

我一边环视四周，一边说道：“应该是这样。我还跟某个人说了话。这一点我很肯定。那个人说‘你得控制住自己的情绪’。”我紧紧地闭上双眼，“要是知道那人是谁就好了。”

“是不是你认识的人？”

“我感觉认识，没错。可我还为在这里见到那个人而惊讶。就像……意料之外。”

“那可能就是列奥尼达了。我是说，既然你们已经分手了，你不会期望见到他，对吧？”

“嗯，是这样。”

“咱们先假设就是他。他在酒吧里坐到你旁边，你们聊了几句，他说你得控制住自己的情绪。这有问题吗？”

“可能……”

“之后呢？你们聊了什么？”

“不记得了。”

“分手？也许你心里非常烦乱？也许他是因为这个才说要你控制自己的情绪？”

“可能……”

“但是促使你出门去游泳池的是什么？”德斯蒙德若有所思地说，“一定是列奥尼达说了什么话刺激到你了。你想出去透透气？或者他可能想跟你……亲热？”

说这话的时候，他一脸傻样，我不禁脸红了：“应该不是。我当时是害怕，不是动情。”

“好。那可能是列奥尼达说的话吓着了你，比如说他要伤害你。你们就去了游泳池边上。你们吵得更加激烈，可能还是因为分手那事，他就把你推了进去。”他得意扬扬地笑道。

“可能是吧。”我随口说道。

“也可能不是？”

我转身望向窗外的游泳池。几个小孩在浅水区互相泼水。一个女人身穿黑色比基尼，在跳水板旁边把长腿浸到水里。

“我觉得推我的是个女人。”

“哦。”德斯蒙德皱了皱眉。他端详着鸡尾酒餐巾纸，那上面和墙纸一样，画着各种水手结。

“不过也许我记错了。我是说，列奥尼达认识我，他在电话上提到了我。这二者有关联。”

“也可能没关联。”德斯蒙德说，“艾丽莎，我见过他。他似乎……呃，似乎像只大笨狗，你别介意。所以可能是别的人。”

我内心里很赞同他的说法。如果是列奥尼达，问题就简单了，但我总觉得不对劲。

我们静静地坐了一会儿。外面传来吹叶机的聒噪声。吹什么啊，我心想，这可是沙漠。

“你听没听过，二十世纪六十年代的时候，有个小明星在这里被谋杀了？”为了打破沉寂，我问德斯蒙德。他摇摇头，我把两人被混淆的事说了一遍。德斯蒙德听得一脸懊恼之色。“可怜的狄安娜·戴恩。”他哀叹道。

“你说什么呢？她是活着的那个，吉吉·瑞思才是你要悲悯的那个。有人杀了她，大家却毫不关心是谁干的。她的命案成了悬案。”

“我知道，这是很可悲，但这种可悲是可预期的。可你想想狄安娜·戴恩的心情。文章上到处都是她的死讯。你以为那些文章都会说她的好吗？也许有人说了些诋毁她的话，毕竟她死了，没办法给自己辩解。”

“我确定所有文章都是赞美她的。”

“哦。”德斯蒙德用餐巾纸擦了擦脸，“但是，认错人这种事，想想都觉得毛骨悚然。我不知道她有没有想过，嘿，大家都觉得我死了，也许我真死了呢！公众言论可以支配各种真理。”

“你没明白我的重点。”

“或者她会这么想：嘿，这是个好机会。我可以离开好莱坞，开始新生活，肆无忌惮地犯罪——谁也抓不到我，因为大家都以为我死了。”

“可她离不开好莱坞，也没有肆无忌惮地犯罪。”

德斯蒙德啜了一口酒：“哈。如果她将计就计地装死，可能性太多了。”

我紧紧地闭上眼睛，怒火越烧越旺。

“我想说的是，可怜的吉吉·瑞思死了，却没人在乎。有些人被人铭记，完全是因为他们跟别人长得像。”

“如果我有个替身，我可能会肆无忌惮地犯罪。”德斯蒙德做梦似的说道。

“不，你不会。”

“好吧，我可能不会。但我会做些出人意料的事情，对于我个人来说出乎意料的事情。”

我想象哪些事情对德斯蒙德来说是出人意料的。或许他会加入梦想中的足球联盟，或者收养儿童。我好奇那个邪恶的艾丽莎会做什么。换作是我，我会在修行院定居。我会享受生活的安宁，少些忧虑。

没经我示意，酒保就又送来一杯斯丁格。我一饮而尽，苦得我又抖了一阵。谁会喝加了薄荷霜的鸡尾酒啊？一首歌的前奏在酒吧响起，我猛地抬起头，“趴地跳跳车”，这是上次在这里听到的同一首歌。我坐直了身体，聚精会神地聆听每一个音符，试图回想上次听到这首歌时的情景。我可能就坐在这个高脚凳上，眼前是同样的场景。我转身的时候——

恐惧袭遍我的全身。我看见一个影子。我噌地站起来。“怎么了？”德斯蒙德一边问着，一边从高脚凳上滑下来。

“有人要害我。”

德斯蒙德瞪大了双眼：“谁？”

我不知道。这是我心里仅有的想法。恐惧感化为液态，在我的血管里蜿蜒流动。那天晚上，我被这间酒吧里的什么东西吓住了。我像今天这样从高脚凳上跳下来，从我看到的第一个出口冲了出去。现在我的身体正在往外冲。不过我今天面对着另一个方向，所以我冲出来的那个出口是通往返回酒店的走廊的。我杵在那里，双臂像僵尸一样朝前伸着，广播里的背景音大得异常。

“艾丽莎！”德斯蒙德在身后跌跌撞撞地喊道，“你干——”

我听见酒保嘟囔着喝酒不付钱，但我没有转身，德斯蒙德也没有。我只有一个念头：离开这一层楼，离得远远的。几周前让我惧怕的东西现在还在这里。我拍了下电梯按钮，老天保佑，电梯门立刻就打开了。我冲进去，按了大厅那层的按钮。德斯蒙德在门闭合的瞬间跳了进来。

“怎么回事？”他喘着粗气问道，“艾丽莎，出什么事了？告诉我你在想什么！谁吓着你了？你看到了什么？”

我的大脑如翻江倒海一般。我拼命拼凑记忆，却得不到任何答案。我用大拇指使劲按压眼窝，直到眼冒金星。我瞥了一眼德斯蒙德，他一副惊慌失措的样子。

“是你以前见过的人吗？”他试探性地问道，“这个人长什么样？”

和我一样，我想对他说，但我不知道这段记忆从何而来。这绝对不是我自己想出来的。我又想起大巴车上的那张脸，妈妈家里窗户上的那张脸。我的脸，我的脸，我的脸。为什么我不断地看到自己？我眼神空洞地看着德斯蒙德，感觉下巴从头骨上松脱了。

电梯发出叮的一声，在大厅这一层打开了门。我被等待进电梯的一群人吓得直往后退，德斯蒙德抓住我的手，领着我在一张皮革椅子上坐下。椅子旁边种着一大棵不知为何会长在室内的树形仙人掌。

“艾丽莎。”德斯蒙德颤巍巍地说道，“你身上好热。”

“我没事。”汗水沿着我的脊椎直流而下。

“不，你有事。告诉我吧，求求你了。你看见谁了？你为什么要跑开？”

“我不知道。”突然之间，我开始哆嗦起来，整个身体都跟着颤动，急剧的律动一路蔓延到指尖。我牙关紧咬，眼球在往内收缩。我的病发作了，我感觉得到。我双眼一黑，脑袋砸到了皮革软垫上。我听见德斯蒙德大喊大叫，却听不懂他在喊什么，也没办法跟他说话。千万别叫其他人过来，我想告诉他，让我自己缓过来就行。我模模糊糊地记得以前也在公共场合发作过，而且被很多人围观。

紧接着，抽搐停止了。我恢复了视觉和听觉，也能说话了。我坐起来，看见自己的头发在软垫上淌下一滩汗水。我看向德斯蒙德，他却一脸惊恐地看着我。好多人站在周围，其中几个还穿着酒店制服。“她没事吧？”有人问道。他们身后有些顾客伸长了脖子往这边看。我听见有人说救护车、晕倒和喝醉。

有个人在我们身后咳了一声。是码头酒吧的酒保；他手里拿着账单。德斯蒙德站起来，把他领到几步之外付钱。我坐在软垫上，盯着手掌上纵横交错的掌纹，只觉得浑身冰冷，还有些尴尬。

德斯蒙德回来之后一句话也没说。“不好意思。”我喃喃地挤出这句话，因为我觉得我有必要说点儿什么。

他顿了一会儿才说道：“我想叫救护车。”

我惊讶地说道：“开什么玩笑？”

“应该找个专业人士，他们帮得了你。”

我把手握成了拳头：“没想到你会说这种话。”

“艾丽莎，你刚刚被吓得要命。你得把你心底的恐惧发掘出来。”

“所以你想跟其他人一样，把我送进精神病院？”

他一脸惊恐地说道：“当然不是！我只是想弄清哪里出了问题！”

也许他心口不一，想用这种把戏突破我的心理防线。我转身说道：“你根本不了解我，德斯蒙德。别假惺惺的了。”

他急忙绕到我面前说道：“我没想让你觉得——”

“记不记得我说我得过脑瘤？”我打断他的话，“我觉得脑瘤还在作祟。它摆布我的思想，我做的事，我的记忆，全都不受我控制。它让我的身体做一些奇怪的动作。这不是神经性痉挛，懂吗？我不是疯子。”

他目瞪口呆地说道：“哦，艾丽莎。天啊。对不起。”

“得了，说对不起管什么用。别来烦我。”这对他不公平——我说这些话，全是因为我觉得尴尬，但我想让他别打扰我，就当没看见刚刚的情景。我就不应该来这里。

“我该怎么做？”他哀求道，“我该怎么帮你？我替你叫救护车吧？”

“我自己能搞定。”我把双臂抱在胸前，内心里竖起的一道环绕着自己的墙。他努力吸引我的目光，可我就是不看他一眼。

“我快被你折磨死了，艾丽莎。”德斯蒙德说道，“你就像神秘的湖中妖女。我对你所知不多，但我愿意用下半生去探索。我愿意竭尽一切方法帮助你，包括弄清楚是什么让你如此惧怕。我想拯救你。”

“我不需要拯救。”

“你当然不需要了。你这么顽强，这么坚不可摧，但你也想查清是谁伤害了你，对吗？我觉得你的大脑和身体刚刚为你提供了一条有力的线索。我曾说过，我一直在研究记忆方面的资料，我想来这里确实起到了作用。”

我扫了他一眼，说道：“德斯蒙德，我怎么知道伤害我的人不是你？”

他惊得抖了一下，脸色变得苍白：“什——什么？”

“暴风雨那晚，你恰好路过，把我从游泳池里救了出来？你恰好看见有人跑开？你这么说，可能就是想摆脱嫌疑。”

他用双手捂住嘴说道：“我为什么要做这种事？”

“因为你很古怪。也许我在酒吧里对你很恶毒。也许我在我们小时候拿你开涮，还把你忘得一干二净。你这种人，我是绝对会逮住嘲笑的。”

德斯蒙德瞪大双眼摇着头说道：“你一定要相信我。我没有推你。我绝不会那么对你。”

我直愣愣地转过身，心里其实并不觉得是德斯蒙德推了我。把话说出来或许是件好事，但我知道这都是假话，我只想伤透他的心。别人这么关心我，我反而觉得难以承受。我心里乱糟糟的，总觉得跟德斯蒙德的关系会闹得很僵，让人失望至极又伤心欲绝。与其被动受伤，不如我主动离开他。或许我以前也遇到过这种情形，可能就是跟列奥尼达，但更可能是跟我妈妈。

德斯蒙德的肩膀起起伏伏，接着他站起来说道：“咱们去吃晚饭，把这些都忘掉。”

“不去。”我顽固地说道，“我要去车库把车开出来，离开这里。”

“别傻了！你刚刚犯了病！这种状态怎么开得了车！”

“我没事。”

“绝对不行。我开车送你。”

德斯蒙德伸手抓住我的胳膊，我转身用最刻薄的眼神瞪着他说道：“我说了不用！”

我飞奔着穿过大厅。鸡尾酒的余韵尚在，我头重脚轻地走着。记忆和情感在我的脑海里激烈碰撞：我离开德斯蒙德，我内心充满恐惧，刚刚的病情发作——若隐若现的情景在我脑子里逐渐成形，却仍像隔着一层纱似的虚无缥缈。我担心我永远也看不透了。

一群车童在车道上坚守岗位，拿德斯蒙德钥匙的那个看见我就跑了过来。“小姐，要坐蝙蝠车吗？”接着他咧嘴笑了起来，

“天啊，我早就想说这句话了。”

我怒气冲冲地摇摇头。我连德斯蒙德的车都烦上了。

“不，谢谢。你知道吗？那只是辆徒有其表的别克车。”

“你在宁静酒店过得愉快吗？”他穷追不舍地问道。

我思考着这个问题。车道对面，有人在顶着火辣的阳光爬山。高地上耸立着仙人掌。远远望去，仙人掌如诗如画，人畜无害，与现实截然相反——它们长满了刺，直挺挺的，大多早已没了生机。

“不愉快。”我已走到半路，头也不回地说道。我恐怕从来都没有在这里享受到乐趣，这辈子都没有过。

摘自《多萝西的往事》

到了下个星期二，小多慢悠悠地向万斯商场的停车场走去，满脑子想的都是马隆说的那些话。

他怎么会认为多萝西给小多用了魂飞？她告诉过马隆，幼时住院期间，多萝西一直在医院陪着她，他都忘了吗？那么多家人里，唯有多萝西会来守着她。多萝西那么爱小多。但小多心里也明白，即便马隆嫉妒她和多萝西关系亲密，也不应该用这种事来骗她。马隆不是小多的妈妈，他是真心实意地爱着小多的，只希望她能过得好好的。

想着这事，小多一晚上都没睡好。她觉得自己得在二人之间做出选择。

多萝西与往常一样在车上等着。她热情地向小多招手："亲爱的，准备好去吃晚饭了吗？"

小多想对多萝西微笑，却怎么都笑不出来。她通过后视镜看到自己挤出一个奇怪的表情。一路上，小多都不知道该说什么，于是胡乱地调着收音机，企图打破宁静。她调到一个体育频道，因为这位播音员的喊声最大。魂飞，这两个字就像病毒一样钻进了小多的大脑。多萝西为什么要这样做？马隆为什么要把这事告诉她？不过，她稍微查了查这种药物及其药效，那都是她非常熟悉的症状。自己体内是否还有药物残留？要不要去做个检测？

“你今天怎么了？”小多姨妈戳着她的手臂问道，“好安静啊。”

“我在想着学校的事情。”小多说，“很快就要期末考试了。”

“你不是英语专业吗？期末考试有什么难的？”

到了M&F，服务员已将她们最喜欢的座位收拾妥当。但是在点饮料的时候，小多说自己要一杯水就行了。多萝西闻言马上转过头来说：“不喝酒了？”

“我没心情。”

多萝西嘲笑她道：“你什么时候变得这么无趣啦？”

服务员给小多上了一杯苏打水。小多抿了一小口，把水含在嘴里漱来漱去，像是要把嘴冲洗干净。多萝西坐在桌子对面喝着酒，冷冷地看着她。多萝西问小多现在在看什么书，小多的回应都只有一个字。多萝西还给餐厅的其他顾客编故事，可是小多并没有回头去看她说的是谁。

突然间，她想起她们第一次来这里时，看见科德医生坐在轮椅上。回家后，小多上网搜索科德医生的消息。原来小多离开那家医院不久，科德医生就在豪华公寓住所的楼梯间不幸摔伤，脖子都摔断了。这则消息是科德医生的丈夫，一个叫伊万·科德的男人，在为她设立的脸书主页上说的——其他任何新闻网站都查不到。有人评论说，科德应该起诉，暗示这次摔倒并非意外……但这个说法没有人去跟进。小多也找不到任何关于这起诉讼案件的蛛丝马迹。

“你是不是对科德医生做了什么？”她脱口而出。

多萝西猛地抬起头："谁？"

"你知道我说的是谁。她从楼梯上摔了下来，现在坐轮椅了。我知道你因为她对待我们的态度而耿耿于怀。我们离开之后，她就出事了。"

多萝西目瞪口呆，过了好一会儿才说道："你居然说这是我干的！"

"我……"小多感觉自己要哭出来了，这些话实在难以说出口，"时间刚好对得上。她发生意外是在七月十一日。我才刚到这家新医院接受治疗，但一直不见起色。我能理解，如果你觉得不爽……"

"七月十一日。"多萝西眯着眼睛回忆着，"我记得那天自己在哪里。七月十一日是我丈夫弥尔顿的生日。为了纪念他，每年的这一天，我都会去做水疗。"弥尔顿就是那个已故的电影制片人，"我去了贝弗利大道的风信子俱乐部观看展品。后来，我就去了医院……看你。"

"噢。"小多说，"对不起。"

多萝西将双臂环抱在胸前，晃了晃下巴："我会当你没说过这些话，就当这件事没发生过。"

"对不起。"小多又小声地说了一次，感觉自己像个小孩子似的，"我不应该怀疑你。"

多萝西紧抿着双唇，像是在竭力控制自己不要哭出来："你情绪低落的样子，让我想起托马斯曾经也这样。"

小多深吸了一口气："真的吗？"

"真的。有时候，他会变得很沮丧。我觉得他是故意装出来的。"她将双手叠放在碟子上，"不过我是他在这个世上唯一的亲人，也唯有我才会被他疏远。当然，我试着把这种情况当作是他对我的肯定，可心里还是难受。我为他做了那么多。只有我才会听他诉说。”

小多对于姨妈毫不掩饰的话语感到诧异。

但也许多萝西的话是对的。确实，小多的人生里也只有多萝西这一个依靠。

她们俩同时伸手去拿篮子里的最后一根脆饼棒。换做往常，小多都会把手收回去，把最后一块面包让给姨妈，但是那天，她一把抓起脆饼棒，直接塞进嘴里。

食物上来了，是热气腾腾的大块牛排。“哎呀。”多萝西高兴地叫出声，开始切牛排。她看了小多几眼，然后伸手去拿餐巾，把叉子碰落在地板上。“亲爱的，可以帮我捡一下吗？”她问，“我的背现在不好使了。”

小多弯下身子，但是因为叉子掉在多萝西的那一头，她跪在地上爬过去才将它捡了起来。待小多重新坐好时，多萝西扑通一声坐下来，仿佛刚刚还站着。也许多萝西是在示意服务生过来吧，因为服务生很快就走了过来，从她手上接过刚掉在地上的叉子。

“那么，亲爱的，告诉我你在烦什么。”她将双臂交叉在一起，笑容可掬地看着小多。

小多把番茄酱挤到碟子上：“没什么。”

“是因为你男朋友吗？”

小多苦恼地摇了摇头。

“是因为你妈妈？”小多含糊地应了一声，“亲爱的，跟我说说。有什么话，都可以跟我说。”

小多紧紧闭上眼睛，对于突然涌上眼帘的眼泪感到吃惊。她多希望真的什么话都可以跟多萝西说啊。

“我在意大利的情人是西西里黑手党成员，这事我有没有告诉过你？他叫费德里克。”多萝西一脸陶醉，“哎呀，他非常有男子气概。”

“真有这个人再说吧。”小多不由自主地嘀咕道。

多萝西眉头一皱：“什么？”

小多盯着闪闪发光的餐具：“没什么。”

多萝西把玻璃酒杯放下：“我讲的那些故事让你厌烦了吗？”

小多艰难地咽了一下口水。

“是不是觉得我很啰唆？”

小多的手摸着叉子，把勺子摇来晃去。

“我以为我对你很重要，而你又是我最亲的人。我想着你可能会有兴趣听一听。不过，你要是不想听，今晚就到此为止吧。”

小多突然恨死了马隆。是马隆让她和多萝西之间产生了隔阂。多萝西捏造了海外生活的细节又怎样？多萝西谎话连篇又怎样？这不代表她有坏心眼，不代表她就会伤害别人。多萝西给予了小多许多关爱，是小多见过的最无私的人。马隆心胸狭窄，就跟酒吧里那些小屁孩歧视上了年纪的女人一样。

“我是为了你才回来的。”小多姨妈说，“如果你觉得无关紧要，意大利还有好事等着我呢。我可以马上回去。”

小多突然觉得喉咙发干，于是拿起杯子喝了一口水：“请不要走。”

多萝西缓缓地点了点头。“那好吧，很好。”她指了指杯子，“喝水吧，你嗓子都哑了。”

这之后，气氛缓和下来，小多觉得心结解开了。多萝西的故事非常精彩，惹得小多大笑不已。小多放松了全身心，开心地吃着晚餐，直到她感觉一阵恶心。前一分钟，她还坐在桌子边，眨眼间就跑到了洗手间，上半身扎在隔间里，下半身靠在洗手池边。“天啊。”多萝西俯视着小多说道。小多躺在姨妈的车后座上，多萝西的声音从驾驶座飘来。圣母玛利亚医院的影子渐渐消失在远方。“要是车开得太快，就告诉我。”多萝西说。

等小多恢复意识，已是第二天的早上了。她发现自己躺在白玉兰酒店，内心感到异常恐慌。这不对劲：同样的头痛，同样让人费解的空虚感。

“好好休息。”连多萝西的话都是同一句。

小多突然说：“可是我昨晚只喝了水，没喝别的。”

“肯定是食物中毒。又或许是你感冒了。这可不奇怪，你的宿舍那么脏。”

小多觉得自己不是感冒。她觉得像是宿醉。她正准备说出这句话，便听到有人敲门。“肯定是来送餐了！”多萝西的声音略带颤抖，身后拖着罂粟印花的丝绸和服下摆，“吃点儿鸡蛋就会舒服一些。”

多萝西猛地把门打开，然后发出一阵奇怪的哽咽声。小多迅速坐起来，脑袋还在阵阵抽痛，看到姨妈想把门关上。可是门外站着的那个人显然比她力气大，一把将门推开，使它哐当一声撞上墙上的门吸。

小多妈妈背着明亮的阳光站在那里。当她踮起脚看到小多时，脸色一沉，表情怪异。

“我要杀了你。”小多妈妈轻声说着，径直走向床上的小多。

第十三章

回程跟从棕榈泉医院回来的时候如出一辙，只是我穿了件好点儿的衣服，开的是脏兮兮的丰田RAV4，而不是比尔的保时捷。德斯蒙德的体味仍在，好像我们肌肤相亲，疯狂地翻滚过似的。我在裤子上捏起一根他的黑色柔顺长发，从车窗扔了出去。

行至途中，I-10公路沿线的景物变得熟悉起来。为了躲避下班的车流高峰，我驶下高速，开上阿尔罕布拉市内一条繁忙的大路，路过几家废弃的大商场和卖录影带的小铺子。越往前开，街区越繁华，一座医院隐隐约约地出现了。看到这个熟悉的地方，我屏住了呼吸。惊讶之时，我穿过四条车道，开上一条停车道。一个霓虹标志挂在我的头顶。

M&F恰好食餐厅。

我把车停在一处空地，突然间浑身颤抖起来。这家砖石、灰浆、混凝土结构的餐厅实实在在地矗立在我的眼前。我的视线开始打转。朝右边看去，街对面就是圣母玛利亚医院。我一定是透过窗户望见过这里，或者在广告里看到过，然后把它写进了书里。它跟我在《多萝西的往事》里写的一模一样。

我推开餐厅门，小心翼翼地四处张望了一圈，仿佛期望铃声因我进来而响起。有个身材矮壮、脸上长着红斑的男子眼神迷茫地对我笑了笑，然后带我穿过餐厅。“坐这里可以吗？”他问道。这张桌子位于餐厅的正中央，一份菜单被摆在没点着的蜡烛和一小盆多肉旁边。

我点点头，坐到椅子上。这里看起来像是一家普通的牛排餐厅：吧台嵌着木板，墙上贴着旧报纸照片，黄铜铭牌上写着常客的名字。唯一的问题是，我对这里的每一寸地方都无比熟悉，就连气味也和我在《多萝西的往事》里写的一模一样：散发着肉腥味，粗陋不堪，混合着红酒味、铜臭味。或许所有的牛排餐厅都一个样？

吱吱作响的牛排餐盘从身边经过。电视里有个棒球手挥棒一击，二十多个雅皮士风格、喝着威士忌的银行家纵声欢呼。我搜寻着自己的记忆。或许我和列奥尼达来过这里？或许是和比尔、妈妈一起来的？我一定是在为写书寻找素材的时候开车来过这里。否则我怎么会知道街对面有家名叫圣母玛利亚的医院？我怎么会知道医院有几层楼，或者旁边有座比医院本身还高的停车楼？这种地方不会有人拍照，新闻上也不会见到。这个区域没有在电影里出现过，景色也不好，没什么代表性。总而言之，这里毫无特别之处，我却似乎对它了如指掌。

电话震动了一下，我低头看了看。是德斯蒙德：很不好意思，我就想确认一下你是不是还好。

接着又来一条短信：我永远不会伤害你。请你明白这一点。你是我的人生之光。

紧接着又来一条：如果你不想让我再联系你，那就说出来。但我至死都会想念你的。

别自作多情了。我回复完就关掉了手机。这样做或许有些残忍，而且或许我应该原谅他，但把一腔羞愧化为折磨他人的愤怒给我带来了无比的快感。

再次环视四周，我惊奇地发现后面有一个几乎隐蔽于视野之外的空荡荡的暗室。那里给人一种被忽略甚至可能被诅咒了的感觉。我伸长了脖子。那里面是不是也有一道暗门？我的大脑昏昏沉沉的。这个地方怎么会如此逼真？我怎么知道这里的所有犄角旮旯？也许我的写作才能远超我的想象。如果妈妈进来这里，亲眼见证我描写得多么细致，或许她会赞不绝口，而不会用疑问的语气说“你就写了这玩意”和“别人也读过了”，更不会说“帮帮忙，比尔”。

她就不会再对我说“快起来，求求你”了。

最后一个想法引起了连锁效应。记忆的门闩移动，打开了一道门。

快起来。快起来。

这句话像轰隆隆的铃声在我的脑子里作响，激起了一道道涟漪。有个声音告诉我“从十开始倒数”。或许是因为这里的血腥味太过浓郁，又或者是因为我悸动到几乎炸裂的脑袋，也可能是茫然地意识到现实与虚幻发生了可怕的碰撞，我突然再次站在了列奥尼达爸爸办公室外的人行道上，脸上带着想起德斯蒙德的笑意，在晕倒之前的一瞬间，我抬起头，看到了我想要看到的东西。那个画面回到了它应有的位置。

快起来。求求你。

有张脸出现在我面前。那双眼睛因疑惑而圆睁，那张嘴因担忧而急速颤动，一只手垂下来检查我的脉搏，接着传来一声放心的叹息。那张脸移开了，两只手翻出我的手机，然后点击了屏幕。那人转身跑掉，双腿跑动的姿势很是古怪。那是不常运动的人的步姿，那是中年妇女的步姿。

那是我妈妈。

摘自《多萝西的往事》

“亲爱的！”多萝西一边喊着，一边追着小多妈妈跑进酒店套房，“好大一个惊喜！”

小多妈妈躲开多萝西伸开的双臂，一把抓住跪在地上的小多的手腕，说道：“起来，快点儿。”

“你喝咖啡吗？”多萝西紧跟在身后问道，“客房服务马上就到。这里的火腿蛋松饼特别好吃。”

小多妈妈瞪了多萝西一眼。“再说一个字试试。”她用胳膊揽住小多的肩膀，“我现在就报警。”

“亲爱的，何必——”

“妈妈，你在干什么？”小多尖叫起来。

“我要报警。”小多妈妈坚决地说道，“我早几年前就该报警了。”

小多妈妈搀着小多走出套房，刺目的阳光照得小多愈发头疼。她转过头，以为多萝西会追过来，可姨妈畏畏缩缩地站在门口，一副要号啕大哭的样子。

小多想从妈妈手里挣脱：“你有毛病啊？为什么这么做？”

可妈妈的手劲比小多预想的还大，无论怎么样都挣不开。小多妈妈另一只手拿着手机，正跟人说话。“对，我要报警，我知道一个逃犯的行踪。”她冷峻地说道，“贝弗利山的白玉兰酒店。她叫多萝西·班克斯。”

“你到底在干什么？”小多问道，“逃犯？你疯了吗？”

小多妈妈挂断电话，直视着小多。她脸上带着怒意和震惊，还有别的意味，也许是困惑，也许是悲伤。

“我真没想到。我真没想到你会把我蒙在鼓里，去见她，跟她出去。”

“为什么要告诉你？你那么恨她，全天下都知道。”

“你不觉得这其中大有原因吗？”小多妈妈拽着她穿过停车场，打开了车门锁。

小多嗤了一声：“我知道，因为你嫉妒。”今天这事要是发生在几天前，她的反驳只会更加尖酸。但现在她只觉得脑袋发胀，恐惧感像实实在在的物体一样充斥在心间。她很想好好地爱多萝西，无比信任多萝西，可在酒店里发生的事情让她心生惊惧。她今天不应该这么难受。

小多妈妈替小多打开车门，叫她进去。小多钻进车里，小多妈妈马上关好车门，急忙绕到驾驶座。

“我想见她，她想见我。”小多妈妈刚坐进驾驶室，小多就咆哮道，“我想她。她一走就是十二年。你休想分开我们。”

“等着瞧。”

“我是个成年人。我爱怎么样就怎么样。”想到自己大可以离开，小多伸手去抓副驾驶座车门的把手。可小多妈妈一手抓住她的胳膊，把她拽了回来。小多妈妈发动引擎，猛地倒出停车位，差点儿撞上后面的车。小多吓得大喊大叫。小多妈妈使劲握住方向盘，松了点儿油门。

“你跟她见过几次了？”小多妈妈质问道。

小多没作声。

“有多久了？几个月？几年？”

“就几个月。”小多低着头嘟囔道，“大概是二月，情人节那几天。”

小多妈妈开着车在停车场里左右穿行。“你们都做了什么？她带你去过什么地方？”

“就出去吃晚饭。”小多恼火地瞪着手指甲，然后逮着其中一个一口一口地啃噬，直到血涌出来。血液顺着手流下，让她十分满足，“去了一家牛排餐厅。我们又没做什么错事。你为什么说她是逃犯？你犯神经了吧。你以为她做了什么，抢银行？”

小多妈妈抿紧双唇：“你知道是谁把这事告诉我的吗？你男朋友。他说星期三晚上总找不着你，星期四早上你又不在宿舍。你连课都不上了。他说你最近行为非常诡异，作业也不写。他把你的事全告诉我了，说你一直在见她，说你老喝酒。你不能喝酒的啊，小多，尤其是跟她。”

小多恨死了马隆。世界上那么多人，他怎么偏偏把这事告诉妈妈？她拼命撕扯自己的头发，丝毫不顾脑袋痛得要死。

“她是我的亲人。是她一直照顾我，你别忘了。”

小多妈妈发出刺耳的笑声：“你真以为她是那样的人？她那是照顾你？你真的不知道？”

“知道什么？”

小多妈妈一脸震惊："小多，她那是要杀你。"

小多难以置信地看着妈妈，却被路上的某个东西吸引了注意力。"小心！"她指着外面喊道。小多妈妈把车开到了另一条车道上，一辆卡车正迎面驶来，那司机使劲按着喇叭。母女俩大喊大叫，不过小多妈妈终究及时躲开了。

"停车！"小多喊道，令她惊讶的是，小多妈妈照做了。

两人气喘吁吁，引擎还在轰鸣。一辆辆汽车掠过。街对面的7-11商店外，一对夫妇跑向对方，紧紧地抱在一起。

"我要下车。"小多晃着车门把手说道。

小多妈妈按下锁门按钮："别下去。求求你了。你不知道她有多神经。"

"她不神经。"小多实在不愿面对现实，"你就是嫉妒她，从小就嫉妒，所以才把她从医院赶走。是你逼她走的。"

"小多，她想毒害你！"

小多瞪着妈妈："什——什么？"

小多妈妈撩开挡在面前的头发，五官已经因为担忧而拉成了椭圆形，额头上的皱纹深得像一道道沟壑。

"她在医院里给你下毒，每次给你投少量士的宁。那是一种杀虫药，会让你犯病，让医生围着你团团转，这样她就能成为众人瞩目的焦点。她有精神病，叫作代理型孟乔森综合征。你知道这种病吗？"

小多摇了摇头。车里突然变得又热又闷，像是来到了热带雨林深处。

"照料者会捏造或引起孩子的病情，借以博取关注，还能通过欺骗那些看似比他们有本事的人，比如医生和护士，获得愉悦感。但是，由于他们表面上显得无微不至，百般操控医院的职工和孩子，人们很久之后才会明白怎么回事。”小多妈妈拍了拍小多的胳膊，“这是虐童。医生查了出来，所以才把你转到重症监护室。你病情好转是因为她进不去，没办法把毒药放进你的注射液里。我们向法院申请了禁止令。原本要彻底调查她，让她进监狱的，却被她逃了。”

小多觉得胃里的东西涌到了喉咙眼：“不，那些事她一样都没做。证据呢？”

“你的血液查出含有士的宁。如果你想看检查报告，就在家里放着。医生起了疑心之后，立刻就把你送进重症监护室了。那会儿还发布了多萝西的逮捕令。”

“她没有给我下毒。肯定是某个护士干的。”

“不是。”

“可她一直那么照顾我。她爱我。”

“不，不是那样的。她做的事情恰恰相反。她骗了你，骗了我们所有人。”小多妈妈声音颤抖着说道。

小多再也听不下去了。她喘着粗气坐回座位，打开门锁，拽住门把手。

“不要！”小多妈妈喊叫着再次伸手抓她。可这一次小多妈妈没抓住小多的肩膀，而是拽住了她的发梢。小多朝一边挣，她妈妈朝另一边拉，只听见一声恐怖的扯断声。剧烈的痛感从头皮径直传到眼球，小多痛喊出声，捂住了自己的头。

她用余光瞥见妈妈浑身颤抖，手里抓着一缕头发。“对不起。”

小多妈妈轻声说道，“噢，天啊，小多，我不是有意的。”

小多一句话也没说，只是捂着头啜泣。

“咱们回家吧，好吗？我带你回家，咱们吃午饭的时候再谈。”

“我要回宿舍。”

“我永远不会伤害你，你知道的！”

“我要回宿舍！”

小多一路都在默默地流泪。小多妈妈可能以为她在生气，她确实生气，但这泪水也是因失落而流。这件事会被深深地铭刻在她的脑海里，永远无法遗忘。

第十四章

车子开到父母家门前的时候，我的脑袋嗡嗡作响，心脏怦怦直跳。我跌跌撞撞地跨出前座，走上前院的斜坡草坪。天空呈一片紫色，让人心情放松。身后刚爬过好莱坞标牌的年轻人疲惫地走向他们的车子，发出玻璃破碎一样的笑声。

来到门前，我再次闻到橘子花浓郁的香味。我耸了耸肩膀，给自己打气。我想着按门铃，手却伸向了门把手。门把手轻易地转动了一下，我连动都没动，门就呼地一下敞开了。我吓得往后一跳。盖碧在屋里冲我眨了眨眼，说了一声“哎哟”。

“呃，你在这里做什么？”我脱口而出。

盖碧的嘴角咧出一丝笑意。她穿着黑色套装，手里拿着一个铁砧形的红色钱包。

“我下班早了。其实我正准备去接你呢。”

“为什么？”

“后续治疗，记得吗？我不是给你打电话了吗？我原想着去你家接你，但你来了更好。咱们能早点儿去。”

我皱着额头问道："什么后续治疗？"

"为了游泳池那事。记得我说过要带你去吗？"

"是去做磁共振扫描吗？"

"不……"她在包里翻来翻去，拿出一张记事卡，"不是，是跟一个叫斯威泽的医生预约的。"

"他是谁？"

"呃，是个精神科医师。"她把精神科医师这几个字说得很快，仿佛我会忽略过去。说完这些，她露出了期待的笑脸。

我从门边退了几步："我不去看精神科。"

接着，盖碧发现了我脸上的伤痕："你的脸怎么了？"

"有人从后面吓我，我摔了一跤。"

"什么？"

我伸手去关门："我来就是想跟妈妈谈谈这事。"

"艾丽莎，那预约……"

"我不去！"

盖碧把手抱在身前。餐桌上方悬吊的枝形吊灯的水晶哗哗作响。我没想到自己的喊叫声这么大。

"听着，我要待在这儿。"我的语气缓和下来，"我得跟妈妈谈谈。这事很重要。我要谈完再走。"

"她不在。"

我耸了耸肩，一屁股坐在门边的换鞋椅上："那我就等着。"

盖碧看了看表，然后关上前门，走到我面前："你想跟她谈什么？"

松松垮垮的套装显得她寒酸且邋遢。没有风格品味的人向来让我感到迷惑：他们不在乎风格吗？她是不是觉得自己这样很好看？小时候被我取笑那么多次，盖碧却意犹未尽。老天啊，她穿玛丽珍鞋配短袜一直穿到读中学。她那副眼镜能不能再可爱点儿？当然了，我现在后悔当初取笑她。如果我以前待盖碧好点儿，她现在或许能抱着同情心听我说话。

“我觉得妈妈有事瞒着我。”我说道。

盖碧直愣愣地盯着我看了一会儿：“她瞒着……什么？”

“几天前，我在一个停车场后面的小巷里看到她了。那里离她上班的地方很近，我觉得她当时在跟踪我。我一慌神就晕了过去，醒来之后，她已经没影了。”我用舌头扫了扫牙齿，“她把我手机里的东西删除之后就走了。不过，我觉得她报了警，通知警察我在那边。真是好心啊，你说呢？”

盖碧一脸震惊地问道：“你确定是妈妈？”

我思忖着在牛排餐厅里回想起的那张模糊的面庞：“非常确定。”

“她在你手机上找到了什么？”

“很重要的……东西。她肯定跟踪了我，所以才知道我找到了重要的东西。盖碧，我遇到怪事了。”我把目光转向她，“你知道是什么事吗？”

“我不知道。”盖碧咳了一声，“我说这话你可能不爱听，但你现在的样子跟你得脑瘤那会儿挺像的，老是担心有人跟踪你，总想这类事情。”

“我知道我跟那会儿挺像，但这回不一样。这回我有证据。”

“什么样的证据？”

“我记得妈妈在场。”我断然说道，“所以我要弄清楚为什么。”自从我把这些事连起来之后，我的脑子就一直在飞速转动。为什么妈妈要把列奥尼达的通话记录照片删掉？难道上面有她的号码？就是我模糊地记得的那个吗？有可能。家里的号码我肯定认得出来——自我小时候以来就没换过——但我没记住妈妈的手机号码。

难道那天在猫展外面跟列奥尼达打电话的是妈妈？她对棕榈泉发生的事有些担心，而列奥尼达在安抚她？为什么？显然是她因为某件事产生了愧疚感，只有这样才能说得通。

我看着盖碧说道：“我觉得她知道在棕榈泉把我推进游泳池的人是谁。事实上，我有点儿怀疑就是她把我推进去的。”

盖碧紧张地笑了笑：“好吧，这……有点儿意思。但是，你听我分析分析。你会不会是因为她最担心你才怪罪她？”

我不禁哈哈大笑：“自从棕榈泉那事以来，妈妈根本就没给我打过电话。唯一跟我说话的那次，还是说我的书写得烂。这算哪门子担心。”

“她想让你回医院。她迫切地想让你好转，而且——”

“盖碧，她没等我醒过来就跑了。”我打断她的话，“她对我的手机动了手脚，把我扔在小巷里！警察来了还以为我是个神经病！”

“可是你脑子里生病的那一部分正在试图反抗。”盖碧大声压过我的话，“你看待事情的方式缺乏理智。我的意思是，好，就算妈妈把你一个丢在停车场，那显然是因为她知道你没事，而且你自己也说了，她以防万一还报了警。或许她是因为有苦衷才抛下你的。”

我惊讶地问道：“什么苦衷？”

“或许她……”盖碧紧紧地咬着牙，看向了别处。

一股战栗从我的脊椎攀爬而上：“或许她怎么了？”

“我不知道。或许她怕耽误了什么事。”

我看得出来，盖碧原本要说的不是这句话。我冷哼了一声。盖碧走到房间对面，望向窗外，把脸挡得严严实实。“艾丽莎，我知道她待你不亲，而且神神道道的。你的病给她造成了很大压力。有些人遇到这种情况会挺直腰杆，勇敢地去面对。有些人……会被压垮。他们应付不来，被压得喘不过气，就会精神崩溃。她看到你又行为不正常，心里特别难受。”

“你想让我可怜她？”

“不，只是……我觉得你没站在她的立场去看待这件事。我们都无法理解你生病的时候所经历的痛苦。没错，她是应该多陪陪你，但她真的在乎你。我好多次半夜醒来看见她在卫生间哭泣。或者坐在餐桌旁，双手捧着空咖啡杯，两眼无神地盯着前方。”

我嗤之以鼻：“她总是一副看不惯我的样子。”

“有些人不知道怎么应对悲剧，她就是其中之一。所以她才发脾气，疏远你。这种反应不恰当，可她只会这样。”

“那也不能改变她有事瞒着我这一事实。我要坐在这里等她回来。”

盖碧又看了看表：“我不想扫你的兴，但是我估计她要很晚才会回来。她跟爸爸今晚出去吃饭了。你得等很长时间。”她站起身，“不如去做后续治疗吧？”

“不做。”我说道，“我不会改主意的。”

我们俩盯着对方看了一会儿。

“好吧。”盖碧的语气缓和下来，“那就不去做后续治疗。不过咱们出去吧，去吃个晚餐什么的。之后我再带你回来，看看妈妈在不在。可以吗？”

我下巴一沉。这办法虽然让人不太满意，但我觉得要是拒绝她，她肯定会重提去做后续治疗的。而且说实话，或许我没把整件事想透彻。我不知道自己现在有没有做好跟妈妈对质的准备。我有各种问题要问她，但她绝对不会承认她有什么企图。她会千方百计地歪曲事实，把问题全都归结到我的身上，推到我的病上——这全是我那抽风的大脑臆想出来的。我要证明事实不是这样，只是我还不知道事实到底是什么样的。

“好吧。”我说道，“但是你要开车带我。我把车停在这儿。”这样一来，盖碧就得送我回来，也许到那时候，妈妈就会在家了。

她的米黄色PT巡航者停在车道上，车里一股香草蜡烛味。座椅近期用真空吸尘器清扫过，以前放满我的食品包装袋、纸巾、书和其他东西的脚坑干干净净。我爬上副驾驶的时候碰开了手套箱，车主操作说明被摆得整整齐齐。标着注册信息和保险的塑料文件袋里装有两份文件。她这么爱车，我猜她肯定是会经常变换轮胎的位置的那种人。

我坐在副驾驶座位上，盖碧坐上驾驶座。后视镜里有道光闪过。有个人叉着腰站在路上，黑色的头发迎风飘荡。我转过身，特地端详了一下身后的街道，可路上空无一人。我出了一身冷汗。那张脸再次出现了，那张和我一模一样的脸。

“怎么了？”盖碧盯着我问道。

我又瞅了一眼，那张脸果然不见了。“没事。”我尽量显得平静地说道，“我以为……没事。”

车沿着山坡往下驶去。我寻思用什么开场白跟盖碧对话，却无论如何也想不出合适的话题。她开车的时候腰板挺直，仿佛头上顶了本书。她的手机每隔几秒就会传来短信的滴滴声——我看见屏幕上冒出泡泡，然后消失无踪。她包里有样东西也随之滴滴作响。“你要不要看看短信？”我问道。

“没事，我不喜欢边开车边发短信。”

车驶上日落大道，我坐直了身体：“咱们要去夏特吗？”

“什么？”

车子径直从夏特蒙特酒店前面疾驰而过。我大胆地指着托伊酒吧说道：“那地方的泰式鸡尾酒超有名，是纯鸡尾酒哦。”

车子同样从酒吧门前驶过。到了日落大道的尽头，她在便车道停下，把钱包挎在肩膀上就下了车。我盯着她的过膝裙下方的缝隙也下了车，此时的她更显家庭主妇的风范。一个穿大裤衩、光膀子的文身男子一边慢悠悠地走上街，一边还在冲电话大喊大叫。一辆坐满亚洲男子的敞篷车飞速驶过，扬声器传来劲爆的饶舌音乐。街对面有几个姑娘穿着超短裙，那裙子短得连屁股都盖不住。盖碧的头发像小孩子似的翻来卷去。

盖碧漫步走过几家摇滚俱乐部、古董酒店和五星级饭店，最后走进一个地方。这地方的名字乍看之下是“坟墓”，其实是

“沙砾”。窗上贴着“饭、疗、爱”的大幅标语，还有一张放满水果的大杯奶昔图片。那东西可能是菠萝汁，我看着却像脓水。

这家饭馆里放着轻音乐，人们安安静静地坐在桌边，唯一的不和谐音调是搅拌机发出的嗡嗡声。女招待瘦得像纸片一样，却因普拉提健身法而显得胳膊粗壮，她领我们到一张空桌，然后递过来一张薄如蝉翼的菜单。“这地方……挺好。”我喃喃地说道。

“我有时候会来这里吃晚饭。”盖碧说道，“跟同事们一起。”

菜单上的每样东西里都有藜麦，却没有任何鸡尾酒，不过就算有，盖碧也不会让我点。我放下菜单，向四周环顾了一圈。角落里有个全身佛装的男子，他身旁坐着我这辈子见过的最漂亮的女人——金发飘逸，棕褐色的皮肤没有一点儿瑕疵。我比较喜欢酒吧，那里充斥着漂亮女人、讲话像连珠炮的双下巴演员和烟不离嘴的摇滚歌手。我猜这种地方只有大家想要表现得情绪内敛的时候才会来。

盖碧的手机又响了一下，我咧嘴笑道：“工作真够忙的啊？”

她看了看手机，然后把它屏幕朝下放在桌上：“是啊。”

“说起来，你怎么这么了解人们对生病的孩子的反应？”

盖碧露出古怪的表情。“我说的是你评价妈妈的那些话。”我提醒她，“非常……有见地。”

她摆弄着筷子说道：“我老板的儿子得了白血病。我算是……在跟他约会。我是说跟我老板戴夫约会，不是他儿子莱纳斯。”

“好事啊，盖碧。多久了？”

“六个月两个星期零五天。”

“他儿子的预后怎样？”

“好坏参半，戴夫都快急疯了。我不知道我们现在应不应该在一起。他的精力全都放在了他儿子身上，这是人之常情。不过我估计他需要些别的事情……分散精力。”

“让他开心的事情。”

盖碧拘谨地啜了口水：“或许你生病那会儿，妈妈正是为此才那么喜欢风筝冲浪。她也需要宣泄。”

话是没错，可架着风筝在海上飘荡这种宣泄方式也太不可思议，太过独特了。我暗自希望她选择稍微悲观些的爱好，这是不是很可怕？“估计我当时想让你也和我一样痛苦。”我说道。

“不。每个人的悲伤方式不一样。就拿你和妈妈来说，或许你看不出她有多痛苦，但我知道你这样对她不公平。”

我哼了一声：“为什么这么说？”

“因为……”盖碧突然转过头去，她脸上现出几点红晕，“唉，你不记得那时的情形。”

我惊讶地问道：“什么意思？”

她的嘴缩成了一个形状完美的小纽扣。我见过她的这种表情，当时我们正值青春期，她有次在餐桌上脱口说出“混蛋”——这话我常说，但我以为她根本连这个词都不知道。

“往事就不要再提了，好吗？”

我心里涌起一股怒火：“不好，我偏要提。你什么意思？大家都有事瞒着我，天大的事。我想知道这到底是怎么回事。”

盖碧再次抬头的时候，脸上露出了古怪的悲伤。“噢，艾丽莎。”她还没来得及再说下去，她的手机就又响了一声。她低头扫了一眼，垂头丧气地闭上了眼睛，“我去接个电话。在这儿等着。”

她急急忙忙地绕过桌子，从前门挤了出去。她站在餐馆前面的自行车停车架旁边，脑袋略微下垂，双唇快速地上下翻动着。

我用手捋了捋头发。大家有什么事瞒着我？我到底遗忘了什么？难道盖碧想说我住院那事跟我想的不一样？不过又有什么可想的？反正妈妈根本没陪过我。事实上，她给我发了一张她在太平洋玩风筝冲浪的照片，就好像我应该为她骄傲，不应该责怪她似的。

盖碧的包里有东西响了一声，跟她收到短信时的铃声一模一样。我起初没放在心上，只顾着把菜单翻来翻去，却仍旧没下定决心吃什么。滴滴声再次传来，接着又是一下。她的包里有个东西亮了起来。我换了换位置，往里瞥了一眼。

是一部苹果的平板电脑。我不用把平板拿出来就能看见同时显示在手机和平板上的信息。

还好吗？

肯定是她男朋友戴夫发来的。我想回复说让他在医院里好好陪他儿子，即便是一些无聊的时刻，即便是他儿子睡觉的时候，因为他儿子真的很需要人陪着。这是病人对病人的忠告。哦，还有，千万别欺骗他儿子，别隐瞒任何事情，这样一点儿都不好玩。

平板又滴滴了一声。我低头看去，这条信息里隐含了我在第一条里忽略的东西——发信人的名字。我一时间没转过神，还以为最近太神经质，被自己的问题占据了所有思想，才看到了我想看到的名字。我又看了一眼，因为这个名字真的不常见。

列奥尼达。

我读了第二条信息。

警察没打电话给你吧？

我的心脏停止了跳动。

门外的盖碧仍在打电话。她可能还没查看收到的信息，但我估计那些信息是在这台平板和她的手机上同时显示的。她背对着我，所以我悄悄地把平板从她的包里拿了出来。我盯着泡泡里的列奥尼达这四个字。有件事突然闪现在我的脑海，像灼热的岩浆，又像坚硬的磐石。我从列奥尼达的手机上拍的联系人号码之一之所以看起来那么熟悉，原因就在于此。那是盖碧的号码，他一直在跟盖碧联系……谈论我。

我努力回想猫展时无意中听到列奥尼达所说的话：我是说，他们怎么会询问你呢？你也不必提起艾丽莎或棕榈泉。

又一条消息传来，还是列奥尼达。

如果他们真问到你，记住我们说过的话，嘴要硬。

我紧紧抓住平板，满心希望自己能打字回复，但我知道，一旦滑动屏幕，上面就会跳出密码请求，那些信息便会消失。我盯着那些文字，期望收到更多信息。只要能解开我的疑团，任何信息都行。

一道身影落在我身上，我吓得跳了起来。盖碧一只手拿着手机，那些信息清清楚楚地显示在屏幕上。她愣愣地看着敞开的包和我紧紧抓着平板的手指。当我的眼神与她相遇时，她的表情却诡异的平静——既没有被抓现行的惊慌，也没有张口结舌，更没有伸手争抢，仿佛她早就知道这件事迟早会发生，而且早已拟定了应对这种情况的计划。

“盖碧。”我轻声说道。她从我手里夺过平板，转身跑开了。

“盖碧。”我冲到街上追着她喊道，“盖碧，等等我！”

穿着套装和高跟鞋，盖碧跑得很难看，背包在她背上被颠得晃来晃去。她转过一个街角，径直从她的车旁边跑过。

“盖碧。”跟着她跑了一条漫长的街道之后，我大声喊道。她仍在狂奔。

“盖碧！”我吼道，“站住！我有话要问你！”

“你走吧，艾丽莎。”她头也不回地喊道，“求你了。”

“我不走，除非你告诉我这到底是怎么回事。”

她慌不择路地跑进了一条死胡同，猛然停住脚步，转过身，双手挡在身前，表现出一副惧怕我的模样。这太荒唐了，我应该惧怕她才对啊。如今我都不知道该惧怕谁了，或许我应该惧怕所有人吧。

“告诉我，为什么列奥尼达发的短信里会提到警察？”我质问道。

“你误会了。”

“放屁。”

“别再问了！”

“我偏要问！你有事瞒着我。妈妈也有事瞒着我。你怎么会认识列奥尼达？”

“我们认识有一段时间了。这都是因为担心你。”

“为什么你们都要为我担心？”我声嘶力竭地喊出最后两个字。

盖碧的下唇抖动起来。她的大拇指指甲深深地戳进了手掌。

“为什么你和列奥尼达会提到棕榈泉？”我追问道，“他为什么会提到警察？你们到底想隐瞒什么？”

盖碧扬起下巴：“艾丽莎，我们不是在耍阴谋！”

“是吗？鬼才信！”街对面酒店的霓虹灯加剧了我的晕眩，我转头看向别处，“我知道你瞒着一些事情，所以你最好赶紧坦白。你到底瞒了我什么？把你知道的都说出来！”

我现在离她只有几寸之遥，两人近到连呼吸都混到了一起。盖碧垂下脑袋，肩膀起起伏伏。“艾丽莎。”她尖声说道，“你想弄清楚游泳池那事，只会伤害你自己，让你惊慌失措，像以前一样麻烦缠身。我们不想伤害你。我们不是坏人。你病了，你得脑瘤之前所经历的那些事情重演了。”

脑子里有个小人儿让我相信她说的话——毕竟我也觉得她没说错，但是平板屏幕上的那些信息一直在我的面前，挥之不去。不，这绝不仅仅是我脑子生病的问题，并不全是。“我以前不会随便溺水，而且我那天听见列奥尼达打电话大概提到了某件事，我还记得妈妈出现在停车场。我知道你了解一些内情，或许是所有内情。隐瞒证据可是要坐牢的。”我警告她，“你明白吧？如果你知道什么事情，就必须告诉我，否则我就去报警。”

她闭上双眼：“别去报警。”

“因为那样会让你麻烦缠身，对吗？”

“别再查了！”她双手捂着脸喊道。

“我做不到！”我吼道。

我浑身颤抖着退了几步。泪水流到嘴边，我才意识到自己哭了。我们默默地静立了一会儿，各自陷入了沉思。盖碧抽泣了几下，抬头看我时，她那红肿的双眼已充溢着泪水。

“都怪我，艾丽莎。是我干的。”

我的双手垂在身旁。一辆垃圾运送车驶过，我盯着垃圾斗外挂着的红色垃圾袋条子，想象那袋子里装着什么。色情杂志？乳酪盒子？断肢残骸？

回身看去，盖碧低垂着头，露出了白净的脖颈。“你干了什么？”我轻声问道。

“那天你在宁静酒店的时候，我去那里参加一个会议。我——在那里看到你，是一种诡异的巧合。你当时坐在酒吧里，行为非常怪异，感觉要再次犯病。我努力安抚你，可你对我动起手来。我意识到你已经喝得酩酊大醉了，就带你到外面透透气，可你还是大喊大叫。你醉得不省人事，行为古怪，我怕你会说……”她深深地吸了一口气，“我想让你清醒清醒，让你……休息一下，所以把你推进了游泳池。我那是条件反射。”盖碧瞥了我一眼，“对不起，我真的对不起你。”

“在酒吧里跟我说话的人是你？”我试探性地问道，把自己的脑子翻了个底朝天。我多么希望自己能想起当时的情景，想起她的存在。

“对，就是我。”这几个字从她嘴里像太妃糖黏着喉咙一样被吐出来，“但是我不想让你丢人现眼，就带你走到酒吧外面了。我当时只想帮你，可现在我知道那么做太冲动了。”

“我在喊什么？”

“不知道，我没听懂。”

“就因为我喝大了，行为荒唐，你就把我推进了游泳池？而且是在知道我不会游泳的情况下？”

“我明白，那么做很傻，我没动脑子。”她双手捂着脸说道。

“是因为小时候我对你做的那些事吗？”

她猛地抬起头：“……什么？”

“我……总捉弄你。我喝伏特加让你背黑锅，把你关进衣橱里，还有那次你受伤缝针却没把我捅出去。”

盖碧捂着嘴说道：“天啊，艾丽莎，不是的。”

她迷茫的表情真真切切，我选择相信她。“那好，可是你为什么把我推进游泳池？说真的，盖碧，如果你想让我清醒，大可以把我推进电梯井或扔进火堆里，起码人们不会马上认定我要跳水自杀。”

“我没想要陷害你。我就……推了一下。你站在游泳池边，眼看着就要自己跳进去了，所以……”

“之后你就丢下我不管了？”我依旧无比震惊。我完全没想到盖碧有能力做出这种事情。

她眼神闪烁地说道："我想跳下去救你，可我听见有人过来，就跑开了。"她仰头看向粉红色的天空，"我不该丢下你的。我担心了一整晚。我以为整个经过都被摄像头录了下来，被人看得清清楚楚，第二天早上，我在医院里做好了说出真相的准备，可后来我发现——"

"——因为暴风雨，摄像头关了。"我替她说完了后半截。

盖碧点点头。"对。但我还是应该说出来。我知道你会怎么想。可是，你醒来后说有人想杀你，那不是我的初衷，后来警方的人来了，这是以前从未有过的事情，因为以前每次都很显然是自杀未遂，再后来……"她眼睛扑闪着长吁一口气，"我是个坏人。我知道。我让所有人都以为你想自杀，其实不是这样的。"

"呃，我就知道我那不是自杀。"我干巴巴地说道，心里却没有丝毫的得意。我原本希望此时能欢呼雀跃——我解开了谜团！——可我只觉得身心麻木。这并不能解答所有的疑惑，我彻底痊愈的谜团还没解开，我遗忘的记忆还没找回来。

"妈妈也知道这件事吧？所以她才跟踪我到那条巷子，删了我手机上的照片。"

她怯生生地点点头。"上周你提到列奥尼达之后，我们就提高了警惕。棕榈泉那事，他也知道。但我们没想到你真的会去找他对证，后来列奥尼达打电话给妈妈，说他在办公室遇见了怪事——有个人摔倒了，闹得特别夸张，结果他回到办公桌前，就发现自己的手机被人动过。他说有些不对劲。他诡异地觉得你刚刚去过那里。"

我咬紧了牙关。我就知道德斯蒙德不应该那么夸张。还有，我真的那么容易被人看透吗？

“于是妈妈就出了办公室，想看看你在不在附近……你的确在那儿。她在巷子里看到了你。她没想要吓唬你，艾丽莎。她只是想跟你说说话。”

“结果呢，她把有你手机号码的照片删除了。为了保护你，她连我的安危都不管不顾了。”我冷哼了一声，“她总是待你比我好。”

“别傻了。”盖碧窘迫地说道，“我们担心你发现这事跟我有牵连会更加惶恐。但你要明白，在棕榈泉的那天晚上，我是真的想帮你。虽然你当晚可能没想自杀，可你还是无法控制自己，自我毁灭倾向很严重。你应该照顾好自己。你真的需要妈妈提议的那种治疗。”

“说起来，既然你这么担心人惊慌失措，这种做法简直是彻底的帮倒忙，只会让他们更加惊慌。”

“我知道。”盖碧垂着脑袋说道，“我现在明白了。”

“难道五分钟前你还没想明白？你说我病得不轻的时候还没想明白？你说我跟得脑瘤之前一模一样的时候还没想明白？”我双手叉着腰问道，“这太不公平了。”

“我知道。”盖碧踢着小石子说道，“对不起。”

人行道上刻着一个人的名字，看起来既像安娜，又像安妮。我心头的怒火越烧越旺，与此同时，我的心却在滴血。我想象在棕榈泉的医院里，我沉睡不醒，他们所有人坐在等候室里筹谋这个计划。

好，我们就说是她自己跳进去的。即便她没有自己跳，她还是精神不正常，最好再把她送走。对吧？嗯，对。好，散会。

一方面，一家人如此上心，甚至于拟定错综复杂的方案来帮我，这让我感到一丝扭曲的快慰。而另一方面，他们竟然以为我愚笨到二话不说就会相信自己疯了，我又有些伤感。他们根本不了解我，更不懂我。

盖碧默默地抽泣着，我把双臂横在身前，假装毫不关心。“我爱你，艾丽莎。”她说道，“我把你当亲姐姐看。就算你很难让人在乎，我也一直很在意你。但如果你恨我，我能理解。换作是我，如果是我掉进游泳池，醒来发现人们都说是我自己掉进去的，我也会拼命寻找真相。我把事情都跟你说了，爸妈肯定会大发雷霆，但心里的结解开了，我很高兴。如今或许你可以选择放手，好好过日子，开开心心的。”

“开开心心的。”我啐了一口唾沫，“呸，说得轻巧。”

“我们唯一的心愿就是你能开开心心的，好好过日子，不再担惊受怕，不再……生病。”她朝我凑近几步，毛孔里散发出香皂和汗水混合的味道，“你要去报警吗？他们问了我几个问题。他们知道我当时在场，不过我没把实情告诉他们。现在一切都由你决定了。”

回想起自己拨打过的报警电话，那些没有收到回复的信息，困惑于此而耗费的分分秒秒，而盖碧却一直意图用谎言掩盖真相，我的脑袋就像被锤子砸了一样。

可我还想到了预约的磁共振扫描。我可以相信我在宁静酒店喝酒了，因为我的大脑又生了病；我可以相信疑神疑鬼的感觉又回来了——这是脑瘤的症状。或许我堕入了自我憎恶的死循环，开始以为有人要谋害我。我再次想起在圣莫妮卡骑自行车的情景。那天，我打心眼里确定有人骑着自行车追我，吓得一头扎进了海里。我记得站在宁静酒店游泳池边时，心里充盈着同样的恐惧。

或许我的家人一直以来都是对的，或许往昔真的重演了，或许用反向思维来看，盖碧把我推进游泳池是为了唤起我和家人的注意，好让我得到我所需要的治疗。

我清了清嗓子。我想告诉她，对，我是要去报警，毕竟我被他们玩弄于股掌之间，但是我又觉得身心俱疲。我想让这荒唐的事情就此结束。我厌倦了怒气冲冲和疑神疑鬼。“不。”我说道，“算了。”

她笑得像花一样灿烂：“真的吗？”

她用胳膊圈住我，把我抱得紧紧的。我们在日落大街正中央晃来晃去，站了好大一会儿。“对不起。”盖碧不停地说，“我只想让你好起来。”我觉得她想说的是开开心心，可能她太紧张，没有意识到自己的口误。

我们松开彼此。盖碧非要开车送我回家，可我突然想去某个地方，不想只为了回去开自己的车而被堵在路上。明天再去开回来吧，毕竟这么长时间没车开也过得好好的。

我遭人排斥、玩弄、背叛，种种情感与震惊交织在一起，可我又体会到了几周以来头一次的镇静。盖碧说得对，或许我的确需要寻找幸福，至少做一些能够忘却痛苦的事情，就像她老板和她约会，免得每天时时刻刻都想着他那被病魔缠身的儿子。想来这人人都能做到，我却未曾有过这样的纵情享受。我只会一次又一次地蜷缩着身体、大喊大叫、惊慌失措，我这一辈子都像一场汹涌的焦虑症发作。或许这样的生活不能再继续下去了。

坐进优步出租车，报出德斯蒙德说过之后我在网上查了好几遍的韦斯特伍德公寓地址。到了那里，我从灯光明亮的窗户瞥见德斯蒙德在前窗那里来回踱步，跟视线之外的某个人说话。这就像电影里的情节。我在街上按了门铃，他停下脚步，从窗帘的缝隙里往外望了望。乍看到我，他愣了一下，然后对着电话说了些什么就没了人影。再接下来，他已经来到了大厅，脸上带着惊喜推开了前门。我冲进他的怀里，认定了我的幸福、真正的生活——希望会充满爱意、喜悦和真实——从此刻开始。

第十五章

德斯蒙德喜欢拿冷冻华夫饼当早餐，具体而言，就是蓝莓华夫饼搭配巴特沃斯夫人糖浆，而且拿糖浆瓶子的时候，他会充满敬意地跟巴特沃斯夫人聊天，小心翼翼地避免触碰她的胸部。他穿着袜子睡觉，一天不刮胡子就会长出浓密的胡茬，手掌揉一下会发出砂纸的摩擦声。我让他刮掉盖伊·福克斯式的络腮胡，一下子就好看多了。他的嘴唇丰满而性感，真不明白他为什么要把它藏得那么严实。我曾逮到他站在镜子前悲痛地抚弄自己平滑的上唇和下巴，但我选择了无视。接下来我打算让他去理发，可当我不经意地提醒他的时候，他一脸惊惧地连退了好几步，双手紧紧地护着头发，仿佛我会当场一把火给他烧了一样。

他的卧室灯光明亮，摆着一张带有毛绒床头柜的豪华大床。他说这是他父母的房间，他们两个都是驻外大使，极少回这里住。他父母在这间公寓留下了许多皮革椅子和华而不实的法式橱柜，不过他自己添加了一些设计元素，比如在高架上放几碗大杂烩。每当屋里只剩我一个人的时候，我就会把古怪的干果逐个拿出来，试图用手指夹碎，可总是徒劳无功。

梳妆台上有一瓶海风沐浴露，浴帘上印着小帆船，这些跟他不相称的东西让我捧腹大笑。“哦，是我哥哥斯蒂凡挂的。”他说道。我见了他哥哥斯蒂凡，他身材魁梧，留着一头长可及腰的卷发，鼻孔特别大。斯蒂凡跟德斯蒙德毫无相像之处，不过明显看得出两人有血缘关系。斯蒂凡经常穿着污迹斑斑的T恤和起皱的卡其裤，随身带着一瓶全脂牛奶，一天下来慢慢喝个干净。

厨房外小走廊里的橱柜上摆满了德斯蒙德的正宗苦艾酒和一堆老式苦艾酒勺。橱柜总是锁着的，因为据他说，斯蒂凡有次闯进去喝了一整瓶，差点儿死掉。

“苦艾惹不得。”他的话让人毛骨悚然，“它的神力无人能躲。”

公寓的窗户正对着一个带有罗马式喷泉的庭院，喷泉里扔满了硬币。壁炉上摆着一个锡制猫头鹰雕塑；要是掉下来的话，它的尖嘴绝对会刺穿脚趾。沙发上盖着一条阿富汗毛毯，那是他小姨织好送给他父母的结婚礼物。在我来的第二天和第三天，我们一起喝咖啡，总也亲不够，他的嘴含住我的嘴，感觉非同一般。他的动作出乎意料的从容，他的身体虽然瘦小，却能在床上把我裹得严严实实。

他说他经常写诗，我把吉吉写的烂诗说给他听。我们一起翻阅他的高中年鉴——他那时就已经跟盖伊·福克斯十分神似了，而且比现在更瘦。

我们一起下厨，用奶酪包布、双层蒸锅和大汽锅做各种稀奇古怪的美食——住在五十多岁的老年人家里，其中的一样好处就是他们的厨具十分精良。同居第二天，德斯蒙德专门给我做了一个放维生素的架子，我把药全搬了进去。我们一起读十五世纪的墓志铭文集；我们戴上万圣节面具——一只大猩猩和一只哈巴狗，都是从斯蒂凡的衣柜里翻出来的——坐在阳台上，等着别人注意到我们。面具散发着皮肤和牛奶的味道，那是从斯蒂凡的毛孔里浸出的酸奶味。

德斯蒙德给我看了下一届漫画大会的企划，点出新的展品和大牌人物；我假装听得津津有味，但我通常都会因为《亚当斯一家》之类的没出场而大失所望。我给他讲我住院的事，他用心聆听，对我很是崇拜。早上醒来，他用爱意浓浓的眼神看着我。他在电梯里紧紧地靠着我。出去吃晚餐的时候，他用手指搔弄我的大腿，我开玩笑似的使劲拍掉。他那浓密的眉毛太过性感，我忍不住要去舔舐。他给我买来一本二十世纪四十年代的《亚当斯一家》漫画书，我们一起从头读到尾，感叹画得真好。

在我们相处的第二个星期六，我坐在沙发上看着手机，怂恿自己点开一条《多萝西的往事》的评论。读过样书的人越来越多，评论开始蜂拥而至。

“评论都很正面。”波西告诉我，“你真的应该看一眼。”可是我不知道自己有没有那个勇气。

德斯蒙德在浴室里做上班前的准备，我盯着手机，思索着要不要点开评论，斯蒂凡背着杰斯伯背包、拿着牛奶瓶溜进起居室。我听说他这周在做某个有线电视频道僵尸电视剧的制片助理，而其他时候则担任灯光师或音效师，甚至还跑去食物供应所做墨西哥卷饼。斯蒂凡没有把自己限制在好莱坞这个圈子里，德斯蒙德说。去年，他在一艘游艇上当过小号手，一去就是六个月。在那之前，他给一个擅长走私大型异域宠物——比如孟加拉虎——的好莱坞兽医当过助手。有个著名导演在自家后院养了只犀牛，他还帮忙接生过。

斯蒂凡扑通一声坐在我对面的沙发上，把水彩画一样脏兮兮的头发捋到耳朵后。“你很可爱。”他谨慎地看着我说道。

我心怀戒备，干巴巴地笑了一下，然后望向浴室门，期望德斯蒙德早点儿收拾完。

“谢谢。”

“不，我说真的。我弟弟就是个混蛋，咱们都心知肚明，他自己也知道。但是你很可爱，能懂他，比保罗强多了。”

保罗，这个名字有些耳熟。过了一会儿，我想明白了。我问道：“保罗，他同事？”

目睹了我溺水的人。

“保罗是个姑娘，她的真名是葆拉。”斯蒂凡朝他的背包里瞥了一眼，神秘地看着我，手在里面摆弄了一会儿，然后拉上了拉链，“他们处了一段时间，分手的时候，德斯蒙德伤透了心。他现在似乎好多了。”他站起身，把背包挎在肩上。他像恐龙一样砰砰地朝大门走去，走进门厅之前，他用手指着我的脑门说，“别伤害他，懂吗？否则我让你吃不了兜着走。”

门关上了，我盯着不知是谁挂在门把手上的“上帝之眼”。我只觉得浑身黏糊糊的，散发着酸味，仿佛斯蒂凡把牛奶泼在了我的脸上。难道是因为保罗——与德斯蒙德一同救了我的人——是个姑娘，而且还是他的前任？可德斯蒙德不是曾特意暗示我保罗是个男人吗？他跟保罗还藕断丝连吗？他们是不是一起工作？我憎恨保罗没有手机，这样太难侦查他的行踪了。

我打断了自己的思绪。我的想象力太丰富，臆想出了根本不存在的问题。就算德斯蒙德隐瞒了保罗的身份又怎样？他不想让我觉得他跟人撇不清关系。斯蒂凡间接地对我表示赞赏：我帮德斯蒙德摆脱了痛苦。我与德斯蒙德心意相通，这就已经值得我欣慰了。

当然，这样的忧虑并不代表我爱德斯蒙德。我暂时还没有爱上他，但或许我终究会的。我们越来越形影不离，越来越有默契。

这情形怎么有些似曾相识呢？

做磁共振扫描的日子终于到了，我感觉像等了好多年似的。我需要人陪着，以防注射造影剂产生不良反应，但我不愿开口找家里人。他们正期望我也承认自己又病了吧，我才不会让他们如愿以偿。他们还不知道我已经获悉游泳池事件的真相了吧，恐怕盖碧没那个勇气告诉他们。说真的，我应该打电话给妈妈，把我所知的告诉她，说以后再也不跟她来往了，毕竟我有充足的理由这么做。但是或许这样并不值得，她会说他们撒谎是为了我好，也会给停车场事件找个借口——她会说她那是想保护我。她什么话都说得出口。

我想带德斯蒙德一起去检查，可惜现在正是组织动漫大会的紧要关头，他不能请假，所以我想到了吉吉。我迫不得已地袒露了一切，把我隐瞒的事情全告诉了她。我原以为她会惊慌失措，可她竟然十分镇静。“这就说得通了。”她告诉我，“我终于明白你为什么是这种状态，也知道你为什么不记得那次瑜伽课了。”

“那次瑜伽课我真没去。”我跟她争论了一下就没再说下去。或许我的确去上瑜伽课了，或许我记不记得都无关紧要。

去检查之前，我们先在我的出租屋碰头。走进家门时，里面的环境有些陌生，过了一会儿我才明白是怎么回事——太整洁了：泰勒明电子琴上一尘不染，脚踏板明亮如洗。这地方再没了濒死的气息。

吉吉在厨房里喝柠檬水。她穿着我们在写作小组见面时的那件七彩裙，头发用黄丝带扎在脑后。她看起来像换了个人，散发着青春的气息。

“我昨天扮演了三次艾尔莎。”她发着牢骚坐到桌旁的凳子上，“简直就是噩梦。”她瞥了我一眼，“家里没你好冷清！”

“我没想到会在外面待这么久。”我对她说。我原本打算带德斯蒙德来这里住下，可一想到他跟斯特德曼抬头不见低头见，我就犯怵。我自己跟他在古董店里的四次不期而遇已经够糟糕了。吉吉也没问为什么我们没回来住，或许她知道其中的缘由。

“德斯蒙德人怎么样？”吉吉往前一凑，追问道，“他挺帅气的。”

我惊得张大了嘴巴：“真的吗？”

“当然啦，你不觉得吗？他……好有气势，绝对比列奥尼达强太多了。”

“列奥尼达也没那么差。”我喃喃地说，其实我并不清楚。提起他的名字，我还是会感到惊慌——关于他的记忆有那么多的空白，这让我心里发毛，但我决定大事化小，就当是他被脑瘤清除掉的男朋友。我得相信列奥尼达是个好人，他跟盖碧一样关心我。然而，我所不能释怀的是他参与了“谁推了艾丽莎”这场阴谋。想到他们全都背着我鬼祟行事，或者偷偷地填写表格要把我送去橡树精神疗养院，我就浑身起鸡皮疙瘩。

“德斯蒙德……”我竭力搜寻着形容词，一时间可说的太多又太少，“……很有爱。”我给吉吉讲了德斯蒙德的工作和他在韦斯特伍德的住所。我详细地描述了我们的约会。那是真正的约会，他来时带着花，还给我开门。我原以为自己对这种事情没什么兴趣，但它们实际上却深得我心。“他还给我买了一件礼物。”我说道，“十九世纪的婴儿车和两个超级恐怖的丘比娃娃。”

吉吉咧嘴笑道：“太厉害了！”她凑过来接着说，“既然这样，你得守紧他，自己做事多注意点儿。”

我皱着眉头问道：“怎么这么说？”

她摆弄着吸管说道：“别老是出去玩。”

“你说什么呢？”

她仔细地端详着我，说道：“斯特德曼在他常去的俱乐部看见过你。好像是叫科斯莫司？他看见你跟别的男人说话。”

我一脸不可置信地笑道：“不可能。”

“我也是这么说的，但他一口咬定就是你。多注意点儿，好吗？他说科斯莫司有个网站，会拍摄俱乐部里面的画面。千万别被拍到，给德斯蒙德看见就惨了。”

“吉吉，我没什么要藏着掖着的。那种地方我从来没去过。”

吉吉小心翼翼地看着我，我明白她在想什么。

艾丽莎，别的事情你都不记得，怎么能确定自己没去过？

可我有证人啊，德斯蒙德可以为我每晚的行踪作证，因为我每晚都和他在一起。有几天晚上他去参加紧急会议，我都待在公寓里看电视。看门人可以证实我的行踪，斯蒂凡也可以，对吧？

到了扫描中心，一个助理笑着递来一份表格让我填写。我写了一年前在加州大学洛杉矶分校做过手术，填上富尔尼医生的住址和电话号码。等待期间，吉吉一直在玩手机；手机没电后，我们百无聊赖地看瑞秋·雷强迫她的嘉宾——某个我从来没听说过的女演员——跟她做蔬菜炖鸭肉，她们的假笑让我觉得恶心。

有人喊了我的名字，我走过一扇门，进了一条漫长的走廊。到了一间小屋里，我换上长袍，躺在桌子上。造影剂注射开始后，除了身体略微温热之外，我没有其他的感觉。过了几分钟，助理领着我进了另一个房间，让我躺进长长的黑色金属扫描管道里，管道壁朝我挤过来。机器的噪音震得我蜷缩了一下，贝多芬的《第九交响曲》在我的脑袋里大声奏起。可能以前跟列奥尼达一起听过的311乐队某首歌的歌词和旋律突然涌入脑海，我任由它自由展开，才发现自己记得每一句歌词。瘙痒感袭来，我正准备去挠，有个声音却说道：别挠。他们会生气，把你送进重症监护室。

我在管道里瞪大了双眼。磁共振机器的嘎吱声冲入耳膜，既喧嚣又急迫，仿佛我刚从梦中醒来。重症监护室，我从没去过啊。小多小时候倒是进过那里，那为什么这段记忆如此鲜活？为什么我突然清晰地记得护士在走廊里推着轮椅，我坐在轮椅上，心里阵阵发紧的感觉？她要把我推到哪里？难道这只是一场梦吗？我追寻着那段记忆，直至其终点。我记得经过一面镜子时，我瞥了一眼自己的脸。镜子里的小孩跟我对视。那个小孩八九岁年纪——像极了温思蒂·亚当斯——但那是我的眼睛，我的面孔。这不可能！我九岁时从来没坐过轮椅。

我坐过吗？

从十开始倒数……

撞击声戛然而止，寂静震耳欲聋。管道缓缓地移动，把我送了出来。明亮的吸顶灯照得我眨了几下眼睛，护士对我笑了笑："检查完了。你在里面还好吧？"

"嗯。"我似乎这么回答了她。我动了动胳膊腿，看看是不是都完好无损。我以为自己的身体会大变样，变得更小更轻更光滑，就像刚刚破卵而出的小蜘蛛，对这个全新的世界充满了无知，可我还是原来的我。

星期日，我躺在德斯蒙德的床上，耳朵贴着他的肚子。此时正值黄昏，淡紫色的阳光撒进屋里。他肚子里消化液的咕咕声清晰可闻，我还听到他翻动书页的声音。我让他读了《多萝西的往事》。是时候了，这本书两天之后就要上架了。

他聚精会神地读着每一个字，仿佛要把它们颠倒过来，晃得它们变个模样。我想起身到别处去，躺在这里看着他读书，猜测他的想法，实在太折磨人了，但是我不能动。我没办法跑去别的房间，假装自己很忙。我想在他读完的那一刻立即知道他的看法。

终于，他折上某页的页脚，啪的一声合上书，看着我说道："唉。"

"唉？"我几乎尖叫出来，"就这点儿？'唉'？"

"唉。"他用手捋着头发说道，"写得……让人揪心，像瘟疫肆虐一样。"

"有那么烂吗？"

他用胳膊搂住我："当然不是啦，是扣人心弦。"他补充道，"我还没看完，但我感觉结局一定很悲惨。"

我点点头，他猜对了。

"但悲惨得恰如其分，像莎士比亚的悲剧那样，对吗？"

"我哪能跟莎士比亚媲美啊。"我叹了口气，"为什么我妈妈不喜欢呢？是不是我把她写得太刻薄，太无情无义了？"

"是够狠的，但她其实没那么坏。我是说，她的确对你照顾不周，有些狂躁，可她是真的关心你。"

"那她为什么这么反感这本书？"

"估计是触到她的痛处了吧。"他挠了挠下巴，"记住，罗克珊会问到这方面：你家人怎么看待这本书的？你有没有后悔？"

我点点头。两天后就要上罗克珊医生的节目了，我紧张得寝食难安。我担心她会提出一些尖刻的问题，或者说我担心她会当着直播观众的面儿说她不喜欢这本书。我担心她要我解释为什么写了这本书。女孩患了脑瘤，姨妈还是个疯子——这构思绝对够老套的。这本书之所以引起轰动，唯一的原因是我被人推进游泳池，出尽了洋相。

德斯蒙德察觉到我的惊恐和不安，一把握住我的手："其实你不用上那个节目，真的。就算不去，我还是会把你当作世界上最伟大的女性，即便你不这么看待自己。别被跟你共事的人左右，自己想怎样就怎样。"

"波西肯定会恨死我的。劳拉早就说过，不上节目就别想再合作出书了。"

"我记得你说过不想再写书了啊。"

"写不写是一回事，但起码要留住机会吧。"

当晚晚些时候醒来时，床上只有我一个人，枕头上流了一摊口水。我坐起身，眯着眼睛看了看闹钟上的数字：十点半。走廊里传来德斯蒙德和斯蒂凡轻柔的絮语声，两人低声谋划着什么，也许是在谈有趣的事情吧。我下了床，蹑手蹑脚地走到门边，一是因为我要去上厕所，二是因为我有些好奇。

"这样不好吧。"德斯蒙德说道。他的语气有些烦乱。

"为什么？"斯蒂凡问道，"你真的了解她吗？那些……"他压低了声音，我听不见了。

"这可是大事。"德斯蒙德说道，"不是还有别的吗？"

他的声音逐渐减弱，斯蒂凡开始回答，不过此时空调恰好启动，轰隆隆地响了起来。我把耳朵贴在门上，可他们的声音都被盖住了。我想起前些天斯蒂凡眼神凶恶地瞪着我说：“我弟弟就是个混蛋，咱们都心知肚明，他自己也知道。”还有他揭露的葆拉的身份。难道是他说漏嘴了？

门突然被打开，吓得我往后直退。我急忙跑回床上，假装自己没在偷听，但德斯蒙德进房间的速度很快，而且我的表情可能暴露了我的心虚。“哦。”他说到半截就停下了，“你……醒啦。”

“对啊，刚起来！”我不由自主地欢呼道。

德斯蒙德缓缓地走到床头柜旁，开了一盏灯。看到他戒备和怀疑的样子，我的心像被泼了硫酸一样疼。

“你们俩在外面聊什么呢？”我脱口问道，“聊我吗？”

德斯蒙德脸一沉，露出我从没见过的怒意：“你怎么会有这种想法？”

“我……”我一手捂着心口，“那你们在聊什么？”

“没聊什么。”他打开抽屉。

“为什么不能告诉我？”

他转过身，眉毛拧在了一起：“艾丽莎，现在真的要谈这个吗？”

“我只是……”

“都是些无聊的公事。斯蒂凡帮我处理一些会议安排而已。”他拿出他最喜欢的蓝色丝质睡衣，开始往身上套。穿到半截，他脱下衬衫，我们的目光相遇，“你不是那种人吧？怀疑自己男朋友的那种？我喜欢你问这问那，但你不必质疑我。我觉得你的智商不至于低到那种地步。”

我知道我应该给他一个微笑，但我做不到。我只觉得被无形的绷带裹得严严实实，内心的震颤传到了胳膊和胃里。得了吧，我对自己说，别想了。马上停止。没什么可担心的。

我把惊慌深深地压在心底："那是当然，我就是达尔文梦寐以求的高智商动物。"

德斯蒙德明显放松下来。"可不是嘛。"他弯下腰，头发触到我的脸蛋，"可不是嘛。"

第十六章

两天后，小说出版，该上罗克珊医生的节目了。

我在出租屋里等着德斯蒙德来汇合，之后一起乘节目组的高级轿车。节目组送来几个问题：你的灵感来源是什么？《多萝西的往事》源于现实生活吗？你的写作过程是怎样的？我努力组织答案。说我列了提纲？还是说跟别人一样，并没有一口气从头写到尾，连场景都没怎么变？我想给这个故事的诞生编一个创世神话，但说心里话，它不过是从我的脑袋里迸发了出来，或许原本就已存在。

但除了这些，还有件事困扰着我。有个细节我一直想不通：盖碧怎么可能在宁静酒店的酒吧里？或者说，就算她的确在那里，又把我推进了游泳池，可我在酒吧还跟别的人说话了。正是这个人把我吓得惊慌失措。

那种感受真真切切，我记得清清楚楚。

我憎恨自己的记忆跟盖碧所说的话相互矛盾，现实像无法定形的沙子一再变换。肯定是复发的肿瘤在作祟，搅乱我的幸福，但我知道事实并非如此。盖碧只是把她知道的说了出来，而在码头酒吧里跟我说话的另有其人，她来之前所发生的事情、跟我说话的那个人，才是导致我在她面前如此惊慌的根源。

这个人才是我应该惧怕的。

究竟是谁录下了我在医院病房里的视频？我问过盖碧，她对天发誓，说不是她——当天晚上她回了酒店，我爸妈能够证实她不在场。一直跟踪我的那个人是谁？是谁把小说寄给了我爸妈？换作别人，可能就不会再追究下去了。你可以说我没事找事，把事情复杂化，可我给盖碧打了几百次电话，却只能转到她的语音信箱——她明知我知道这事没那么简单，竟然躲着我？——我便再次打给码头酒吧，找那个行踪不定的瑞奇。

接电话的是奥斯，我敢打赌，他听到我的声音时肯定窃笑了一下。我挂断电话，把手机扔到床上，之后又拿起来，输入宁静酒店的网址——如果奥斯谎称瑞奇没在，或许我就能投诉他。酒店首页是一张被多汁的沙漠植物环绕的泥灰拱门图片，我翻了翻导航选项，选中“休闲设施”。网站弹出宁静酒店的酒吧列表，旁边附带了各个酒吧的照片。我点开“码头酒吧”，仔细地看着那熟悉的条形抛光木饰和船帆绳索，却没找到酒保名单，连经理的名字也没有。我找谁投诉去！

然而，我可以找酒店经理，再顺藤摸瓜，对吧？我点开写着“管理人员”的链接，一张照片弹了出来。看到右上角的那张面孔，我像在现实生活中见到他时那样，迅速扫了一遍。之后，我揉了揉眼睛，又仔细看了看。我蒙了。这家伙是伯班克的啊，怎么会在题为“竭诚为您服务”的照片里穿着正装，咧着嘴跟一群老年人站在一块？

那是安德鲁，街上那家酒吧里那个邋遢的安德鲁。

我放大图片，痴痴地看着他油腻的笑脸。那是酒店创始人的家族照，安德鲁怎么挤了进去？这是开玩笑吗？

图片没有附带说明，不过我注意到了一个“家族传承”链接。点开链接，这个页面讲述酒店老板考辛斯·格罗斯特家族建造了宁静酒店，而考辛斯·格罗斯特家族以酒店的温馨、豪华和稀缺为荣，并努力维护酒店的这种特质。上面列出了负责酒店管理的考辛斯·格罗斯特家族名单：乔治·考辛斯，第一代，谢顶、大腹便便、面色红润；马尔文·考辛斯·格罗斯特，第二代，身材略高，清秀俊朗，牙齿天包地；还有一些老男人，然后是一个老得出奇的男人，之后便是安德鲁·考辛斯·格罗斯特，第三代，带着预科学校学生典型的淫荡的笑意，眉毛上横着一道疤，以前我曾仔细看过好几次。

我目瞪口呆地又看一会儿。安德鲁？总喝酒吧里最廉价的威士忌的那个？总想着做电视剧编剧的那个傻瓜？他竟然是酒店继承人？他竟然是“竭诚为您服务”的一员？我怎么不知道他跟宁静酒店有这重关系？我以前知道吗？

前门吱的一声被打开，吓得我心惊肉跳。我急忙跑去楼梯平台，以为安德鲁神奇般的知道了我所发现的真相。可来的是刚下班的德斯蒙德，手里掂着一个袋子，里面放着一会儿要换的衣服。

“你好，女士。”他用颤音说道，然后吻了吻我的前额，“我先冲个澡，之后就走，好吗？你激动不？”

“呃，激动。”我愣了好一会儿才答道。

德斯蒙德皱了皱眉，往后退了一步：“怎么了？”

别告诉他，有个声音在我脑海里祈求道。我咬着手掌的一侧，心不在焉地“嗯”了一声。

德斯蒙德伸手给我的肩膀按摩：“担心上节目的事吗？没必要，你一定会很棒的。”

我用指甲掐住腿部。我得告诉他。

“假如你刚刚发现，你认识的某个人知道宁静酒店的内情，比如能查看监控录像，而这个人现在就在这条街上的酒吧里，你会不会打电话给这个人，或者过去找他，问他一些问题？”

德斯蒙德坐到沙发上：“这有什么用吗？”

“能确凿地证实那时发生的事。”

“盖碧不是都跟你说了吗？”

“可能她没说完整，还有别的事情。我觉得盖碧是最后才出现的。关于我见到的另外一个人，她可能撒了谎……也可能根本不知情。有了视频录像之类的东西，我就能查清到底是怎么回事了。”

德斯蒙德震惊地说道：“问你们话的警方人员不是说，那时候正刮风下雨，摄像头给关了吗？”

“所以我们要问酒保，找出证据证明我只和盖碧一个人说过话。”

“这究竟有什么用？是盖碧把你推进游泳池的，对吧？”

“对，但我想弄清来龙去脉，确认……”确认什么？我不知道。我缺失了那么多记忆，却被这一段记忆牵着鼻子走，的确让人疑惑。真的是这样吗？

“艾丽莎。”德斯蒙德皱着眉头说道，“我完全支持你解锁自己的记忆，但今天或许不是时候。你应该保持头脑清醒，想想上电视这事。这可是直播，你一定要拿出最好的状态。”

“我知道，但是这用不了多长时间，而且……”

“别去想了。”他劝说道，“你这是无中生有，一定会碰壁的。再说了，车不是马上就来接我们了吗？”

“嗯，可我只想……”我没说完，只叹了口气。

“放下吧，至少今天别再去想了。如果你明天还想着这事，咱们再去问这个人。今天就只想着上节目，想着大家都喜欢你的书，绽放光彩，因为你确实光彩照人。”

我把脑袋贴在沙发枕头上。当然，德斯蒙德说得很对。为什么我就不能开开心心的呢？我怎么就做不到别人说什么我就信什么呢？为什么我会如此不信任他人？

“我去洗个澡。”德斯蒙德说道，“马上就出来，好吗？”

德斯蒙德上了楼，水声很快传来，他哼唱着车里自动重复播放的吟游歌曲。我在沙发上躺了一会儿，试图放松情绪，可总有种如坐针毡的感觉。

我起身走到三楼，往窗外望去，街上的那家酒吧一览无余。酒吧停车场里稀稀落落地停着几辆车，其中一辆可能是安德鲁的。然而，就算他在酒吧里，谁能保证他知道我所需要的信息？冒着风险去见他就像打开潘多拉魔盒，违背了我的意愿。我知道从安德鲁那里获取信息需要付出什么代价，而这样的抉择是我不想面对的。

但话又说回来，我也不想整个下半辈子都被蒙在鼓里，浑浑噩噩地过日子。

手机传来新邮件的通知铃声，我瞥了一眼，迫切地想要转移自己的注意力。邮件是检查中心发来的：您的磁共振检查结果出来了。我皱了皱眉——早了整整一天。还有，他们怎么如此随便，连找个人亲自通知别人都办不到?

我扫了眼楼上，心知应该等到德斯蒙德洗完澡，但我一秒都等不下去了。我点开邮件，打开便携式文档附件。文档顶部写着我的名字，放射科医师注释这一栏写的大多是医学术语，但我知道该找哪一行：底部的放射科医师备注。我眨了好几次眼睛，不敢相信自己看到的结果：无异常。

弄错了吧?

我看了看时间——四点半，检查中心可能还在营业。我按下号码，一个护士接通了电话。“我是艾丽莎·方丹。我刚刚收到一份检查报告，我怀疑你们可能弄混了。”我一口气说道。

护士让我放慢语速，说出姓名拼写并提供出生日期。那边传来一阵键盘的敲击声，接着她让我重新说出姓名拼写，在用大约十五个安全提示证明我就是艾丽莎·方丹之后，她说道：“啊，对了，磁共振扫描，检查结果是今天发出去的。上面怎么说？”

“阴性，正常。”

“哦，就是阴性。放射科医师签名确认过——我这边看得很清楚，所以没问题的。”

“但这不可能啊。”

她不可置信地哈哈大笑：“您说什么？”

“我一年前得的肿瘤没好利落，我感觉得到。我出现了肿瘤症状。它就在我体内。你们真的把我的检查报告跟别人弄混了。”

“不会的……”

“听着，能不能找个医生来回答？”

“请稍等。”护士轻叹一声说道。她按下了待机键，电话里响起背景音乐。我用指尖戳着丝滑的枕头。德斯蒙德还在浴室里哼唱。我感觉脑袋里猝然一痛，便用手指捏了捏两眼之间的某个地方。我希望自己得了脑瘤，我突然意识到。我想让它潜伏在我的脑袋里胡作非为。

“方丹小姐？”一个男人说道，“我是今天值班的放射科医师盖斯特医生。请问有什么需要帮忙的吗？”

我连珠炮似的说了我的肿瘤史和手术史。我尽量不让自己显得歇斯底里，或者显得完全不相信医生。我说完之后，两人沉默了一会儿。

“方丹小姐，您说您今年早些时候在哪里做的手术？”

“我表格里都填了，是加州大学洛杉矶分校。”

“主治医师是哪位？”

“富尔尼医生。他是那里的教职员。”

“不，他是个神经病学家。我是问你的神经外科医生。谁给你做的手术？”

“我不……”我记不清了。是个戴眼镜的男人？

我问道：“病例上没写吗？”

“问题就出在这里。我们尝试过从加州大学洛杉矶分校获取你的病例，以便比对新旧扫描报告，但是那边没有你的病例。”

“什么？”

“加州大学洛杉矶分校没有你的近期就诊记录，更没有脑部手术的任何记载。”

我突然浑身麻木，头晕眼花，一下子从床沿滑到地毯上：“我刚刚提到的那个神经病学家呢？富尔尼医生？”

“他说他从来没听说过你。”

我的手深深地戳进地毯纤维里。我不是跟富尔尼医生说过话吗？不是他准许我出院的吗？

“但我在加州大学洛杉矶分校住过院啊。我记得清清楚楚。”

“方丹小姐，我们查了就诊系统。我们能获取加州大学洛杉矶分校的就诊记录，他们的病患数据做得非常好。上面没有你的记录。”

我使劲掐着手背上的肉，希望借此稳固自己的记忆，找回更多的相关细节，但我什么也找不到。我只记得出院当天的场景。当时我头脑清醒，坐起身，抬腿从床上下来，穿好衣服，回了父母家。

我父母肯定记得。我出院的时候，他们就在我的病房里。所有账单都是他们付的，他们能把这事解释清楚。他们能吗？关于盖碧和游泳池的事，他们都撒了谎，那他们还有别的什么事瞒着我？我在棕榈泉的医院里的时候，他们为什么不逼着我做磁共振扫描？因为他们知道查不出什么东西，有个声音在我脑海里说道，因为他们早就知道医生会说我从来没做过手术。

我不敢相信自己竟没有早些想到这一点。或许是我不愿意吧，或许我内心深处的某个地方促使我忽略这一点。

恐惧感涌上我的心头。第二波恐惧感像冰冷的匕首刺中了我：我曾经庆幸，我的种种扭曲行为、记忆丧失和近日的幻觉都是脑子里的肿瘤引起的。如今我又该如何自处？

盖斯特医生建议我联系保险公司——或许我住的是另一家医院，把名字记混了。不知怎的，我知道不是这么回事。我挂断电话，愣愣地看着空白的屏幕，然后拨了妈妈的号码。她没接。我惴惴不安地又打给比尔和盖碧，还是没人接。难道他们知道我在找他们？难道他们知道我查出来了？

可我查出了什么？

我走进门厅，听着德斯蒙德洗澡的声音。我想把这个消息告诉他，又担心他会怎么看待。荒诞的是，检查结果正常反倒成了坏事。前些日子在宁静酒店发狂是怎么回事？逃离酒吧，逃离德斯蒙德，在大厅里浑身乱颤又是怎么回事？若非生病的大脑造成了我的恐惧，那到底是什么让我惊慌不已？

我再次挨个给家人打了一遍电话，可还是没人接。然而，我想知道答案。我想知道某件事的答案。我重新走到窗前，望着街上的酒吧。车还是刚刚的车，一辆没动。霓虹灯圈成的百威啤酒瓶在窗上闪烁。

不能这样做。我望向奥利弗大街，视线转向叠印到华纳水塔上的蝙蝠侠标志。真的、真的不能这样做。我再次闭上双眼，祈求记忆重现，任何记忆都行，但是什么记忆都没有出现，我只记得那一片黑暗，只记得那家空荡荡的医院和那些酩酊大醉的日子，还有“趴地跳跳车”和几个毫无用处的词汇。

摘自《多萝西的往事》

某个星期一的早上，小多正准备去上课。她头疼欲裂，但这不是因为她昨晚跟多萝西喝酒引起的。事实上，自从妈妈说了那些事之后，她有好几个星期没再去见姨妈了。昨天晚上，她往宿舍里藏了一瓶香草味伏特加，一个人几乎喝了个底朝天。她知道这是自我毁灭式的行为，可她暗自希望和祈祷，给身体里灌这么多酒精，就能改变现实——她惧怕可能成为现实的事情。再者，她就喜欢这种逃离现实的感觉。

马隆坐在宿舍里的椅子上，冷静地看着她。过去这个月发生了很多事。首先，两人的关系冷了下来。小多没有因遭到背叛而质疑马隆，而是只用一个字跟他说话，或者拿走餐厅里的最后一块巧克力糖——这是餐厅里唯一能让人吃得下的东西，以此来表达自己的愤怒。马隆总想旧事重提，对她说“对不起”，以及“发生什么事了”，还有“我真的好爱你，我那是担心你”。但是小多每次都会转移话题，要么大声回答《命运之轮》节目里的问题，要么高声吟诵世界文明史课本里的印度教格言。

不过，小多也调查了多萝西的过往。以前当多萝西失踪的时候，小多主要查的是多萝西现在在做什么——她常常对多萝西的个人故事坚信不疑。小多跑去公共图书馆最大的分支，这地方她已经好些年没去过了。在图书馆里经过几个小时的搜索，她从《生活》杂志上一篇关于桥水医院的文章里找到了一张多萝西的照片。

那篇文章所表明的日期是一九七九年一月十四日，特写照片上的多萝西身穿褪了色的灰色病服，坐在一间似乎是音乐室的房间里。那如瓷器一般光滑的皮肤，跟现在几乎一模一样的发型，还有傲慢地略微上扬的嘴唇：绝对是她。照片有些模糊，多萝西也没正对着镜头，感觉她根本就不知道相机的存在。据那篇文章所说，桥水医院是位于加利福尼亚州门罗帕克市的精神病医院。有人说这家医院是《飞越疯人院》的原型。文章写的是精神病院去机构化，转为社区型精神健康服务，不过那时的桥水医院还是一个相当与世隔绝的机构，医院职员采用的是心灵操控和强制性疗法。医院里的病人大多患有严重的精神障碍，被列为危险人物，不适合其他形式的医院环境。

文章到此为止。

小多继续查找。翻洛杉矶县志的时候，她找到一张针对多萝西·班克斯的法院保护令。保护令中所要保护的对象是多萝西的外甥女小多乃至小多的妈妈。小多逐个翻找文件，想看看这张保护令有没有被撤销或废除，或者诸如此类的法律术语，但她没有找到相关记录。

小多的怒火噌噌直冒。她不想证实妈妈所说的任何一句话，同时又感到心如刀绞。如果妈妈说的是真的，那么对姨妈而言，小多算什么？一枚棋子？多萝西爱过她吗？多萝西有爱过任何人吗？或者，这一切可能都是一场精心设计的阴谋。如果所有事情都是妈妈一手操控的呢？比如编造代理型孟乔森综合征的故事，弄得护士们都信以为真，再把多萝西赶走，出于泄愤又申请了那张禁止令？然而，士的宁检查报告就摆在眼前。会不会是妈妈自己给小多下毒，再把黑锅扣在姐姐多萝西头上？

真相到底是什么？她应该相信谁？

她不知道该怎么办了。她发现自己会为了鸡毛蒜皮的事大发脾气——高速路上被人超车，销售员说话不中听，键盘上的Q键反应不灵。她气得到处扔书。她不喜欢这个状态的自己。最后，两天之前的夜里，她把查出来的东西全告诉了马隆，包括她妈妈的指控。妈妈说的那些话，跟她小时候住院的情形吻合得让人胆寒。在胆战心惊的搜索过程中，她发现，按照加利福尼亚州的失效法规，她仍然可以把姨妈对她所做的一切诉诸法庭。或者她妈妈也可以，如果真到那一天的话。

或许会有那么一天的，毕竟她妈妈已经报警了。警察去白玉兰酒店了吗？多萝西被关进监狱了吗？小多不断地搜索新闻，却什么也没找到。孟乔森综合征这样的故事能勾起当地公众的兴趣吗？那魅力十足的前社会名流因虐待外甥女而被逮捕呢？思来想去，小多打给了白玉兰酒店，问多萝西·班克斯是不是还住在那儿。“没有，她几个星期前退房了。”酒店服务员说道。酒店工作人员的话是不是真的？还是白玉兰酒店在袒护她？

那天早上，正当小多宿醉醒酒——这宿醉感如此真切，和以往在多萝西的套房里醒来时头昏脑涨的感觉完全不一样——的时候，宿舍门那儿传来一阵敲门声。她的男朋友抬起头，但是没动身。小多平静地走向门厅，离门还有几步就愣住了。多萝西就在门外。小多知道一定是她。

小多的心提到了嗓子眼，目瞪口呆地转身望着男友。男友点了点头。“小多？”是她的声音，“亲爱的，可以让我进去吗？”

男友脸色煞白，刚要站起来，小多润了润嘴唇，示意他坐着别动。

敲门声再次传来：“我知道你在里面。我从窗户那儿看见你了。”

小多转眼对上了房间那头男友惊恐的目光。

“我想你了，亲爱的。”多萝西的声音传来，“你妈妈和我的恩怨仅限于我们两个，她不应该把你牵扯进来。我只想看你一眼。我有东西要给你。”

小多使劲咬着指关节，心想这肯定会留下牙印。最后，她走到门前，开了一道缝。多萝西站在门外，头发披散着，露出几根灰发。多萝西的眼袋很重，额头和嘴角满是皱纹，身上散发出一股酸臭味，肩膀上软趴趴地耷拉着一条貂皮围巾。小多有种感觉，自从两人上次见面以来，多萝西就没再睡过觉、吃过饭或者化过妆。突然间，小多怀疑多萝西是不是从白玉兰酒店逃出来的——逃避警察。也许多萝西一直睡在车里。她来这里或许冒着巨大的风险。

小多开门的那一刻，多萝西舒了一口气，然后用胳膊抱住小多的脖子。“噢，亲爱的。”她张口说道，“我太想你了。”

小多的手垂在两旁，心脏怦怦直跳：“呃，我一会儿还要上课。”

“我知道。给你这个。”多萝西在手提袋里翻来翻去，递给小多一样用红纸包着的东西。小多把纸包塞到腋下，可是多萝西摇摇头，示意她现在就打开。小多慢慢地解开封皮，里面是西尔维娅·普拉斯写的《钟形罩》，书上落满了灰尘。

“一版一次。”多萝西说道，“收藏品。”

小多把书举到鼻子下闻了闻，那书散发着霉味、纸浆味和陈旧的图书馆的味道。她早已读过《钟形罩》。送这本书给人一种诡异的仪式感，透着可怕的精明，仿佛多萝西已经知道小多查出了她的底细。

“陪我吃顿晚饭吧。”多萝西拉住小多的手轻轻说道，她的手指冰冷干瘦，“就今天晚上。求求你了，亲爱的。去咱们的老地方。求求你，我把所有事情都告诉你。我会解释你妈妈为什么这么做。你得听听我的说法。”

“你不是应该担心被抓吗？”

“哦，亲爱的，不用担心警察抓我。你妈妈……那是吓你的，也是吓我的。求求你了，我不会要你做什么坏事。求求你陪陪我吧。这很重要。”

小多感觉男朋友在椅子上挪了挪。脑袋里突然传来一阵痛感，又倏然消失了。“好。”她轻声说道，“我会去那里找你。”

小多关上门，双腿颤抖着转身面向男友。男友瞪着她说道：“你是不是有病啊？马上打电话报警！”

“别，我有个想法。我有办法证明这是不是真的。如果是真的，我们再报警。”

小多把自己的想法说给马隆。他用手捂住双眼，摇了摇头。

“不行，小多。绝对不行。你不能那么做。”他列举了各种原因，小多听了点点头。也许他说得对，这个办法太过危险，甚至违反了法律。他们应该等着多萝西再次登门，然后报警。小多的男朋友说他会每天晚上守着她，保护她，避免她独处。

小多男友的闹钟响了。他该去上课了，她也一样。“答应我一会儿不要去见她，好吗？”在院子里分别的时候，马隆哀求她。

“我答应你。”小多答道。

马隆憔悴的脸上满是警惕和悲伤。马隆像多萝西那样，把小多的小手抓进自己的大手里：“好。有什么事就打电话给我，我手机一直开着。我每隔十分钟就看一次。”

“嗯。”

“八小时后再见，好吗？”

小多点点头：“我会在这里等你。”

八小时太漫长了。小多努力地等着时间慢慢流逝，而她也做到了。但七小时过去之后，她改了主意，出了学校。如果她不去那里，如果她不实施自己的计划，谜团将会永远笼罩着她。

她一定要查明真相。

第十七章

我推开酒吧的门，安德鲁正坐在他经常坐的位置。谢天谢地！一看到我，他就猛地坐直了身子。他饥渴的双眼直冒绿光，眼神从我的双腿飘忽到腰部。我的心怦怦直跳，双腿却不由自主地朝他走去，脸上还带着笑意。

“我有事找你帮忙。”我一边坐到他身旁的凳子上，一边说道。

“你哪回找我不是有事？”他虚情假意地说道。

我告诉他，我知道他的身份。我把自己遇到的事和想要他帮忙的事都说了一遍。安德鲁似乎很惊讶。“掉进游泳池的姑娘就是你？”他说道，“我老爸说你喝得烂醉。”

我没搭他的茬：“我想跟当晚值班的码头酒吧酒保聊聊。这件事很重要，我想知道当时跟我说话的人是谁。”

安德鲁凝视着角落里的爆米花机。他靠在椅背上，喝了一大口酒。滚石乐队的摇滚乐萦绕在我们耳边，贝斯的音调高昂，震得我牙疼。他的手在腿侧拍打，然后在虚空里晃动，仿佛在敲打想象出来的架子鼓。他向我投来渴望赞许的眼神，我挤出了几声笑。我讨厌被迫假笑。我讨厌有求于他，我讨厌自己卑躬屈膝地向他求助。

把我折磨得忐忑不安之后，他终于说道："我或许能弄到这种消息，只要你愿意……"他朝卫生间扬了扬下巴。

"你先打电话。"我讨价还价，"打完再说。"

安德鲁往后靠了靠，突然谨慎起来。可惜我不在乎他是不是怕我食言。若他怕了，或许还是个好现象。

安德鲁叹着气从口袋里拿出电话拨了一个号码。"克里斯？"他停顿了一下说道，"嘿！安迪。"

安迪？他的语气是那么的平稳、自信乃至过度自信，连我也大吃一惊。

"嗯，兄弟，我很好。听着，能不能把码头酒吧……"他转向我，"四个星期前的值班安排发给我？"

我点点头。

"四个星期。嗯，四个星期多几天。星期六的，码头酒吧。对——我想看看星期六晚上谁值班。"

"是瑞奇。"我大声说道。这一点我很清楚。

安德鲁静静地听着，然后挂断电话看着我："瑞奇。记得真清楚啊。"

"对，但我想直接跟他说话。"

安德鲁嘟囔了一声，又拨了一个号码。这次通话的是另一个人，我看着他跟人解释要找的人是谁。过了一会儿，安德鲁问我要电话号码。这倒是头一次。他冲电话里重复了一遍，挂断了电话：“瑞奇会在一个小时后打给你。”

“一个小时？”

“我尽力了。他老板给他打过电话，他没接。不过他今晚上班，所以一个小时后会去酒吧。到了就打给你。”

“能不能把瑞奇的号码给我，以免他忘记打给我？”

安德鲁露出了跟宁静酒店网站上一样的假笑：“抱歉，我没记住。”

“你能不能再打过去？”

“丽莎，他说了会打给你。别这么难缠。”

他伸手来搂我的腰，想得到我承诺的回报。我往后一退，手握成了拳头。

“想得美。”

我急忙从凳子上下来。希望这是最后一次见到安德鲁。

酒吧里比我刚进来的时候更热闹了；大家都盯着电视上的棒球比赛。酒保布莱恩在给人上酒；我朝门边溜的时候，我们的眼神在空气中相遇。他喊出我的名字，后边的话我没听清。

“什么？”我凑过去问道。

“有人来找你。”他指着前门说道。

我猛地转头朝窗外看去——蝙蝠车停在外面。我的心吊到了嗓子眼里。德斯蒙德坐在乐透机器边上的一张白铜桌子前。我停下脚步，思忖着该说什么，可脑子里竟然一片空白。

我绞尽脑汁，只挤出一声“嗨”。

“艾丽莎。”他把手指交叉起来，“我以为你今天不会再查下去了。”

我用手捋了捋头发。“我知道，对不起。我只想赶紧问一问，所以……”我耸了耸肩，露出歉意的微笑。我瞥见酒保布莱恩对我怒目而视，或许正小声咒骂我。

“那你查出什么了吗？”德斯蒙德问道。

“没有。咱们走吧？你说得对，我应该把心思都放在那个节目上。接咱们的车马上就要来了。”

德斯蒙德朝我身后的某个人皱了皱眉。我转身一看，是安德鲁。他站得离我并不近，身上却有股我的香水味。他脖子上还有个大大的唇印——不是我亲的，但那鲜红的唇印看起来就像是我刚留下的。

我注意到德斯蒙德的目光也落在了那个唇印上。我的脸唰地一下红了。走开，我在心里催促安德鲁。可他靠得更近了，还把两手鞠到我耳边，让我听清他说的话。

“丽莎，我在地上找到了这个。”

他把一样东西按到我的手心里。我伸开手，愣住了。那是一只金耳环。我摸了摸耳朵。一只耳环快活地来回摆动，另一边的耳洞上却空无一物。更恐怖的是，安德鲁摸了摸我的脸蛋，说了一句：“瑞奇会在一个小时后打给你。”

说完这些，他就钻进了人群里。我头晕目眩，颤抖着转身看向德斯蒙德。我想摆出一副无辜的笑脸，但我一下子就看出德斯蒙德得出了什么结论。他惨白着脸，眼睛眨个不停。他从凳子上窜下来，后退着离我越来越远，一直退出了门，走向街边的蝙蝠车。

“德斯蒙德。”我追上他，抓住他的袖子，却被他甩开了，“怎么了？”

“怎么了？”德斯蒙德吐了一口唾沫，和我瞬间对视了一眼。他的眼神里充满了怒意，我从来没见过他这么生气。他摇摇头，走到开着车门的驾驶座旁，坐进去，然后把车门拉了下来。我拉了拉副驾驶的门，可门被他锁上了。

“德斯蒙德！”我哭喊着使劲拉门把手，“快开门！开门啊！不是你想的那样！”

德斯蒙德从窗户里望着我。我把手贴在车窗上。车窗玻璃冷冰冰的，仿佛在冰柜里放了好久。天气这么热，窗户怎么会这么凉？我脑子里只想到这个，因为其他事情都太难思考，我也不敢去思考。

德斯蒙德发动了引擎，然后摇下车窗。“德斯蒙德。”一股冷气扑面而来，我绝望地说道，“德斯蒙德，求求你。对不起。我神经有问题，很严重的问题。我的磁共振扫描结果是阴性。我可能根本没住过院。我有话要跟你说。我们一定要说清楚。你说过你会帮我的，还记得吗？”

德斯蒙德的眼神仍然充满怒意。过了一会儿，他终于垂下头说道：“不，艾丽莎，我帮不了你。从现在开始，你只能靠你自己了。”

摘自《多萝西的往事》

在小多没来的几个星期时间里，M&F 发生了人员变动。娃娃脸酒保走了，换成一个矮胖、阴沉的苏格兰人。服务员领班身材瘦削，一头黑发。递送菜单的是个女服务员，她跟男服务员一样，都穿着男士白衬衫、长裤和方头鞋。给小多和多萝西旁边的桌子上特价菜的时候，她的声音听起来非常深沉而男性化。小多把注意力集中在这个女服务员的身上，借以驱散自己的紧张情绪。小多想象着女服务员一会儿换上裙子，脱掉那沉闷的鞋子，跟男朋友或女朋友去到某个地方，过上自在闲适的生活。

伯尼还在，两人刚坐下他就跑了过来，满心喜悦地欢迎两位最可爱的女士重新光顾。

“酒我请了。”他慷慨地说道。他似乎对多萝西的到来没有任何的惊讶。小多环顾四周，门口没有警察堵着。

“她点什么，就给我照样来一份。”小多假装开心地喊道。

多萝西惊讶地皱了皱眉 :“那请来两杯斯丁格。”

伯尼调酒的那会儿，小多的小腿肚收紧了又放松，放松了又收紧，心里非常想去上厕所。多萝西似乎也很紧张，不断地打开餐巾纸又折好，一会儿拿手提包翻来翻去，一会儿又摆弄耳垂上的耳环。

“你能来，我很高兴，亲爱的。”她说道，“上次那事之后——我以为你不会来了。我不知道你妈妈都跟你说了什么，但她说的都是假话。”

小多耸了耸肩：“她不过是担心我而已。”

多萝西用手指揉了揉太阳穴。“她从来都不明白我的心思，从来都不懂。”她表情痛苦地瞥了一眼小多，“不过，幸好我还有托马斯。”她忧郁地看着两人身后的雨林动物壁画，“托马斯是我的宝贝疙瘩。只要合他的心意，他的脾气就特别好。还有，他真的好爱他妈妈。”多萝西低下头，“他死那天，我的心也跟着死了。”

小多体内的每一个细胞都静止了：“所以你才去了桥水医院吗？”

多萝西嘴部的皮肤松弛下来：“什么？”

“我见过你在那里的照片，就在《生活》周刊的文章里。”

伯尼放下酒杯就退开了。多萝西盯着鸡尾酒酒杯，然后拈起薄荷装饰物丢到餐巾纸上：“你果然查过了。你是个合格的调查记者。”

“我查你是因为我担心你有事瞒着我。”

“结果你查到了。”多萝西轻轻摸了摸嘴，“没错，托马斯死后，我就去了那里。我需要……一些时间，去思考，去逃离我的生活。”

小多点点头。懂了。或许这事没那么严重。这似乎是去那种地方最好的理由了。这个答案很合理，可以理解。

“丧子之痛是人生最悲惨的经历。想到他死时的样子，唉，我就觉得……心都被掏空了，一个人孤苦伶仃的。看来我当时应该跟你妈妈解释解释，因为自从那以后，她就担心我精神出了问题。”多萝西直视着小多的眼睛，小多一定是不由自主地点了点头，因为多萝西接着说道，“她想错了。比起世界上其他的任何人，我的精神问题并不严重。”多萝西把手指交叉到一起，“天啊，这些话在我心里憋了好久了，可我担心你会怕我，我担心你会不分青红皂白地评判我，就像你妈妈那样。”多萝西举起酒杯，“不管了。为鼓起勇气告诉我挚爱的外甥女真相干杯。”

“为鼓起勇气干杯。”小多拿酒杯跟姨妈的碰了碰。小多勉强喝了一口薄荷味的鸡尾酒，不过她总觉得斯丁格的味道就像人为了掩盖口气而嚼的口香糖。

“你妈妈对我在桥水医院的经历有偏见。”多萝西继续说道，“之后，当我抛下你的时候，她觉得这恰好进一步证明了我的精神有问题。她对我说：‘你走了，她会很伤心。’几年后，她又说：‘你回来只会让她心生困惑。你会给她带来不良影响。’”

“等一下。”小多插嘴道，“你不在这里的时候，还跟她说过话？”

多萝西眨了眨眼睛：“我想知道你过得怎么样，问问你身体好不好。这是她欠我的人情债。”

“你怎么不跟我说话？”

多萝西放下酒杯，双手平摊在桌子上，戒指闪闪发光：“亲爱的，你妈妈不让。”

“为什么？”

“因为……唉，说来话长。”

小多的双腿在桌下颤抖。禁止令，禁止令。那份文件是真的，行，但申请禁止令的理由是真的吗？自己怎么能想这么可怕的事情？小多连呼吸一下都觉得喉咙发紧。

小多抬起头时，姨妈已经恢复了平静，露出亲切的笑脸："你看着好紧张，去洗手间洗洗脸吧。"

"我没事。"小多坚决地说道。她不知道自己起身后能不能站得稳。

"听姨妈的话。"多萝西语气强硬地说道，"去休息一下，收拾收拾，回来咱们再好好吃顿晚饭，就像往常一样。"

就像往常一样。小多伸开手又握成了拳头。或许这是个突破口，一个机会——给两个人的机会。小多闭上眼睛，心知自己需要鼓起多大的勇气。机不可失，失不再来。她漫不经心地把杯子慢慢移到跟 M&F 餐盘首字母 M 平行的位置，然后努力控制着脸上的表情站起来。她的心在剧烈地跳动。

"好，我去去就来。"她鼓起劲说道。

洗手间是一条漫长的走廊，地面用黑白色瓷砖铺就，配有老式的黄铜洗脸池。小多从柜台上的碗里拿了颗薄荷糖，走进一个隔间，一屁股坐到坐便器上，嘴里吮吸着那块薄荷糖，直到它变成扁平尖锐的圆盘。小多心里想着餐厅里的多萝西，想着她独自面对两人的酒杯的情形。她在做什么？什么都没做……还是有什么小动作？换个角度去看，小多想让她有小动作吗？毕竟，神志正常的姨妈对于小多来说，跟盖普专卖店的纯棉 T 恤一样合心合意。难道自己是要验证幻想吗？这也太荒唐了——自己的幻想并不会实现，因为多萝西绝不会照自己想的那样做。多萝西那么关爱小多。两个人是知音。

隔间的门哐当一声，接着响起冲马桶的声音，小多的心里咯噔了一下。她想起了托马斯。“没错，托马斯死后，我就觉得心都被掏空了，一个人孤苦伶仃的。”多萝西对桥水医院一事是这么说的。

可托马斯是正常死亡吗?

小多的脑海里突然浮现出一个画面：她看过的照片上的那个小男孩在跟朋友玩耍，用手拿着玩具飞机在草地上奔跑，假装飞机在飞行。接着，小多想起多萝西曾说她确定托马斯的精神有问题，但医生不肯听她的话。小多想象着托马斯躺在病床上，身体越来越糟，情绪越来越两极化。“医生全是蠢货。”多萝西常常这么说，“都是蠢货，还是骗子。我早知道如果不检查清楚，他必然会做出自杀之类的举动。结果呢，你看，他自杀了。”

小多差点儿被嘴里的薄荷糖噎到。这两件事太相似了，小多不敢相信自己以前竟没有看出来。从始至终，自己一直在为多萝西丧子而难过，或许自己应该为托马斯难过才对。

小多甩了甩胳膊，精神抖擞地从隔间里出来。看着洗手间镜子里的自己，瞳孔那么小，胸脯起伏不定。她用胳膊顶开门，回到了走廊里。走廊里空无一人，突然间，她觉得一个弃置的电话亭后面传来一阵微弱的呼吸声。她静静地站在那里。阴影让人琢磨不透，也没有任何动静。

“有人吗？”小多喊道。

回应她的只有餐厅里低沉的嗡嗡声。小多脖子后面的汗毛竖了起来，可她没看到有人躲在长长的走廊里。她深吸了一口气，转身朝餐桌走去。

多萝西的双手放在膝上，可即便打远处望去，小多也能看出自己的杯子不再跟餐盘上的M平行了。心里有个声音说，这很正常，也许是伯尼挪了杯子。可小多已经开始学会无视这个声音了。

“哈，你脸色好多了。”多萝西在小多坐下时说道，“我就说嘛，去洗手间收拾收拾就会让人精神焕发。”

小多点了点头，双眼盯着自己的酒杯。从表面上看去，酒好像没被动过手脚，可她在期望什么呢？美达施之类的小颗粒漂浮在液体表面？还是颜色的变化？

“我替你点的。”多萝西继续说道，“汉堡，蘑菇，没有培根。四分熟。可以吗？要不要沙拉？我给你点了薯条。”

“不了，薯条就好。嘿，那个人是不是跟萨尔曼·拉什迪长得很像啊？”

多萝西皱了皱眉，然后顺着小多的视线看向吧台。小多知道，在姨妈的注意力转回这边之前，她只有几秒钟的时间。幸运的是，两人喝下去的斯丁格差不多，或者多萝西又点了一杯。只要迅速地移动几下就可以了。

“跟他一点儿都不像。”多萝西收回目光，说道，“相信我，我看得出来。”多萝西用双手圈住杯子，似乎一点儿都没觉察。小多几乎为她感到悲哀。小多对姨妈用了最原始、或许也是最低级的手段，而她竟然落入了圈套。

“你确实看得出来。”小多色眯眯地趴在胳膊上说道，“你不是说你以前经常跟他聚会吗？”

多萝西的眼睛亮了起来：“亲爱的，我给你讲个故事。”

小多靠在椅背上听她讲起了故事。现在她所要做的就是等待，还有抑制内心的焦虑。

第十八章

我喊着德斯蒙德的名字，追着他的车跑了一个街区。车子驶过我的出租房，他没有停下，而是在路的尽头右转，开上了小区里的另一条路。蝙蝠车的引擎轰隆声清晰可闻，可一栋栋房子遮住了我的视线。我垂头丧气地在空荡荡的人行道上被太阳烘烤着。安德鲁的卑鄙伎俩气得我面红耳赤。我那么信任他，结果呢？我连信息都没拿到。或许根本就没有信息吧。可能是我自己一直对码头酒吧念念不忘，问题是，这次不是肿瘤作祟，而是我本人。

身后传来引擎轰鸣声，我转过身，路边停着一辆高级轿车。司机从车窗探出头，问道："艾丽莎·方丹？"

"嗯——是我。"

"我是萨尔，《罗克珊医生》节目组派来的。我给你打了好多电话。"

我看了眼手机，没错，有个我不认识的310区号号码的四通未接来电。汗水浸湿了我的后背，这还怎么上节目？我得取消。

我翻了翻通讯录，准备打给劳拉——她肯定会怒火冲天——和波西——她可能会开始号啕大哭，或者因为紧张而立刻早产。然而滑稽的是，手机电量只剩下了百分之一。在我看着手机那会儿，它关机了。

轿车的引擎隆隆作响，扬声器里传出体育电台的低语。“第一次上这个节目吧？”萨尔问道。见我没回答，他又问道，“还没上过任何节目吧？”

我小声“嗯”了一声，算作回答。

“没事的。相信我，紧张不安的嘉宾我见多了，比你还紧张呢，结果都挺好的。”

我接过话茬，抬头问道：“有我认识的吗？”

他故作神秘地笑道：“我发过誓，要保守秘密。好了，上车吧。”

他出来打开后门，示意我坐进去。我瞥了眼车内：全皮革座椅，中间的托架里放着一瓶打开过的矿泉水，座椅靠背袋里塞了几本垃圾杂志。

我跨进车里，浑身僵硬地坐下来。我连安全带都没系。也许我们会出车祸，我会就此死掉。跟安德鲁在酒吧里的冲突自发地在我的脑海里无限循环。我摊开手掌，发现安德鲁还回来的耳环仍在；我握得太紧，它在我手上留下了一个印记。我颤巍巍地把它插进耳洞。我的喉咙开始发紧，我闭上眼睛，思索着德斯蒙德去了哪里，以后还会不会跟我说话，思索着我怎么会如此混蛋，为什么就不能消停一天。

“你是个演员吗？”

我的目光在后视镜里与萨尔的目光交汇："作家。"

"是吗？写什么书？自助类？"

天啊，我现在不想说话，可他和蔼的语气打动了我："虚构小说。"

"不是吧！我也想写书呢。讲的什么？"

我用手指戳着牛仔裤上的洞。希望到了节目组能有衣服换。节目，我的心又猛地一紧。为什么我要经历这样的折磨？

"爱。"我最后答道，"还有过往的经历。"

"嘿，这可是第一手消息。"他一边说，一边开上第五大道，"我的第一任老婆从一结婚就开始出轨，而且，听好了，还是跟我弟弟！"他咯咯地笑了起来，"我以为她爱我爱得如痴如醉，每次她说头疼，我就以为她是真的头疼。现在我明白了，她头疼个屁，那是跟尼克约会累了。抱歉，我说话不中听。"

我闭上双眼，司机当成了我要眯一会儿，这让我很是感激。车停下来时，我往四周看了看。据说《罗克珊医生》是在哥伦比亚广播公司大楼拍摄的，可这里完全不是那个地方。萨尔穿上交通闪光衣，开上一条漫长而漂亮的车道。"白玉兰酒店"，繁茂的绿色棕榈树丛之间立着的老式标牌上写着这几个字。

我脖子上的汗毛立刻倒竖起来："我们来这里做什么？"

"这周是外景拍摄。你来过这里吗？挺漂亮的。"他从后视镜里扫了我一眼，"姑娘，喝点儿水吧？你好像又在生气。"

"我没事。"我似乎这么回答了他，但我不能确定，因为一切都变得模糊起来。都是因为肿瘤，我拼命地暗示自己，可惜这个借口再也不能用了，因为这不是真的。然而，这个地方却唤起了我以前所未知的记忆。我不记得自己曾来过白玉兰酒店，但不知怎的，我知道这条路会在尽头转弯，两个服务生会从某根柱子后面走出来——他们的确走出来了。我还知道，下车之后，我会闻到一股橘子花香味——的确如此。我知道，迎接我的那个服务生——大鼻子，淡黄色短发，制服笔挺——声音低沉而别扭，带着点儿中部某地的口音。看啊，他来了。

我之所以知道这些，是因为我在书里写到了他。我写到了这里的一切。为什么书里写的都变成了真的？

“艾丽莎？艾丽莎·方丹？”

转头时，我的脑袋一阵眩晕。戴着《罗克珊医生》鸭舌帽的私人助理跑过来说道：“谢天谢地，你终于来了。赶紧去做头发、化妆吧。”

这位无名氏抓住我的胳膊，领着我走到停车场另一侧的拖车前。远远望去，树木一直延伸到平房区，那些建筑在午后的炽热阳光下闪烁跳跃。那股橘子花香味依旧弥漫在这里，可我并没有见到任何橘子花。互不连通的神经回路像牛顿摆里的金属球互相碰撞。我肯定没来过这里，可我对这里的印象却如此真切。构思《多萝西的往事》时，我上网查过这家酒店的图片，但我描写得那么准确，仿佛我的小说让这里变成了现实。

进了拖车，人人都开口跟我打招呼。化妆师身材娇小细长，眼神抑郁，她带我坐下，开始扑粉。“喝水吗？”一个浓妆艳抹的私人助理问道。另外一个私人助理接过手机，插上充电器。一个年轻漂亮的金发女子戴着耳机，手拿写字夹板悄悄走过来，用力给我的手上下推拿。

“我是罗斯·洛瑞。”她说道，“很高兴见到你。你的经纪人找来我们——终于能拍了，我太开心了。”

“哦。”我尽力压制自我毁灭的情绪。经她用乳液涂抹之后，我的手变得光滑起来。

“在这里做节目很厉害吧？”她把胳膊伸到拖车的小窗外，指着我们身后那栋巨大的酒店建筑。那建筑的颜色像刚拔了毛的鸡——我以前也曾有过这样的联想。

化妆师阿曼达要我仰起头，好给我贴假睫毛。“你第一个上台。”罗斯说，“之后是泰勒·斯威夫特，所以罗克珊可能会问你是不是泰勒的粉丝，我希望你回答‘是’。接着她会问你一些关于你自身的标准问题，多大年纪啊，在哪里读的书啊，为什么写这本书啊，都是我们提前发给你的那些。回答的时候别太复杂——这是实况录像，没办法重拍。”

“哦。”我低声说道，感觉化妆毛刷在我的眼睑上扫动。

“对了，我今天刚读完你的书，”罗斯说，“写得太好了！还特别让人心碎。”她露出两排完美无瑕的白牙。

放在柜台上充电的手机嗡嗡响起，我猛地坐了起来。又是一个陌生号码，不过这是从棕榈泉打来的。一股热流迅速在我的整个胸膛激荡起来。我瞥了眼化妆师：“呃，我可以接个电话吗？”

“可以啊，亲爱的。”她帮我下了椅子，“别说太久，好吗？大约十分钟之后就要上台了。”

我走出拖车，穿过停车场才接通电话：“你是艾丽莎·方丹？”有个男声问道。

“嗯——嗯……”

“我是宁静酒店的达利尔。安德鲁·考辛斯·格罗斯特给我们打电话，说你要找监控视频？”

“没错。”我的影子歪歪扭扭地映在草地上，仿佛我被肢解了一般，“码头酒吧的。”我给了他具体日期。

“不好意思，我们没有当晚的监控录像，当时摄像头关了。不过我把码头酒吧的瑞奇找来了，或许他能给你提供一些线索。瑞奇？”

“嘿。”瑞奇不情愿地说道，声音有些沙哑，语气很谨慎。

“嗨。”我的腰上突然出了一层汗。

“没错，安德鲁提到过你，我记得你。因为游泳池那事，我肯定会记得，对吧？你喝的是斯丁格鸡尾酒，那种酒我们很少做的。”

斯丁格！

“坐你旁边的那位女士也喝了斯丁格。”

“是个金发姑娘？”我不可置信地问道。盖碧绝对不会喝斯丁格，她什么都不会喝。我的心沉了下去，嘴里泛起斯丁格的味道，耳朵里再次传来“趴地跳跳车”的旋律。

“不是，你见了一个金发姑娘，不过她是之后才来的。这位女士是黑发，跟你一样。”

我张大了嘴巴：“你确定吗？”我完全没有印象。

“你是叫艾丽莎吧？我开玩笑说她跟你是孪生姐妹，就像是艾丽莎的分身坐在我面前。我喊你们‘双生艾丽莎’。后来，那个黑发女士看着你，说了些什么话，把你惹怒了。你面色铁青。”

“拜托，别盯着我。”我低声说道。

“她前脚刚走，你那个卷发的朋友就来了。”那边顿了一下，传来一声咳嗽，“嗯，我就知道这些。”

“谢谢你，瑞奇。”达利尔插嘴道。我都忘了达利尔还在听了，“方丹小姐，这能帮上忙吗？我想确认你得到所需的信息。安德鲁的朋友就是我们的朋友。”

我可能小声说了句“能”或“不能”，电话就挂断了。手机从我指缝间一滑，掉到了草地上。黑发女人，另一个我。我并没有特别震惊，而这才是最让我恐惧的。

我在记忆的迷宫里翻找，终于找出了几条线索。有个人坐到我旁边的座位上。我先是闻到她的酒味，接着看见三角玻璃杯里的棕色液体。我转过身，看见她坐在我身边，那么的泰然自若，那么的沉着冷静。我深吸了一口气。

那是我，一个模子里刻出来的我：同样的面孔，同样的身体，同样的笑容。“我一直在找你。”她说道，“拜托，别盯着我。”

我的心脏停止了跳动。它还会重新律动吗？我站在一辆路虎旁边。当我的眼神掠过车窗上映出的面孔时，我看到了她：她的眼睛，她的嘴巴，她的脸颊，她的皮肤，甚至是她的表情。我嗖地一下转过身，把尖叫吞进肚里，把她的名字吞进肚里。可那是我的名字，她也没在我身后，哪里都看不到她的身影。

但是在那间酒吧里，她就在我身旁，只不过我不知道她是谁罢了。

摘自《多萝西的往事》

小多努力集中精神听姨妈讲和纽约著名作家聚会的日子，但是非常吃力。多萝西不时地啜一口鸡尾酒，一点一点地把酒喝下去。一切都风平浪静，太好了，实在是太好了。

过了一会儿，多萝西用手肘托着腮，朝小多狡黠一笑。“我真的很高兴你今晚出来见我，亲爱的。你知道我有多想你吗？”紧接着，小多看见姨妈的头猛地往下一垂，下巴从手掌滑了出去。多萝西“哎哟”了一声，咯咯地笑了起来。小多感受着自己的身体状况：鸡尾酒喝到一半，但头脑仍然清醒，手没有发抖，视线也没有模糊。

她的心彻底碎了。她果然没有猜错！

就像无法再抵抗狂风袭击的破旧屋顶，多萝西突然失去了平静。她的脸颊迅速由苍白变成绯红，眼里涌出了泪水。她的举止开始变得大胆而随便，笑起来的时候几乎无法控制自己的嘴。她盯着自己的手掌，就像从来没见过似的。

小多环顾了一下四周，生怕有人注意到刚才的情形，可餐厅里来谈生意的人、医生以及初次约会的人，都沉浸在各自的世界里。幸亏多萝西有偏执症，执意要坐在隐蔽的角落。但小多的表情一定暴露了她的想法，因为当她收回视线时，多萝西正用清醒的眼神盯着她。

“你做了什么？”姨妈对她吼道。

小多舔了舔嘴唇，鸡尾酒让她的喉咙变得干涩。

多萝西看着面前的酒。也许在她眼中的酒杯已经变成了两个，或者在不停地旋转。接着她再次看向小多：“你……做……了……什……么？”

“你又做了什么？”小多平静地说，“那杯酒本来是给我的，不是给你的。”多萝茜的眼睛瞪得老大，“你怎么敢这样对我？”

“你又怎么敢这样对我？”

“你知道我得了癌症吗？”多萝西怒不可遏，“卵巢癌，我本来打算今晚告诉你的。可你却毒害我。你可能毁掉了我活下去的机会。”她从座位上跳起来，站在那儿四下张望，然后把目光锁定在通往厨房的通道上。然后她捂住胸口，往后门走去。那是她们常走的出入口。

小多也很快站了起来。她不知道癌症的事是真是假。但在追出去之前，小多看了一眼多萝西喝剩的酒。她端起酒杯走进卫生间，把剩下的酒倒进了水槽里。小多能感觉到保洁员正盯着她，但她并没有回头。她谁也没看。

小多追了出去。

在餐厅后的巷子里，小多追上了多萝西。多萝西躲在阴影里，弯着腰，发出阵阵干呕的声音。多萝西擦了一下眼睛，直起身，直直地盯着小多：“你想干什么？”

“要我帮你叫医生吗？要洗胃吗？做完这些，咱们再找警察。

因为我一定会报警的。”

多萝西用袖子抹了抹嘴，喘着粗气说：“你赢了。小多，你赢了。”

“这事无关输赢。”

“事情不是你想的那样。我只是想帮你。”

“怎么帮？”

多萝西仰起鼻子说：“那杯酒不会要了你的命，只会让你昏迷一段时间，这样我就有足够的时间顺顺利利地把你弄出城去。我会给你找个医生，你会没事的。”

“你以为我会相信你吗？”

“你应该相信。”

“你打算把我带到哪儿去？”

“玻利维亚。”

小多冷笑道：“为什么去那儿？”

“你去过那儿吗？几年前，我在那儿待过一段时间。那里风景优美，特别清静。”

“你不是去的非洲吗？”

多萝西的眼睛闪闪发光：“我们将会过上美好的生活。”

“你对我做出这些事，你以为我还会跟你一起去过什么美好的生活吗？”这条巷子连着一条大街，街上车水马龙，车灯明亮。但两人站在阴影之中，小多觉得没有司机能看得见她们，“谁能保证你不会再这样对我？给我下药，使我中毒，把我玩弄于股掌之间。”

多萝西脸上露出了失望的表情：“很遗憾你是这样理解的，

亲爱的。”

“我还能怎么理解？你扇我一巴掌，我哭了，你就可以给我拥抱。你给我下毒，我病了，你就可以照顾我。这简直……有病。”

“你明显是听信了你妈妈的话。这些话一听就知道是她说的。我把你照顾得恢复了健康，亲爱的。你一喝酒就醉，可不是我的错。”

“那你为什么不送我去医院？为什么要把我藏在你的屋子里，找那个诡异的辛格医生来给我做静脉注射？”

“辛格医生是我的老朋友，所以……”

“别再说了！”小多咆哮道，“省省吧！事情还不够清楚吗？我用了无数种方法去解这道谜题，希望答案不是这样，但这是我得到的唯一答案。”小多感觉眼里涌出了泪水，“你给我下毒多长时间了？你回来是想继续伤害我吗？你也害过托马斯吗？是你下毒让他发疯的吗？是你开枪打死他的吗？”

多萝西步子笨拙而沉重地走了几下，脸上带着残酷邪魅的笑意：“问题可真多。”

小多的血液变得冰冷。就在这一瞬间，她证实了自己的猜测：“你怎么舍得对自己的孩子开枪？”

多萝西转了转眼睛，撒腿往巷子对面跑去，摆动的皮草大衣在她身后就像一条尾巴。

“喂！”小多边喊边追了上去。

多萝西穿过大街。街对面有一道天桥，可以俯瞰繁忙的高速公路。多萝西的皮肤在街灯下显得灰白，额上的汗珠闪着微光。小多以前从没见过姨妈流汗。多萝西还捂着喉咙，仿佛透不过气似的，眼睛也凸了出来。小多很肯定她是在演戏。自己被下毒的时候，从未有过这种感觉。

“你想把我也杀了吗？”小多大声说道，“你喂我吃的药让我犯病，让我的病情加重。然后再治好我，登上《洛杉矶时报杂志》的封面，当拯救外甥女性命的圣人。”

“我不敢相信你会这么说。”多萝西气急败坏地说，她的声音有些沙哑，“我绝对不会这么做的。如果你觉得是这样，那一定是圈套。”

“谁设的圈套？”

“那些医生，那些护士，还有你妈妈。上帝呀，尤其是你妈妈。他们看我不顺眼。他们从一开始就看我不顺眼。”

“不，他们根本不是讨厌我。”多萝西摇摇晃晃地走到天桥边上，用手抓着栏杆，看着车流，“他们是恨我。他们都恨我。不肯接纳我，谁都不肯接纳我。但我比他们技高一筹，这些人真是太蠢了。”唾沫从她嘴里飞溅出来，她的脑袋无力地搭在肩上。也许这才是真实的多萝西，小多痛苦地想着。也许她以前见到、相处的那个人，只是和她长着相同的面孔。

“所以我们要隐姓埋名。”小多说道，“你不应该来这里。你不应该和我一起出来。你会被抓的。”

“是的，都是因为你妈——妈。”多萝西转动着眼睛，“我有没有跟你说过她从小就是一个讨厌鬼？”她停了一下，捂着喉咙，发出作呕的声音，嘴张得很大。小多看着她努力想要呼吸的样子，脸上渐渐没了血色，不知道这一切她是怎么伪装出来的。

“多萝西？”小多试探性地叫了一声，朝她迈了一小步。姨妈开始痉挛，眼珠直往后翻。她摇摇晃晃地往天桥栏杆退去。她的腿再也站不住了，仿佛骨头被抽走一般，手紧紧抓着喉咙。她应该只会昏过去啊，小多心想，就像自己以前那样。这种毒药不应该让她丧失身体机能，也不会要她的命。

多萝西跌倒在栏杆边上，开始呕吐，把胆汁都吐出来了——小多闻得出来。一大摊胃液和唾液径直洒在穿行的车流上。多萝西嘴里发出可怕的声音，然后沙哑地打了个嗝，又吐了起来，吐出了更多东西。即使灯光昏暗，小多也清楚地知道她吐的是血。

“多萝西。”小多轻声喊道，想扶着她的腰把她拉起来，可是姨妈纹丝不动。迫于无奈，小多从包里掏出手机，准备拨打911。她不敢想象接下来会怎样——她的妈妈又会知道这一切，医生会为多萝西验血，警察来做调查，她会受到牵连。当然，多萝西会进监狱，也许她俩都会进监狱。但小多不能对姨妈见死不救。

按下手机屏幕按钮的时候，小多的手指在颤抖。灯光照亮了她的脸，她按下了9。正在这时，头顶上的灯光突然熄灭了。小多抬头看了看街灯，希望它快点儿亮起来。

“多萝西？”小多紧张地叫了一声。她面前一片昏暗，却听见了脚步声和呼吸声。

一只手猛地抓住了小多的手腕，手机摔了出去。小多感觉自己的后背撞向了栏杆。她闻到了姨妈的香水味和带着胆汁味的呼吸，那味道近在咫尺。多萝西用令人吃惊的力量把小多推到金属栏杆上，压住她不放。

“我死了，你也要陪葬。”多萝西咆哮着说。这声音不再像她的声音，脸也不再像她的脸。她就像被附身了一样。

小多感到自己的臀部被提到了栏杆边上。她扭过头，无力地看着下面的车流。汽车自顾自地开过，如果有司机碰巧抬头，也只能看到一片黑暗。

凭着不知从哪儿来的一股力量，小多用力推开了姨妈。多萝西喘着气往后踉跄了几步。小多趁多萝西再次冲过来之前赶紧挺起身子。她从栏杆上滑下来，弯腰躲到一旁，躲开姨妈的突袭。紧接着，她不知道怎么抓起了姨妈纤细的小腿，也不知道怎么将它提了起来，把姨妈的上半身摔在了栏杆上。她没料到自己扳倒姨妈的力道这么猛烈，放手的时候也根本不知道姨妈的大半个身子已经越过了栏杆，悬在半空。小多的手指刚松开姨妈的脚踝，多萝西就整个人滑了出去。小多转过身倒抽了一口气，霎时意识到自己做了什么。她扑过去想要抓住姨妈往下滑的脚，但已经太迟了！她的手只抓到黑暗与空气。

小多尖叫着扒在栏杆上往下看去。底下一片黑暗，连姨妈坠地的声音也没有，但也可能是因为天桥太高听不见。一辆辆车飞驰而过，车灯什么也没照到。多萝西肯定在下面。过不了多久，就会有车碾到她。过不了多久，就会有人抬起头，查看发生了什么事。

她转过身，飞快地跑掉了。

第十九章

天啊，我想起来了！我在酒吧的凳子上摇摇晃晃，头晕眼花，视线模糊，但我能感觉到有个人坐到旁边的凳子上。我闻到混合着香柠檬和甜得发腻的乳脂薄荷斯丁格鸡尾酒的味道。我体内的所有细胞都静止了。我抬头看去，她就坐在那里。她就是我，又不是我。

这不可能！不可能！这肯定是一场噩梦，而最恐怖的是我竟然不知道自己怕的是谁。我自己吗？我的克隆体？邪恶的双生姐妹？

“别盯着我。”她说道。这个声音好熟悉，“我有话跟你说。你要仔细听。”

“方丹小姐？”

罗斯拍了拍我的胳膊。我发现自己站在停车场，手里抓着手机。她慎重地看着我，写字夹板夹在腋下。“你得回去做头发、化妆了。”瞥见我的脸，她的嘴张得像个圆圈，“你没事吧？”

我努力挤出一丝笑容，但我的笑脸可能更像是龇牙咧嘴的奉承。

罗斯拍了拍我的肩膀：“嘿，你一定能行。放松点儿。给你说哦，凯蒂正想方设法灌醉观众呢。无论你对罗克珊说什么，他们都会觉得妙趣横生。”

她伸手拉着我回到拖车里。我的胃在蜷缩，有那么一瞬间，我的身体歪了一下，不过我努力站直了。我迷迷糊糊地爬上台阶。看见我弄花的脸，化妆师什么也没说。她哼着歌给我抹唇膏。“像这样。”她说道，然后啵的一声将嘴唇并在一起。我照做了。我惊讶于自己还有心情做这个。

“罗克珊要做开场介绍了。”罗斯说，“你是第一个，艾丽莎。做好准备！”

我像僵尸一样直挺挺地任由她领着走下拖车台阶，穿过草坪。走到一面蓝幕前，她叫我停下。“在这儿等着，听到她喊你的名字，你就从这儿过去。”罗斯把幕布掀开一道缝，露出花饰露台上的临时舞台。六台摄像机正对着罗克珊。她留着齐下巴的淡金黄色头发，穿着医生白袍。我突然希望她是真的医生，那样的话，我就能被送进医院，躺到病床上。

我在裤子上抹了抹手心的汗。一个音效师跑了过来，再次检查从我的短上衣延伸到耳朵里的麦克风。我刚一转身，就看到了她。

灯光照来的一瞬间，那个人影一掠而过，离幕布几步之遥的全身镜里忽闪了一下。我仔细看去，只见自己的面孔回视着我。

可是，镜子里的我露出诡异的笑，那种表情是我做不出来的。我大喊了一声，猛地转身，麦克风的线被音效师的手指拉得绷直，夹子从我的上衣崩掉了。

"哎哟。"音效师小声说道，"亲爱的，你能不能站稳点儿？"

我再次望向镜子，那里面的人影不见了。我瞥了一眼罗斯，她用疑惑的眼神看着我。"嘉宾能进后台吗？"我问。

"不能，所有嘉宾都在露天看台上。你运气好，跟平常的片场相比，这次的观众少多了。"

她端详着我，然后低下头对着麦克风说道："阿曼达，你能来一下吗？艾丽莎需要补妆。"

"这么快？"耳机里传来化妆师的抱怨声。对，阿曼达，就是这么快。

我又看了眼镜子，仍旧没动静，但这已经不重要了，我看到了，我知道她在这里。既然她的确存在，所有事情突然就变得明朗了：被我排除的跟踪事件，被人监视的感觉，脑后那种古怪离奇的刺痛感，手机上神秘的病房视频，在宁静酒店被吓得冲往游泳池，和德斯蒙德一起在宁静酒店时逃离酒吧——这一切都是因为她。这个古怪的艾丽莎分身无处不在，就像神奇而无所不能的圣诞老人。

幕布另一侧有人要大家安静，萨克斯音乐和掌声响起，主持人开始讲话。罗斯听到耳机里传来的话，往前走了几步。我随意地环顾四周。身后是密密麻麻的小屋、轻便马车和茂密的棕榈树。她躲起来了，我能感觉到她在酝酿讥笑。我想把所有植物翻个底朝天，把她揪出来。

“艾丽莎。”罗斯回到我身边，戳了戳我的胳膊，“去吧。”

主持人一定是喊了我的名字，因为观众们都在鼓掌。我被人推着穿过幕布，摄像机转到我面前，录下了我呆立的模样。我想挤出笑脸，可我脸上的肌肉都已经被恐惧支配了。越过摄像机，我看见观众坐在类似正面看台的座位上，其中一个人特别显眼。我感觉到一股热血直冲脑门。

我指着她喊道：“你！”

观众里的那个我捂住了心口，她的嘴张得很大。光影变幻，那是一个中年妇女，衣着华丽，双唇猩红，膝盖上放着一个大号手包。万花筒再次转动，所有观众都变成了艾丽莎，上百个我的克隆体张着血盆大口。我眨了眨眼睛，她们又变回了一群陌生人。

我转身对着罗克珊：“帮帮我。”我的声音很低，麦克风没能接收到。

“艾丽莎？”罗克珊在沙发旁向我示意，“过来，亲爱的，咱们聊聊你这本轰动全国的新书。”

她脸上带着兴奋的表情，但我不知道如何回应。汗水从我的前额淌下。“我知道你在这里。”我大声说道，“我知道你想干什么。”

“你说什么？”罗克珊问道。

我再次扫视全场：摄像头，技术人员，观众，洛杉矶蓝色的天空。“出来吧，让我看看你的真面目。”我喊道。

“艾丽莎！”罗斯在耳机里喊道，“你在干什么？”

罗克珊站在那里，朝观众笑了笑：“呃，看来是出了点儿技术故障，现在插播一段广告。”

“不！”舞台右侧有个声音喊道，“继续！太精彩了！”

罗克珊的双唇紧紧地抿在一起。她身后闪过一道光，随之化为黑暗。那是另一个我，我猛地向它冲去。观众大声尖叫起来。罗克珊穿着高跟鞋摇摇晃晃地躲过我伸直的双臂，但我的心思不在她身上。我冲到椅子前，把椅子扫到一边，椅子腿在水泥地上嘎吱作响。我凝视着《罗克珊医生》条幅的后面；那是一个小型山水伊甸园，里面种满了开花植物，水塘里的涟漪欢快地跃动。我认得这个水塘，我心想。某天早上，我曾带着沉重的宿醉感坐在那里，往最底部扔过硬币。

不，你没有，那是小多，你没有。脑子里有个声音喊道。

是我，真的是我。

我从幕布后面冲出来，正对着观众喊道：“你在哪儿？出来，我要跟你谈谈！”我听见自己气喘如牛，我能感觉到自己脸上是什么表情，但我控制不住。我什么也阻止不了。

“插播广告。”罗克珊径直走向摄像机。

响亮的蜂鸣声传来，导演不情愿地喊了声“停”。观众的低语声越来越大，所有人都看着我，罗克珊急忙走下舞台。罗斯冲到我身边。“艾丽莎，”她说道。她的话里再没有丝毫的怒意，有的只是震惊和恐惧，“你跟我来一下后台，好吗？”

“不去。”我咬牙切齿地说道，唾沫星子从我嘴里喷出，落在她的脸上。

“你显然状态……不好，别吓着观众。”

“有东西要杀我。我一日不死，它就一日不休。”

罗斯注意到我的麦克风，一把将它从我衣服上拽了下来：“跟我到后台，喝点儿水，我们把事情弄明白。”

“你没听见我说话吗？”我嘶吼道，“我有危险！我！有！危！险！”

围观的人一阵唏嘘。“住手！”有人喊道，我感觉有双手拉着我往后走，“艾丽莎，住手！”

我低头看着自己的双手。不知何时，我的手拽住了罗斯的上衣，而且还不断地晃她。“对不起。”我开口说道，可罗斯已经跑向了后台。

我转身去看是谁在拉我，一个高大魁梧的光头保安抓住我的胳膊：“走吧，小姐。”

我看着他抓住我上臂的粗壮的黑色手指：“你——你要带我去哪儿？”

“离开这里。只要你不再闹，就没人会起诉你。”

我站稳脚跟：“别把我一个人丢在外面。她会找上我的。”

他面色一沉：“你闹够了，赶紧走。”

“求求你！”我哀求道，泪水淌顺着脸颊淌了下来，“求求你，我好怕！”

他推搡着我穿过幕布的缝隙，整个制作团队都站在这里：化妆师阿曼达；给我吹干头发的凯西；大约五十个私人助理。他们全都目瞪口呆地盯着我。熟悉的震颤再次袭来，整个世界开始打转，我浑身青筋暴突。我感觉自己的双腿一软，突然瘫到了地上。我不能走，待在这里至少还有人陪着，她就没办法伤害我。

“方丹小姐。”保安扯着我的胳膊说道，“起来。”

“我不能起来。”我嗫嚅道，“别逼我起来。别丢下我一个人。”

“起来！”

“我来吧。”

又一个人说道。这是我熟悉的声音。是比尔正站在我的面前，我惊惧不安地看着他——他怎么来了？突然之间，我开始怀疑他是不是也参与了——或许他们所有人都参与了，或许他们全都知道这个四处游荡、想要害我的女人是谁，或许他们都是一伙儿的。

我急忙躲开他：“别碰我！”

但是比尔的动作更快，他一把托住我的双臂。我双腿乱踢，拼命挣扎。“艾丽莎，亲爱的，别闹了，好吗？求你别闹了，是我，我不会伤害你。”他安抚道。

“我怎么知道你不会伤害我？我怎么知道还会发生什么事？”

“我早就知道你会承受不住，你妈妈和我都说过这话。我们会找人治好你，好吗？你不会有事的。”

他搀着我走过膳食服务桌，二十多个节目组的工作人员满脸震惊地看着我们。“她在这里。”我说道，“我知道她在这里。她会跟着我走出这里。她会跟着我们。”

“你……走吧，到别的地方再说。”

比尔扶着我走出片场，踏上一条铺满落叶的小路。阳光撒在我的头上，远处传来观众的掌声，《罗克珊医生》像什么事都没发生过一样照常进行，而我却要目睹自己的人生轰然崩塌。

比尔带我走过游泳池栅门，让我坐在一张长椅上。游泳池周边空无一人，每张桌子上都放着一摞叠得整整齐齐的毛巾，左边热水浴池里的水咕咕作响。这静谧的荒芜感让我胆寒。我刚坐下，就感觉从头到脚都在颤抖。“你怎么来了？”我问比尔，“你来做什么？”

比尔在我旁边坐下：“我担心你会遇到这种事。盖碧说她把游泳池的事告诉了你，我们就觉得你会把线索串起来。”

“什么线索？你在说什么？”

“不如你先说说你在惧怕谁吧？或许我能解释。”

我喉咙一紧。他果然知道她是谁？我想立刻跑开，可他的语气如此温和，让人心安。他不会伤害我吧？“这个……女人，长得跟我一模一样。我走到哪里，她就跟到哪里。我觉得她想害我。是真的害我，比尔，跟以前那几次不一样。至少我是这么想的。”我瞥了他一眼，“你知道她是谁，对吗？你不肯告诉我，所有人都瞒着我。我说的没错吧？”

比尔的双手从我的腿上滑落，脸上露出我一时无法理解的表情。愧疚，可能吧。还有挫败感。他深深地吸了一口气说道：“你说得对，我确实认识她。你说的是你姨妈。但是……她已经死了。”

我猛地畏缩了一下：“什么姨妈？”

“你妈妈的姐姐。她叫艾琳娜，艾琳娜·雷特曼。你们两个长得一模一样。”

我从他身旁跳开：“你在说什么？”

“你惧怕她是出于本能。她那些年一直都在试图谋害你——你小时候住院那会儿，还有之后。但是她已经死了，艾丽莎。她真的死了。你把她推下了天桥，她被车撞死了。”

我浑身一震：“不，不，那是小多和多萝西，那是我书里的情节！”

“艾丽莎，镇定点儿，好吗？镇定。她就是多萝西，你就是小多。她和多萝西、你和小多都是同一个人，只是名字不同。你失忆之后，就创造了小多，写了那本书，记录你的经历。你还不明白吗？正因为这样，我们读了你的书之后才那么担忧，才不想让你出版，你妈妈才在那个停车场里吓晕了你。那不是她的本意，她原本希望……唉，我估计她希望你能自愿跟她走，然后想办法说服你，让你自己打电话告诉编辑停止出版。我们的计划不够周全，只是知道必须做些什么。”

我仿佛整个跌跌撞撞地掉进了一口深井，井壁光滑无比，爬满了蜘蛛，深不见底。

“你说的都不是真的。我怎么可能把我姨妈忘得一干二净！”

“可你的确忘了。这可以理解，艾丽莎。我给你解释解释。一年半之前发生了些很可怕的事情。如果我们早点儿知道，就能阻止那些可怕的事了。我们只能在事后掩盖真相，防止你遭受进一步的伤害——不让你做的事情被警察发现，给你找人治病。我们都明白你为什么会那么做，亲爱的——当我们知道她怎么对待你的时候，已经太晚了，所以我们找了个医生移除了你的那些记忆。他给你用了创伤后应激障碍症患者的治疗方法，结合各种药物和各种心理疗法，我们以为治好了你，可没想到，这种疗法只是把记忆封存在脑海深处。那些记忆一直都在，恐惧的情绪也一直都在，它在你的书里得到了宣泄，现在又要通过其他的方式突破禁锢。”

我嘴里一阵发酸：“一年半之前发生了什么？”

“都写在你的书里：艾琳娜姨妈在医院里给你下毒，她回到镇里，那天外出吃晚餐，她的……死。”

我紧盯着他问道：“你是说，我写的都是真事？”

他痛苦地回答道：“嗯。”

“连小多……我？”我不敢说出口。

比尔紧紧地抓住我的双手：“你总跳水的原因就在于此。你觉得愧疚，要承担责任，而且心神不定，因为没有找到尸体。你总觉得她还活着，这让你惊恐难安。就像我说的，我们给你找了医生。你不能一直处于那种状态，所以我们迫不得已才插手了。”

我听得目瞪口呆，更多被拼凑起来。

“我没有得过脑瘤，对吧？所以加州大学洛杉矶分校才没有我的就诊记录。我查过了。我傻乎乎地口口声声说自己有病，其实我没有。我以为肿瘤复发，还去做了磁共振检查！”

他抿了抿嘴唇，说道：“你小时候脑子里长了个肿块，不过是良性的，而且当时已经切除干净了。你去年没得肿瘤，那只是我们的说辞，这样才更合理。没错，你没在加州大学洛杉矶分校就诊，而是在别的地方。”

我一脸震惊地问道：“做那种创伤后应激障碍症治疗？就那烂疗法？”

他沮丧地说道：“那是尖端技术。科学家可以靶定产生提高或抑制记忆的蛋白质的基因。新型药物作用于这些基因，阻断它们，从而抑制某些记忆。你也跟治疗师谈过很多次。他给你做过多次催眠，从那段时间来看，你似乎痊愈了。你忘记了……而这对你而言是最好的结果。我们自认为是在保护你，防止警察发现真相，也防止你伤害自己。”

怒火从我心底升起：“我不可能同意那么做。简直是扯淡。”

“唉，是我们强迫你的。我们申请了法律公文之类的所有东西，不过你可能不记得了。而且……那的确是扯淡，因为你不仅没忘记，反而虚构了小多。”他用手捂住双眼，“我们以为治疗起了作用，你的精神很好，很快乐。你开始写小说那会儿，我们以为你写的是别的东西。我们应该早点儿要来看看的。你说短期内不会出版的时候，我们不该轻信你的话。我们只是不想逼迫你，怕你的心理太脆弱，所以才给忽略了。后来我们担心别人读了之后发现里面写的都是真事。我们不想你出事，艾丽莎，你不应该为你所做的事受到惩罚。”

“我没做。”我反驳道。“我是说，多萝西——艾琳娜——根本没死！盖碧把我推进游泳池的那天晚上，她和我都在宁静酒店的码头酒吧。酒保看见她了！现在她跟着我到了这里，哪儿都有她的身影。”我突然想到另一件事，“据我所知，她在镇子里到处冒充我。有人见到我四处跑——瑜伽健身室，我上班的古董店，各种俱乐部——但我清楚地记得自己没去过那些地方。她这是要取代我！”单是说出这句话就让我不寒而栗。真的是这样吗？

比尔摇了摇头，说道：“艾琳娜死了，我向你保证。”

我泪眼婆娑地看着他说道：“你凭什么保证？”

“因为警察说她死了。死者身上有她的身份证，不过她的尸体被人领走了。我猜她是不想让我们任何人看见她。但那的确是她，艾丽莎，我向你保证。”

我使劲眨了眨眼睛，努力去消化这个消息。这根本就不可能。“你确定是我做的？”他悲痛地点点头，我继续问道，“你怎么知道？”

“因为你不停地说是自己做的。你像着了魔的女版麦克白一样，一遍又一遍，翻来覆去地说。”

我闭上双眼，突然之间，一幅图画在我紧闭的眼睑内闪现：两个女人站在高速公路天桥附近，其中一个年纪较大，长得很漂亮，披着皮草。她的肩膀上下耸动，张着嘴发出尖叫。她身后是护栏，左边圣母玛利亚医院的标牌闪闪发光，桥下的车头灯一闪即逝。

我看向她身边的那个人。这个人也在大喊大叫，虽然我看不清楚她的打扮——前景处的某个东西挡住了她的下半身，只露出了她的脸——但她十分面熟。她的站姿与我描写的小多在最后时刻的站姿一模一样。也许在那最后的时刻，她的想法也和小多一模一样。

我充满恐惧地看着比尔说道：“不是我，不是我。”话虽然说出了口，我却没了底气，因为那就是我，不可能是别人。

一道门被打开，记忆从门缝里涌入，这种感觉仿佛触手可及，我想捂住自己的头，拦住这肆虐泛滥的记忆洪水。小多的所有记忆并非我的记忆，一定不是。

接着，我试着接受这些记忆：艾琳娜·雷特曼，我的姨妈。

那段记忆冲过了堤坝。

幼时的我，在白玉兰酒店一间华丽的房间里欢呼雀跃，试穿艾琳娜·雷特曼衣橱里的礼服。

幼时的我，身穿一件过长的礼服，假装参加奥斯卡颁奖晚会，艾琳娜问我穿的什么衣服——“温思蒂·亚当斯晚礼服”，我总是这么回答，还问我的美容秘诀是什么——“少睡觉，多吃甜食”。

幼时的我，假装举办葬礼，我们两个躺在丝质棺材里咯咯傻笑，我伸手邀请妈妈一起玩。有时候她会参与进来，有时候她会急急忙忙地赶去上班。

幼时的我，躺在医院里，心里充满了悲伤和恐惧。艾琳娜姨妈穿着丝绸裹身裙，挎着香奈儿手包，四处张罗，把一切都安排得井然有序。

长相酷似我俩的斯特拉给我量血压。《洛杉矶时报杂志》；重症监护室；医生在走廊里对着某人大吼大叫。艾琳娜冷着脸。艾琳娜惊慌失措。

什么都别跟他们讲，艾琳娜在电话里跟我说。

比尔和盖碧来到我家，我倒出一杯伏特加，盖碧吓得瞪大了双眼。“也许你不应该这样做。”她说道——她这么说不是因为我被禁止喝酒，而是因为我生着病，因为她为我所经历的痛苦感到难过。父母把所有事情都告诉了盖碧，包括艾琳娜的事，所以她才背了黑锅，所以她几天前才不愿重新提起。

我回想起妈妈态度的转变，她变得越来越沉默，越来越生气。她告诉我艾琳娜去了法国，又不承认说过这话。我回想起自己在学校附近的停车场跟艾琳娜见面。我回想起坐在M&F餐厅的包厢里，抿了一口香槟。列奥尼达——他终于出现了！——和我跟着艾琳娜去了俱乐部。那天早上，我在艾琳娜的套房里昏昏沉沉地醒来，妈妈找到我，告诉我真相，而我不相信她，但在心里埋下了怀疑的种子。最后那天晚上，列奥尼达让我保证不去见艾琳娜，可我还是去了。

我听见自己大喊大叫，可我停不下来。为了挡住这叫喊声，我捂住耳朵，可它却在我的脑子里回荡。我感觉自己的膝盖再次打弯，同时模糊地感觉到比尔在努力扶我起来。我的双腿没有了骨头，软弱无力。我动不了了。

记忆像推土机一样不停地冲撞。我写进小说的细节：艾琳娜姨妈把钥匙交给妈妈，让她住进好莱坞山那间老旧的蛋白色房子。

“我只能做到这一步了，弗朗西斯卡。”她说道，“至少接受我的这点儿好意吧。”妈妈满脸的怒意和不情愿，可我们终究住进去了，不是吗？

我在白玉兰酒店里艾琳娜的床上醒来，看见她和辛格医生在起居室翩翩起舞。紧接着，艾琳娜死后，我跑到一家比萨店，列奥尼达弯腰看着我，我又逃到后走廊，躲在那里。我记得自己闻见双手上艾琳娜的呕吐物的味道，差点儿吐了出来。列奥尼达很生我的气，因为我没听他的话，不过他说现在可以报警了。

“不，不能去。”我说道，“她死了！她死了！”

“安静！”他嘘了一声，惊恐地回头看了一圈。我们离比萨烤箱只有几步之遥，不过音乐声很吵闹，收银台后的员工应该没听到。列奥尼达硬拉着我走出后面的紧急出口。“你不能到处说这种话。”他说道，“艾丽莎，我得带你离开这里。”

我们没回宿舍，而是来到了父母家门前。妈妈打开门，脸一下变得煞白。比尔挤过来，趁我晕倒之前抓住我的胳膊。

“你做了什么？”他轻声问道，“艾丽莎，你做了什么？”

我全都说了出来，每个细节都不放过：当天早上，艾琳娜来到我的宿舍，我揭露她对托马斯所做的事，多萝西——艾琳娜——承认了。妈妈的脸更白了。

“不。”她说道，“托马斯是吞枪自杀的。”

“你连这都信？”我讥笑道，“多萝西下毒影响他的大脑，然后带着他看了一个又一个医生，想从中得到怜悯，得到关注。这正是代理型孟乔森综合征患者的症状。是你让我知道了这种病——你应该早就想到的。是不是他自己扣动了扳机，我们永远无法得知了——但是，导致托马斯自杀的人就是她。”我摇了摇头，“你还不明白吗？我都这副样子了，你还不明白她对托马斯做过什么吗？”

妈妈用手捂着嘴，泪水狂涌而出。各种情绪在她的脸上变换：惊恐，愧疚，或许还有悔恨。

接着，她毅然采取了行动。

“进屋。”她用双手扶着我的肩膀说道，“这件事不许跟任何人讲，谁都不能说。有什么话，我们替你说。你那么做是出于自卫，但最好别让其他人知道。懂吗，艾丽莎？懂吗？”

记忆骤然中断，大脑归于平静。我睁开双眼，环顾四周。我坐在浴池区的躺椅上，池水平坦如镜，没有一丝波澜。《罗克珊医生》的舞台那边传来泰勒·斯威夫特轻快的歌声。

我要站起来，我要动起来。我狂暴地甩动手脚，想把记忆甩掉。我要摆脱这个脑袋，摆脱我自己。这么重大的事情，这么恐怖的事情，我竟然给忘了，这本身就是一种犯罪。我站起身，迷迷糊糊地从比尔身边闪开。

“艾丽莎？”我听见比尔喊道，“艾丽莎，你——”

它就在我面前：潺潺的流水声，蓝色的水面，等待着我来休憩。我挥舞着双臂，跌跌撞撞地朝它走去，然后猛地一跳。地面与水面之间的距离恰到好处，我多么希望自己能展开双臂，自由地翱翔。

砸到水面的一瞬间，我体内的所有痛苦开始缓解。喧嚣声停了下来，记忆开始消散。我睁开双眼，欣赏那蓝色的水泡。我任由自己向下沉去。我的肺开始衰竭，但有个声音告诉我，再等一会儿就解脱了。刚开始会难受，后面会越来越舒服。

痛苦将会一去不复返。

摘自《多萝西的往事》

当天晚上，小多睁开眼睛，觉得自己醉意朦胧。房间转得她眼花缭乱，肚子里像喝了酸水一样火烧火燎。这是她在父母家里以前住过的卧室。她不记得自己是怎么来到这里的。

外面乱糟糟的，她拉开窗帘，看到一辆停车驶入停车道。

她把卧室门拉开一条缝，听见警察走进门厅，正在跟她妈妈说话。警察提到了多萝西的名字。小多的心口一紧，猛然想起自己做过的事情。就这样吧，不得不坦白了。

她推开房门，鼓了鼓劲，可她继父突然冒了出来，一把捂住她的嘴。“嘘。”继父小声说道，同时瞪大了双眼警告她。小多困惑地看着继父。继父把她拽回了房间。

楼下传来轻声絮语：“能否描述一下你和你姐姐的关系？”

小多妈妈做出了回答，可小多听不清她说了什么。对话又持续了大约一分钟，门就关上了。

小多妈妈来到楼上，一副垂头丧气的样子。继父错了下身，让小多妈妈进到屋里。小多冲到床上，对将要发生的事情充满了恐惧。可小多妈妈进房间时的表情非常和蔼，她走到小多面前，抓起小多的双手。

“刚刚警察来了，来问多萝西的事。”小多妈妈平静地说道，“多萝西的尸体在太平间。”

小多深吸了一口气，审视着妈妈的脸，可妈妈不肯跟她对视。“哦。”她满脑子只有这一句话。

“警察想询问你，我说你都十年没见着她了。”小多妈妈终于抬头看向小多，“你记住了吗？”

小多舔了舔嘴唇：“可你说的不是真的。”

“不，是真的。”

“可是我——”

“不要再可是了。”小多妈妈严肃地说道，“就这么定了。”

小多咽了下口水。小多妈妈和继父互相看了一眼，小多静静地看着他们。

“可是有人看见我们了。”小多轻声说道，“餐馆的人，那家牛排屋的人。”

“这无关紧要。”

小多再次看向妈妈，妈妈仍旧不肯跟她对视。

“我能看看她的尸体吗？”小多问道。她要亲眼证实那件事的确发生过，证实多萝西真的死了。她还是不敢相信那件事真的发生了。下毒，操控——都是针对她，多萝西所谓的至爱。多萝西怎么能做出这种事？小多怎么会任由多萝西摆布了这么长时间？稍微有点儿警觉的话，会不会早些发现？

小多父母满脸震惊地对视了一下。“绝对不行。”小多妈妈说道。

紧接着，小多的父母站起来，走出了房间。“待在屋里。”小多父母对小多说，“不许出门。”

让小多恐惧的是，小多家人为多萝西举行了追悼会，还要求她必须去。不去就会引起怀疑。“表现得自然一点儿。”他们告诉她，“别跟任何人说话。”

追悼会是在M&F恰好食餐馆举行的，餐馆给所有人都准备了牛排，还无限量供应饮品。追悼会的气氛轻松愉快，有些好莱坞式的诡异。身穿白色夹克、裹着头巾的酒保配好了马蒂尼，有个人端着放满古巴雪茄的浅盘四处走动。一个肩上驮着猴子的女人走来走去；人和猴子都戴着冕状头饰。一群拉斯维加斯歌舞女郎表演了节目，之后上来一个滑稽戏舞蹈演员，又来一个人模仿了弗兰克·辛屈纳。餐馆里到处都是作家，可小多敢肯定，其中一些都是已经去世了的——戴着小眼镜的詹姆斯·乔伊斯，身穿大衣的奥斯卡·王尔德，还有幽灵似的弗吉尼亚·伍尔夫。有些人打扮得仿佛是在参加万圣节聚会：一个皮肤干瘪的男子戴着牛仔帽，蓄着八字胡；一个大眼睛的女人穿着七彩长袍，胳膊下面夹了个水晶球；一个体格健硕的男子脸上有文身，鼻子上穿了根骨头。

小多在觥筹交错的寻欢作乐者之间穿行。仅仅身处这个地方，就让她因负罪感而浑身起鸡皮疙瘩。唯一的宽慰是酒保伯尼和平时的其他服务人员都没在。奇怪的是，当她鼓起勇气问当班的酒保伯尼去了哪里时，那人眼神空洞地看着她，仿佛从来没有听说过这么个人。

更恐怖的是，棺材里没有尸体。小多一遍又一遍地追问，妈妈终于说多萝西在遗嘱里要求某位朋友从太平间取走她的尸体，并按照她的意愿处置，而遗嘱里显然没有说把尸体装进棺材，以便举行葬礼。小多心想，会不会是辛格医生去太平间领走了多萝西的尸体？小多在人群里扫来扫去，寻找辛格医生的身影，希望能得到一些答复，可是辛格医生没有出现。

有个戴头巾的女人举着喝了一半的马蒂尼，跌跌撞撞地朝小多走来。

“哦，多萝西，你人还没死就举办葬礼，太符合你的风格了。”

小多盯着她，心里直犯怵：“我不是多萝西。”

那女人迷迷糊糊地眨了眨眼睛。“哦。”她说道，“果然不是。你太年轻。不过，这个聚会把戏还是很棒！”

小多只觉得恶心。她躲开那女人，小跑着走远了，却发现自己推开双扇门进了另外一个就餐区。整个餐馆都因为葬礼而被包下了，这里却空无一人。餐桌被摆放得整整齐齐，上面盖着亚麻桌布，放着餐巾纸，但桌边一个人都没有。她踩着木质地板走向吧台，脚步声嘎嘎吱吱地回响着。

她往酒瓶后面的古董镜子瞥了一眼。如今的她与姨妈更加神似，这可能是因为她现在也心中有愧吧。如果她回到追悼会现场，假装成姨妈，会有怎样的效果？有多少人会相信？她思索着自己借多萝西的名义能做些什么。以前从不敢做的坏事，还是做些好事，以弥补姨妈的罪过？

看着镜中的自己，一种全新的感受袭来，那是震彻心扉的兴奋，让她禁不住左右瞥了一眼。就算多萝西罪有应得，自己做的事还是会被人察觉。即便警察查不到，多萝西的幽灵仍会知道。

仿佛在回应她的思绪，镜中有个人影在帘后动了一下。小多嗖地一下转过身，心都悬在了嗓子眼。“多萝西？”她喊道。

小多拖着双脚挪了挪，然后蹲下来，视线跟明净的玻璃持平。

“多萝西?”她再次喊道，牙齿直打战。那一定是多萝西。多萝西还活着。或许多萝西的尸体根本就没在太平间，或许自己的父母撒了谎，或许警察搞混了，或许正因为如此，辛格医生才也没来这里——他要保守秘密。这整个就是一场阴谋。

那帘子晃啊晃的，小多用双手捂住眼睛，心知多萝西会突然拉开帘子，走到她面前。小多从吧台后面冲出来，冲进后走廊，跑到了小路上。可眼前的场景是如此的熟悉，萦绕在脑海里不肯离去——这是两人争吵的地方。再走几步就是那家比萨店，马隆就是在那儿找到她的。小多的目光扫向下个街区的那家酒店。酒店前门有个用小门围着的地方，那是给顾客使用的游泳池。眼下，游泳池空空如也，池边的灯照得池水泛着金光。

身后传来一阵脚步声，小多的胳膊上起了一层鸡皮疙瘩。她脑子里只有眼前的游泳池和那般切召唤她的池水。她朝游泳池冲了过去。篱笆高耸，可她一下子就翻了过去。转身看去，有个人影也翻过了篱笆。她尖叫一声，双臂打开，一头扎进了水里。下沉的速度很快，她的头先撞上了池底。

她先是闭上双眼，接着翻了个身，又睁开了眼睛。有个人站在池边的台子上。令她惊恐的是，那个人也跳了下来。小多拼命游开，可她已经呼吸不畅了。她感觉自己被人拽到了水面上。她的肺部急剧地渴望氧气，一到水泥台上，她就吐了出来。她的头发湿漉漉地贴在脸上。

看清眼前的人是妈妈时，她哭了起来：“她来找我了。她来找我了。”

小多妈妈拿毛巾按在小多的心口：“没人来找你的，我向你保证。”

“假的！除非我承担罪责，她绝不会善罢甘休。”

小多妈妈拉长了脸：“你没有做错事。坐起来，你自己看看，这儿根本没有人。她死了，小多，她真的死了。”

虽然全身无力，小多还是照妈妈说的做了。游泳池附近一个人都没有，街上一个人都没有。小多摸了摸自己的脸和湿漉漉的头发，双腿因为寒冷而开始发抖。小多看着妈妈，心里有根弦绷断了。“我不能自欺欺人。”她脱口而出，“这是不对的。”

小多妈妈的眉毛拧成了一团：“你必须这样。”

“不，我做不到。”

“小多，你必须这样。”小多妈妈用手抱住小多的头，“答应我，求求你，我不能没有你。”

这是小多妈妈对她说过的最温馨的话，尽管惊恐如流沙一样吞噬着她，小多还是感受到了。可这股暖意流逝得太快，几乎没有留下任何痕迹。“我不能再这样下去了。”小多再次说道，“我不能苟活着。”

“那我们就想办法帮你摆脱。”

“怎么做？”

“我不知道，但我们一定会想出办法的，咱们一起想办法。”

小多的眼神直愣愣的。她曾经吃过甜言蜜语的苦，可她却不由自主地靠在妈妈的胳膊上，感觉有了依靠和慰藉，至少此时此刻，她是安全的。

第二十章

我的脸贴着比尔车里的皮革座椅，湿漉漉的头发弯弯曲曲地黏在身上，流湿了脖子，汗水成串地洒到手心。同样浑身湿透的比尔试图把安全带扣在我的腰间，但我的躺姿很不方便，他便放弃了，任由我不系安全带。我闭上双眼，沉浸在痛苦之中。我不想呼吸，我不想活着，为什么比尔要把我从游泳池里救出来？

过了一会儿，我看见车窗外掠过一片绿色的天空和半截树的影子。比尔在跟人打电话，但我听不清他说了什么。我一定是又昏了过去，因为再醒来的时候，我已经垂头弯腰地坐到了轮椅上，比尔在跟病患分类护士说话。

护士问："她有自杀倾向吗？"

比尔说道："对，她不会游泳，却跳进了游泳池里。"

比尔用一只手碰了碰我的胳膊："宝贝儿？"热气扑到我的脸上，还有股乳胶手套的味道。头发搔弄着我的耳垂。我尝试看向声音的来源，但我的双眼不肯配合。

“她不会动了。”那个女人说道。

有人架着我的胳膊，把我放到一张床上；我翻身侧躺着，蜷缩成了一团。周围混杂着各种声音：滴答声，叮当声，脚步声，还有叹息声。

“有人吗？”很久以后，我抬起头问道。天色已黑，屋里只剩我一人。我回到了七岁时的场景，胳膊上挂着骷髅魔法手串。我刚刚打翻了装满鸡肉和胡萝卜的盘子。眼前的一切都有重影。我又问了一次：“有人在吗？”

“我在呢。”椅子嘎吱嘎吱地响了一下。我凝神看去，看到妈妈站在床边，而我身上紧紧地裹着一条毯子。她用手摸了摸我的额头，带给我一丝暖意。

“我这是在哪儿？”我柔弱无力、缓慢地问道，“我的肿瘤复发了吗？”

她轻轻呼出一口气说道：“艾丽莎，好些年都没复发了。”

从某些方面来说，橡树精神疗养院比我想象中的还要差劲：房间里温度太低，毛毯又太少——也许医护人员认为病人会把毛毯系成绳索，从窗户爬出来吧。第一个星期，我蜷在床上，性情暴烈，既不说话、吃药，也不睡觉、吃饭，医护人员也没来送吃的。

“起来，该洗澡了。”护士粗暴地说道。或者：“坐马桶上，快点儿，好啦。”或者：“如果你再不吃东西，宝贝儿，我们就给你上喂食管啦。你自己选吧。”

我试图告诉他们我只想一死了之，但这里显然不给人这样的选择权。每当我想静一静的时候，他们都会使劲关门，大声说话。到了第八天晚上，我开始提出一些小小的要求——要水喝，要人带着去走廊里逛逛，找个人说话——他们有时候会忘掉我的要求。我口渴得要命，推了推门，却发现门锁着。我躲在屋里，一坐就是几个小时，直到最后有个护士冲进来冲我翻了翻白眼："起来！"

这可能是我的大脑在玩把戏，因为随着迷雾逐渐散去，我发现所有的医护人员都很亲切。

到了第三个星期，我开始跟其他病人交流。出门走动的时候难免会遇到他们：我们一起吃饭，一起看电视，有时候还会被迫跟他们结成小组。有些病人会像水蛭一样黏着我，絮絮叨叨地讲述他们的故事和人生，以及为什么会沦落到这里。让我惊讶的是，许多人说起话竟毫无不光彩的感觉。彼得骄傲地说这是他第三次入住橡树疗养院了；安吉拉给我看了她双臂上自己烫的许多伤痕；有个年纪比我小的姑娘，叫什么我不记得了，自豪地说她上次精神崩溃的时候给自己抹了一身大便。另一方面，有些病人看起来完全正常，只是略显倦怠：比如在角落里下国际象棋的吉姆和帕波罗；比如穿着丝绸浴袍的菲丽希缇——她化了妆肯定很漂亮——滔滔不绝地谈论她的孩子们；比如卡洛琳，她总在织衣服，见人就笑，逮着谁就说自己上半辈子烤面包特别在行。

然而，从某些方面来说，橡树疗养院超出了我的预期。我独占一间屋子，没有室友——刚开始的时候挺恐怖，因为我需要陪伴，把我从闹腾的思想里解脱出来，但现在看来，这是避开他人的绝佳良机。公共休闲室的电视有很多频道，架子上摆了许多好书。我们可以长时间的待在室外，抬头跟那燥热的太阳对视，脑子里什么也不想。

我的治疗师名叫阿尔伯特，肌肉发达，留着山羊胡，是非裔美国人。他那身材，谁敢靠近，一下子就会被他给坐死。我对此很满意，身边有个健壮的大个子男人让我很安心。在那间酒吧里艾琳娜姨妈坐在我旁边的凳子上发出的笑声，还有她在《罗克珊医生》片场那面镜子里一闪而过的面庞，依然在我的脑海中挥之不去。

阿尔伯特缓慢地帮我恢复记忆，他说我逃避过去是出于自我保护，还因为我被人操纵去忘掉往昔。他给我看了曾经要把艾丽莎从我的记忆里抹除的男子的照片，那是赫尔曼·莱文斯基，我跟波西在咖啡馆与他有过一面之缘。父母家里的那本宣传册就是这个怪胎写的。宣传册里只写了他是个信仰治疗师或诸如此类的头衔，没说他还是个神经学家，研发了几种实验性精神药物，拿人做试验。他和他的团队催眠了我——从十开始倒数——把我放进磁共振扫描机，叫我回想杀死艾琳娜姨妈的过程，然后小心翼翼地注射他研发的药物，抑制相应的记忆基因。结果，噗的一声，我的记忆没了。

做环锯手术的话，效果会更好。

当然了，赫尔曼试过的方法不止这些。除了往我大脑里注射的那些药物之外，他还用了过时的药物，比如乙醚，以及一些稀奇古怪的印第安药草。他冰冻我的中枢神经系统，把电极插进我的脑袋。我不记得这些，只是阿尔伯特给我读了赫尔曼的治疗流程的各种论文和文章。赫尔曼每天在我的病房里待好几个小时——这个病房根本不在加州大学洛杉矶分校，而是在偏远的莫哈维沙漠的一家医院，我估计只有在那里，他才能毫无顾忌地做这些荒唐的治疗——把涉及艾琳娜姨妈的记忆编成目录，再逐一改写，将艾琳娜彻底清除。由于我小时候得过脑瘤，这段记忆显然跟艾琳娜的联系太过紧密，所以干脆彻底抹掉。反正没人会想保留童年得脑瘤的记忆嘛。

问题是，我的记忆非常顽强，赫尔曼的方法无法完全奏效，那些记忆争着闹着要闯出来，于是才有了《多萝西的往事》，才有了纠结时刻钻出来的各种记忆片段，不过我一直以为自己是去年得的脑瘤，而事实上这是我小时候的经历。阿尔伯特没看过我的书，所以我得亲口给他讲述我的事。我对其中很多地方的印象仍然有些模糊；我分不清小多的故事什么时候终结，我的故事什么时候开启。我的内心有时否认所有过往，有时则认为其中一部分的确发生了，但过程很不一样。

“说实话，你家人真不应该通过催眠消除你的记忆。”阿尔伯特说，“那样根本行不通。最好是理顺你的记忆，理解它们，弄清楚它们的意义，判断你的想法。清除记忆？那只会给以后埋下诸多隐患。”

隐患的表现之一就是在《罗克珊医生》节目上发疯，但我没吭声——我不想让人对这件事说三道四。

于是我们共同理顺我的记忆——无数个混乱的记忆——逆转赫尔曼那可怕的治疗效果。随着记忆的片段逐一回归，艾琳娜姨妈的形象越来越清晰明朗。我一生的挚爱，艾琳娜姨妈，像带来小小愉悦的毒品，让我一次又一次地沉迷。我知道我应该恨她入骨，而且我的确恨她。但是有些时候，我会梦到我们曾经的谈话，我小时候两人的互相戏谑——她讲故事，我讲笑话，她说我是世界上最聪明的小姑娘。她抱着我说："所有的一切，亲爱的，都是假象。我爱你，我爱你，我爱你。"

醒来之后，我便把梦境说给阿尔伯特，他总告诉我，我对她爱得真切，这没关系，而且或许我会永远爱着她，但我还要明白她是个坏人，所有的错都在她，不在我。

"我在酒吧里见到你那会儿，你提到了艾琳娜。"盖碧和列奥尼达来看我的时候说道。当然，是我最终允许他们来看我的时候，"天啊，你那会儿吓得要死。'她刚走。'你说道，'老天啊，她还活着，这怎么可能？'我的心都碎了。你本应该把她忘得一干二净，可你却好像什么都记得，那段记忆蚕食着你，所以我只得阻止你。我不得不想办法……帮你恢复正常。我说你不能再提到她，而你说：'我已经提到她了，就在我的书里。'于是我让爸妈找到了你的书。我当时吓坏了。"

"之后呢？你在宁静酒店的酒吧见到我之后呢？"

"你站起来跑了出去，我不知道你要去哪里。你跑到游泳池边，语无伦次，好像……看见了某个人。你很害怕，说你必须做应做之事，否则艾琳娜不会收手。你说你来宁静酒店就是这个目的——你受到了莫名的召唤。你记得只有来到这儿，她才能找到你。那一瞬间，你的记忆全部恢复了，我们竭尽全力压制的记忆突破了禁锢。”

“第二天醒来，我全忘了。”我抱怨道，“你很开心吧？”

“噢，艾丽莎。”盖碧低头说道。

愤恨、戏弄、背叛、欺骗、蛊惑，种种情绪萦绕在我的心头。一个又一个谎言相互交织，而结下谎言之网的都是我爱的人。我以后还能再相信他们吗？

“听着，我曾发誓不再提起艾琳娜，我很看重这个承诺。”盖碧坦承道，“想到她会严重触动你的神经，所以我们把能让你想起她的生活片段也给抹除了。我们翻遍你的房间，扔掉了所有纪念物。后来，我们连你的脸书主页也注销了——你发的几条动态提到艾琳娜在写的书。我们不能留下任何漏洞。”

“喔。”我喃喃地说道。这下我明白吉吉说我们第一次见面的时候她看过的是哪个脸书主页了。

盖碧干巴巴地笑了笑：“不管怎么说，你在酒吧看到的并不是艾琳娜。那是不可能的。”

我斟酌着这句话。不可能吗？我看着像电线杆一样杵在那里不说话的列奥尼达。我不再把他当成陌生人，对他的所有感情像重温挚爱的书籍那样变得鲜活，但我也很生他的气。

“你怎么也掺和进来保守这个秘密？”我质问道。顶着一头油腻成麻绳的脏发，腋窝也好久没洗了，这让我感到有些困窘。

他耸了耸肩，说道："因为我什么都知道。你杀她之前就跟我说了，事发当晚，也是我救的你。"

"你也去了棕榈泉？"

"没有，盖碧打电话给我，说随后要聊聊那事。她当时急得快疯了。"

我凝视着天花板，舒了一口气："事发当晚，你究竟是怎么找到我的？"

"我回到宿舍一看你不在，就开车去了M&F——我有种预感，要坏事。我见你跑进比萨店，然后你就全说出来了。"

"之后你大声埋怨我不听话，把我丢在了我父母家，对吧？"

列奥尼达一脸懊悔地说道："我那天真应该留下来陪你。我整节课都心神不宁的——我知道你肯定会去跟她吃晚餐。如果我留下来，你就不会见到她了。"

"见不见或许没什么区别，她总归要杀我的。那一天迟早要来，故事的结局不会改变。"呃，基本不会改变，只不过我可能会听到艾琳娜坠落到高速公路混凝土上发出的闷响，还有汽车喇叭声，以及车子撞上她时的刹车声和"砰"的一声。

然而，我什么也没听到。唯一能证明她死亡的是警察当晚来到我家，说她的尸体在太平间。

"至于跟你分手——"列奥尼达咳了一声，"你爸妈请来的医生说我必须跟你分手。他们说，过往的羁绊，尤其是和她——"他做了个鬼脸，所以我猜他是指艾琳娜，"对你有害无利。你的主治医生甚至要求你妈妈跟你切断联系，但她严词拒绝了。"他走到窗前，“我也不愿就那么丢下你，真的。说句心里话，我简直度日如年，想你想得要命。”

也许将来的某一天，我会在意列奥尼达对这整件事的感受，但我目前最关心的是“艾丽莎怎么被人愚弄”，其他事情全都属于另一个频道，我没心思去管。

他们走后，我又想起未曾想到的另一件事。我们和艾琳娜一起出去的那个奇特的夜晚过后几天，列奥尼达和我开车出去，我仍然晕乎乎的——不知道艾琳娜给我喝了什么东西，每次都会让我晕乎好几天。我等着列奥尼达说“我早跟你说过，别喝酒”——换作是我，我肯定会说这句话。然而，他只是默默地开着车，一直开到圣莫妮卡。他把车停在游乐场旁边，打开车门。

“来这里干什么？”我问道。

“来玩。”他回答道。

他买了票，我们玩了所有的项目。宿醉还玩这些，听起来有些恐怖，但不知为何，喝了苏打水可乐，吃了两个热腾腾的大号椒盐卷饼之后，我头也不疼了，也不反胃了。我们牵着手坐在摩天轮上，在过山车上纵声号叫，用飞镖扎气球，赢了一个大大的史酷比毛绒玩具。一天下来，我们筋疲力尽，笑容满面地谈论家常。他想用这种方式忘掉自己被人欺骗的那个晚上。他想用这种方式告诉我：无论那是什么烂事，都是成年人的事，太过诡异，我还没做好心理准备。我只想做个小孩。

我也想做个小孩，就连现在也是这样。回想起幼时得癌症的时光，我觉得自己从来没有过童年，哪怕一天也没有。

阿尔伯特和我澄清现实之后，我们开始辨明真相，尤其是要彻底弄懂我怎么会有脑瘤症状以及艾琳娜怎么会有那么疯狂、病态的思想。我小时候的确长过肿瘤，没错，但那是良性的。我妈妈忙于工作，又要支付医疗费用，压力剧增。艾琳娜主动提出在我康复期间陪我散步，妈妈勉强答应了——她雇不起保姆，艾琳娜看着人还不错。呃，算是不错吧。“我想说的是，她儿子自杀，她几年前有过精神问题，但她似乎痊愈了。”妈妈、我和阿尔伯特进行联席治疗的时候，她坦承道，“而且她总是编造她年轻时候的故事给你听，可我没觉得这是坏事，真的，只是有点儿……幼稚。”

我要求妈妈说清楚点儿。显然，艾琳娜说自己年轻时在纽约风流快活，在马戏团上班，在华盛顿当间谍，这些全都是谎言。“你姨妈啊，一辈子都想出人头地，可惜她大部分时间只能游走在边缘。”妈妈说道，“艾琳娜的确认识了一些纽约的名人，比如说你外婆，她把你外婆当偶像一样崇拜。但她总是太要强，太心急，谁见了都烦，连我这个做妹妹的都看得出来。她的欲望就像无底洞，她渴望关怀，渴望成为焦点，可惜她从来没能成为焦点。有些人强烈地排斥她——几乎称得上欺凌了，但是她依旧迎难而上。她太希望受宠了。”

发明新型隐形眼镜的男爵根本不存在，艾琳娜也没在华盛顿当过间谍。我妈妈跟爸爸刚结婚，她就搬去了加利福尼亚。艾琳娜在那里邂逅了她丈夫，但他是个建筑工人，并不是什么风云人物。怀上托马斯不久，她丈夫就因工地事故——吊车上的工字梁从高处坠落，砸在他身上——去世了。艾琳娜用保险赔偿金在好莱坞买了一栋漂亮的房子——就是我小时候住的那栋，不过关于房子是她的那段记忆被抹除了。肯定是她的啊！不然谁会在衣橱内壁上写那些疯狂的死亡箴言？

“住那儿的时候，她尝试着跟邻居交好，但他们显然不是同路人。”妈妈接着说道，“于是她把房子低价卖给了我们，自己搬去白玉兰酒店，因为她厌倦了被人当作社交弃儿。住在酒店里，她还能雇人圆她的明星梦。”

我大为震惊，问道：“你以前怎么没给我讲过这些？我吹嘘她多么厉害的时候，你怎么不纠正我？”

“因为你爱她啊。”妈妈简洁地回答道，“你喜欢听她讲故事，我担心你会怪我，就没敢揭穿。况且，你们两个有很多相似之处。她因你而快乐，你因她而快乐，我不想做那个扫兴的人。”

听到这个版本的艾琳娜的人生，我为她感到悲哀。虽然真相不让人惊讶，我却因为自己所崇拜的一切都是虚幻而充满恨意。艾琳娜博取不了同辈人的欣赏，索性转向容易受影响的小孩。作为她的听众，我那时应该是受宠若惊吧？但我现在明白了，那不过是大量错综复杂的心灵操控。

事实没这么简单，其中还涉及繁杂的认知问题。艾琳娜塑造了我的性格：在她的套房里玩葬礼游戏催生了我对死亡的热衷；穿着她的礼服玩奥斯卡颁奖晚会游戏让我相信，唯有出人头地才能让人刮目相看。如果不是她用《卡洛维的骑士》打开了我的兴趣之门，我还会试着写小说吗？我不后悔自己变成了如今这番模样，只是情不自禁地陷入了人生福祸不定这一唯我论的困惑之中。如果早些发现艾琳娜的真面目，我的少女时代和成年时代会有怎么样的变化？天翻地覆？我可能会像盖碧一样成为上班族，下班喝杯奶昔，出行靠PT巡航者。虽然不太可能，但概率还是有的。人的命运千千万，谁也无法预知，也许全在于所处的环境吧。

艾琳娜也会这么想吗？我只是一个九岁的孩子，却是可以任由她塑造的九岁的孩子。那种掌握他人命运的感觉该是多么的让人酣畅淋漓！像万能的神一样！我把她当圣人，这比把她当妈妈要好，因为我没发现她的缺点，而当我发现时，已经太晚了。

当然，如果艾琳娜是这么想的——如果她知道自己在做什么——那她究竟为什么还要毒害我？

“你康复之后，我以为你心里都清楚，只是没说出来。”另一次治疗时，妈妈说道，“我以为你知道自己被下了毒，因我让艾琳娜照顾你那么久而生我的气。我以为你认定了是我听之任之。当然，这不是真的，但我不知道怎么在不提及她对你的所作所为的前提下，告诉你我根本不知情。”

“哦，不。”我像看疯子一样看着她，“我不知道她给我下了毒。你想想，如果我早就知道，我还会在她回来的时候去见她吗？我还会再追着问你她在哪里吗？”

“嗯，我现在明白了。”她撇着嘴，望向窗外，“只怪我没想起托马斯的事。他的情况跟你大不相同，而且他很古怪。我真希望自己能帮帮他。我觉得这都是我造成的——所有的一切。”她紧紧地咬着自己的拳头说道。

“我倒希望你能把她的事全告诉我。”我轻轻说道，住院后多次困扰我的绝望感再次袭来，背叛、愤怒、悲伤和失望杂糅成沉重的厌烦情绪，阻断了我的所有思绪，“毫无保留。”

妈妈苦笑道：“就算说了，你也不会相信我。”

我愣了一会儿，思索着这句话：“你说得对。我不会相信你。”

第二十一章

几天后，有个人影隐隐约约地在门口晃动。那是个扎着花苞头的女人，抹着浓妆，屁股大得一次能生好几个孩子。我喜欢高跟鞋，但像她的鞋跟那么高的，我根本没办法穿着走路，而且从她摇摇晃晃的步态来看，她也驾驭不来。她背着仿制的蜡白色香奈儿包，包的正面有两个相互交叉的大号C字母。我双眼朦胧地看了她一眼，以为来了个新室友。

“艾丽莎，哟呼。”她说道，“是我，劳拉。”

我抬了抬头。

“你的经纪人啊。”

我像盯着博物馆的艺术品一样凝视着她，惊讶于竟有这样的人物存在。我原本期望来的是个容光焕发、精瘦的女人，散发着圣洁的光芒和香气，一张嘴就会露出一口洁白的牙齿。劳拉的头发里插着无数个小发夹，而且大部分都横七竖八地突了出来。等她坐到对面，我发现她穿着尼龙丝袜，左腿小腿上有道脱丝，眼角上有着四十岁的女人特有的鱼尾纹，圆滚滚的手指上戴着一枚普通的金戒指。

“你总算把我给引到洛杉矶了。”劳拉嘟囔着把大包放在膝盖上，“但是呢，现在出来透透气也挺好。至于你，最近怎样啊，小姑娘？还好吧？”

我低头看了看自己，病服没走光，但是头发油不油腻我就不知道了。我有一个星期没刮腿毛了，说不定他们给我吃的那些古怪的药物会导致我的口气很臭。然而，让我窘迫的并不是这些，而是劳拉知道我在《罗克珊医生》节目上的糗事，所有人都知道。自从来到这里之后，大家都瞒着我，但我清醒得足以回忆起那些可怕、丢人的细节：摄像机一直在录制，而我站在那个舞台上大喊大叫。

“别嫌丢人。”大概是看出了我的情绪，劳拉说道，“优秀的作家都会偶尔情绪失控，你只是没能免俗而已。”

“我已经不是作家了。”我脱口而出。

劳拉慎重地打量了我一番，然后把手伸进包里，拿出一个装着滴答糖的大罐子。“你能吃这个吧？”她问道。我点点头，她往我手心里倒了一颗。“你当然还是作家啦。”她朝自己嘴里扔了几颗，像嚼糖果一样嚼了起来，“你的书出版了，亲爱的，而且卖得很火。”

我猛地坐了起来：“出版了？你让他们出版了？我爸妈竟然允许你们出版了？”

劳拉咯咯笑道：“说实话，你妈妈打过几次电话，叫我们取消出版，不过我跟她说太迟了。况且，我不知道他们究竟在担心什么。波西特别激动，评论家都很激动，大家对你的书爱不释手。"

我的脑袋仿佛被按进了六尺深的水里，急急说道："不能出版。我妈说得对，里面暴露了太多信息。人们会以为……"

劳拉摆摆手，打断我的话，严肃地看着我说道："这是虚构作品。"

"可它不是。"劳拉显然明白其中的原委，她显然知道正是书里所讲的往事把我困在这儿，梳理现实与幻觉之间的差异，"大部分情节不是虚构的。我以前不明白，可我现在想通了。"我盯着自己的膝盖，"对不起，我以小说之名欺骗了你。那根本不是小说。"

劳拉耸了耸肩说道："就算是真的又如何？举凡小说，都有一定的真实性在里面。不过我告诉你一个大秘密：凡事都没有百分百真实的。这只是你的看法，它对于你而言是真实的，但你毕竟——原谅我用这个词——有妄想症。"

"还真是谢谢你了。"我咕哝着抱怨道。

"这是好事啊！"劳拉大声说道，"想想艾琳娜以自己的角度会怎么写这本书，肯定会截然不同，对吧？想想你妈妈，或者医院的护士，或者牛排餐馆每次给你上菜的那个人，会怎么写？他叫什么来着？"

"伯尼。"

"对，就是他。他们都会从自己的立场出发。这是你的立场。你这不是自传，人们不会提出质疑。还有，你的书也带动了艾琳娜·雷特曼的书的销量。"

"什么销量？"

她把手伸进包里，拿出一沓纸递给我。第一张纸的顶部列了一堆数字。“你书里提到的她写的那本书，她在去世前几个月自费出版了。《卡洛维的骑士》。看见这些数字了吗？”劳拉指着那些数字说道，“上个星期有了点儿销售收入。如果她还活着，几个月后就能拿到版税，不过我猜这钱现在要归她的遗产继承人了。继承人是你？还是你妈妈？”

“不知道。”我的目光定在那页纸上的书名上。我的天啊，她还真写了！那个书名透过我的记忆筛网，一字不落地溜进了我的书里。滑稽的是，那些字句我记得清清楚楚：多萝西的书，托马斯的名字，辛格医生。我迫切地想读读多萝西的书，又想躲得远远的。

“所以皆大欢喜啦！”劳拉叽叽喳喳地说道，“真的，我就是来看看你什么时候出院。你的出版商非常想跟你聊聊下一本书，罗克珊也想让你再上节目。”

“出了那种乱子，她还要我上节目？”我结结巴巴地问道，扭头不敢去回想那段往事。

“那不是出乱子。”劳拉指着我说道，“你上节目那次，他们的收视率达到了几年来的新高。观众把节目都刻录下来了！节目组还做了几期有关作家和精神疾病的讨论！你成了全国的热门话题！”

“噢，天啊。”我捂着脸呻吟道。

“唉，别这样。不用担心，艾丽莎。你出名了！你是个怪人！你会走出这段阴霾的，大家会说：瞧，那就是在《罗克珊医生》节目上发飙的奇葩作家！她接下来会做什么呢？”

我不想被人视为在《罗克珊医生》节目上发飙的作家，艾琳娜·雷特曼才会需要那样的关注。这似乎是最差劲的渴望了吧？

“哦，对了。”她在包里翻来翻去，又递给我一沓纸，“不知道你认不认识这个小丑，他写了篇关于你的大揭秘。文章差不多跟你那期《罗克珊医生》节目同时出现——我看他是想独家爆料。你在节目里精神崩溃之后，这篇文章就被淹没了，我们现在才找出来。”

我翻开那篇报道，只见标题写着“我与艾丽莎·方丹的情事”，正文里写道：跟作家约会是一种不可思议而有趣的体验，有时甚至充满了刺激。至于和艾丽莎约会，你永远无法预知接下来会发生什么——但那段日子令我终生难忘。

列奥尼达，我首先想到了他——但我和他在一起的时候还不是作家吧？此外，他知道艾琳娜的死因——揭发我的话，他也难辞其咎。接着，我的目光落在了文章底部的照片上。那是德斯蒙德诡异的笑脸，我站在他旁边，脸紧紧地贴在他的肩膀上。这是我们同居第二天他用手机拍的。

我尖叫着把文章扔到床下，又赶忙捡起来通读了一遍。德斯蒙德写了他把我从游泳池救出来——她像一只从深渊里出来的美人鱼，月光洒在她的睫毛上，写我后院有个旋转木马——她喜怒无常，独具魅力，心思机巧，写我在出租屋勾引他——老天啊，我多想得到她，可我太㞞了，写了斯特德曼的废品店——一个敢于整天跟猫咪阴茎化石相处的女人，恰恰是最合我心意的女人。在他看来，潜入列奥尼达爸爸的办公室显然是世界上最有情调的约会方式，就连我在宁静酒店犯病也显得超然脱俗。为了跟我共度一夜良宵，恺撒都会抛弃美艳的克里奥帕特拉。

文章最后，德斯蒙德说我们早已分道扬镳。对于安德鲁，他只字未提，仿佛把这事给忘了。他用“永远爱你”作为签名，读到这里，我已是泪流满面。我觉得哭鼻子很丢脸，却无法自控。

“别伤心了。”劳拉说道，“这是夸你呢，真的。我估计没人会看。”她从我手里夺过那篇文章，扔进恰好路过门前的垃圾手推车。她走以后，我追上手推车，伸手从里面翻出那篇文章，扔掉粘在上面的香蕉皮、脏兮兮的克里奈克斯面巾纸和空药盒子，把它展平，收拾干净，变成独为我所有的宝物。

德斯蒙德还没露面，我便闻到了他混合着樟脑丸、卡普里尔香肠和蝙蝠车地毯内饰的味道。他往里探了探头，由于我背对着门，他猛地往后一退。我翻身坐起来唤道：“哎。”

“我能进去吗？”他怯生生地问道，“你没睡觉吧？”

我没说话，不过他当成了默许，一屁股坐在病床另一头的绿色塑料椅上，皱巴巴的玻璃纸包着的玫瑰花束被他摆弄得呼啦作响。

“这些花好恶心。”我阴郁地说道。

“我知道。”他小声回答，“我本来想买黑色郁金香的。不过说句实话，我完全是临时决定来这里的。我连同事都没告诉，现在离动漫大会只剩两天了。礼品店里只有这些。”

我愤愤不平地冷哼一声，转身对着墙壁。怎么，错过宝贵的动漫大会准备时间，就算是做出重大牺牲了？

“那个，我原谅你了。”他说道，“就那个……人的事，酒吧那个。我明白你为什么要那么做。”

幸亏他看不到我涨红的脸颊。

“我明白你为什么要弄清楚。我佩服你的决心，一直都很佩服。”

“所以你写了那篇文章？”

他愣了一下。“我没办法，”他说道，“我得赶在斯蒂凡乱写之前。”

我转身看着他：“你哥哥？”

他的手握得太紧，几根花茎都被折弯了。“写桃色绯闻是他的专长之一。他追踪小明星，连最细微的丑闻都不放过。他知道我认识你之后，就盘问我你是什么样的人。我告诉他，我不想成为花边新闻的主角。后来，我发现他到底还是在写我们，而且全都拿他偷听我们说话或从网上搜来的东西当素材，所以我不得不抢先一步，把那些事情写出来，等他再写的时候，‘室友兼哥哥听闻’之类的东西，会显得……没有说服力。我写的正面文章在先，就不会有人接受他的文章了。”

我用双手紧紧地护在身前：“所以文章里写的并不是你的真心话。”

“当然是啦！每一个字都是真心话。”德斯蒙德走到床边坐下。我从他身边挪开，但我们的小腿还是触碰了一下，一股电流传过我的脊椎。

以满身大便为傲的姑娘跳着摆臂舞从门前经过，这个动作时常会让她摔跤。克里斯托尔，她的名字突然跃入我的脑海。德斯蒙德看了一眼，然后转身对着我，脸上带着真挚的笑意，而不是装腔作势、让人不自在的假笑。“这里的人都像她那样吗？”他指着走廊问道。

“差不多。”

“我猜你也蓬头垢面四处乱跑，见谁都阴沉着脸吧。”

我暗自发笑：“嗯，对。”

“我猜你是这样的：敢跟我说话，我就把你的猫活活烧死。”

我扫了他一眼，正准备说“你这么懂我”，却突然意识到，他的确懂我，几乎比任何人都更懂我。举个例子，我看得出来，他知道我是个什么样的人，他知道我的书里写的都是真的，他猜得八九不离十了。等他明天再来的时候，我要问问他，跟他好好聊聊，把所有事情都告诉他，但他具体已经猜到多少，那就会让我惊讶了。

刹那间，他仿佛猜透了我的想法，起身用手按着我的肩膀，我只觉得两人之间紧绷的那根弦依旧存在。我躲开他，用讽刺的语气说道：“注意点儿，我可是很危险的。”

“唉，如果你真的很危险……”他把我扳回来正对着他，然后紧紧地抓住我的手腕，跟我十指交叉，“那我愿意被你伤害。”

“我家人觉得我做了一些事。”在一周后的谈话治疗时，我对阿尔伯特说道。

“好事？坏事？”

“坏事。你可能听说过，问题在于我不确定那件事是不是真的发生过。”

阿尔伯特顿了一下，抿了口茶。整个房间都弥散着格雷伯爵茶的香味："你想谈谈那件事吗？"

我惊讶于自己竟然提到了那件事。到目前为止，我一直回避这个话题，主要是因为我不知道自己对那件事的确切想法，也不想谈论自己可能犯下的罪行。我不得不相信自己的命运跟小多如出一辙：我在葬礼上行为失控，开始到处溺水自杀，渴求坦白罪行，父母叫我不要那么做，我非要说出去，于是他们想办法抹除了我的记忆。如今记忆恢复了，我当时对艾琳娜的杀意之强烈，摆脱她的欲望之迫切，以至于仅仅无视她还不够，这些都让我感到震惊。

于是就有了现在。

"我对当晚的记忆很模糊。"我答道，"我的意思是，虽然书里写了，而且我认为那就是真相，可我为什么没听见艾琳娜坠落高速公路的声音？回想那段经历，艾琳娜的面孔就像一幅讽刺漫画，有些地方非常古怪。"

阿尔伯特打断了我的话："怎么说？"

"我不知道，真的。就好像她在最后时刻变成了魔鬼，变成了我完全认不出来的陌生人。"

阿尔伯特在椅子上动了动："可能你不想在记忆里认清她吧。也许你觉得把她变成别的东西，负罪感就会减轻一些。"

我盯着膝盖说道："也许你说得对。"

"人类的思维神秘莫测。"

我拿来枕头抱在胸前。枕头上绣着一个大大的问号；阿尔伯特告诉我，这是某个病人绣给他的。人类的思维神秘莫测，这我有亲身体验。有些时候，一觉醒来，我深信这一切从未发生过。

恢复的记忆只不过是书里的情节，取代我困在某个医院里那沉闷无趣的场景。从目前的情况来看，我可能病了好多年了，对吧？因为精神问题住院多年，最近才刚出院，为了填补这些年的空白，我编造了这个离奇的故事。

有这个可能，对吧？

但是大多时候，我选择相信记忆，不过有时我觉得自己对记忆的解读有误。我有时会想，莫非艾琳娜才是受害者？我重读了自己的书；我看到小多那么迫切地认为她妈妈才是掌控者。万一这是真的呢？会不会是我妈妈杜撰了艾琳娜的代理型孟乔森综合征？会不会是她向护士撒谎，导致艾琳娜被赶走？因为并无确切的证据表明艾琳娜持有士的宁，然后想方设法地让我摄入体内，引起中风——报警之后，警方才会介入调查，而那时艾琳娜早已逃脱。没错，我犯过几次病，血液检测也确实查出了士的宁。我不敢想象妈妈也操控了检测，或者更可怕的是她亲自给我下毒，然而我永远将会被蒙在鼓里。如果她那么做是为了我好呢？她会下如此狠手吗？

这仍然无法解释艾琳娜为什么回来，也无法解释我为什么会头晕脑涨地在她的套房里醒来，以及最后一次见她那天晚上，她给我的酒里放的粉末。有时候，我会觉得这些场景也被粉饰了。真的有调换酒杯这回事吗？或许我是在她死后虚构了那个场景，好为自己后来所做的事情找个借口。

她要毒害我，所以我杀了她。

或许我就是个心狠手辣的人。

“为什么那个酒保说有另一个艾丽莎在酒吧里坐到我旁边？”我理清思绪，向阿尔伯特问道，“他指的是谁？”

“这我就不知道了，或许你也永远无法得知真相。”

“可是我想弄清楚。酒保显然看到了某个人。万一她还活着呢？”

他把手里的笔开了又合上，合上又打开：“我认为可能性很小。有她的死亡报告为证。”

刚住院没几天，当我仍旧不肯相信自己遗忘的事情确实发生过的时候，我收到了她的死亡报告。

艾琳娜·雷特曼，报告上写道，不幸在阿罕布拉市坠亡，享年五十二岁。

除了这些，那份报告没有提供更多信息。报道里用大量篇幅描写当晚交通停滞了很长时间。记者简单地提到艾琳娜姨妈是白玉兰酒店的住客，酒店员工十分崇拜她，而她的遗嘱里写着要在M&F餐馆举办追悼会。其中没有提到暴力死亡，也没提及她的遗产，更没提到家人。那根本不是警方报告，里面没有提到发现尸体。据我所知，所有细节都是我父母讲给那个记者的，而话语权在他们手里。

“假设你在酒吧里见到的就是她——”阿尔伯特接着说道，“假设她真的像你所说的那样四处游荡，都过去这么久了，你觉得她到底想干什么？”

我没想到阿尔伯特会提出这么个幼稚的问题。“我猜是要杀我。”我说。

阿尔伯特凝视着远方：“你确定？”

我陷入了沉思。在酒店那会儿，在《罗克珊医生》节目上，我对此十分肯定，而且我确信在宁静酒店见到的人就是她。然而，如今来龙去脉都弄清楚了，我却丧失了自信。

“在我的书里，她说如果她死了，我也得死。”

“我懂了。那好，她可能是要杀你，但或许这里面还牵扯到另一种情绪：你之所以不断地看到她，是因为你暗自思念着她。”

我愣愣地盯着他。

“想想看，你承认你还爱着她。事实上，很长时间以来，你并不知道她在伤害你。你享受两人在一起的时光，把她当作自己的榜样。突然有一天，她的另一面，可憎的一面，毫不含糊地砸到你心口，然后她就死了。她死后没多久，相关记忆被消除，你根本没时间去哀悼，去捋清自己的情绪，只剩下内心的……一个无底洞。你没机会跟她道别，没机会宣泄自己的愤怒，没机会听她为自己辩解。”他轻哼了一声，“承认吧，你想听她为自己辩解，对不对？哪怕是扭曲事实的假话也行，即便是拿最扯淡的故事来唬你也行。你想知道她的想法，这不丢人。你思念她，这也不丢人。”

我幡然醒悟。他说得对，我的确思念她。“可这不是一种自我毁灭的情绪吗？如果她真的下毒害我，我就应该恨她，而不是思念她、爱她。”我深吸了一口气，“还有，她为什么要毒害我？她怎么忍心做这种事？”

“出于控制欲，因为她害怕你离她而去。只有这样，她才能得到关注，才能把你留在身边。”

“可我本来就会跟她亲近啊。在这个世界上，我最喜欢的就是她。”

阿尔伯特又端起了茶杯。“唉，她有精神问题。我解释不来代理型孟乔森综合征，也不知道是什么促使人们那么做。是什么导致儿童性骚扰？是什么导致人们虐待自己的配偶？这种事很可怕，但你也要明白，她就是那样的人。”

“恐怕我明白不了。”我轻轻说道。

“唉，那你只好忘掉她啦。”

我的心猛地一紧。忘掉意味着没有爱恨之分，意味着没有感情。我怎么可能达到这种境界？还有一点：我体内的记忆胶卷仍在转动，尚未终结。我有种错觉，仿佛仍能感受到艾琳娜的脉搏。当我把耳朵贴在地上，我仍能感受到她的活力。

“她还活着。”我反复地对阿尔伯特说，“她还在找我，想扳回一局。我感觉得到。”

“艾丽莎，这都是幻觉，是被抹除记忆的后遗症，是你的大脑在玩把戏。你看到的是你自己创造的幽灵。如果你想再做个正常人，快快乐乐地继续生活，那你必须尽力驱逐她，把你做了可怕的错事而被她追杀的想法驱逐出去。”

“怎么驱逐？”

他摸着下巴说道：“或许你应该像书里的小多那样做。”

阿尔伯特看了眼书架上的那本书。这绝对是今天新摆上的，否则我以前肯定会注意到。医院里流传着几本《多萝西的往事》，我见过护士、管理人员、医生和病人在读。阿尔伯特也有这本书并不稀奇，但想到他读《多萝西的往事》的场景，我仍然有种不适感。

我思索着他所说的话。唯有《多萝西的往事》的结局尚未应验在我身上。“我不能那样做。”我说。

“但是或许你想那么做呢。正因为如此，你才会那么写。这样也许就能了结此事，还你自由，就像小多那样。你可以坦然接受艾琳娜对你所做的事，承认为什么自己必须采取行动。”他顿了一下，我确信他像德斯蒙德一样明白我的书是一本自传，“让别人决定你该受到怎样的惩罚。”

“……然后进监狱。我不能冒这个险。”

他靠到椅背上，椅子嘎吱响了一下：“但是你让小多冒了那个险。”

“她是个虚拟的角色。”

“是吗？”

我喘着粗气站起来，径直朝门走去。阿尔伯特瞥了一眼时钟——距离治疗结束还剩十分钟，但在我向外走的时候，他并没有拦我。“我理解你的行为，艾丽莎。”他喊道，“但你仔细想想，就不会觉得我的提议是无稽之谈了。”

“我厌倦了想事情。”我头也不回地嘟囔道，“我到现在为止一直都在回想。”我撞上候诊室的咖啡桌，碰掉了一叠《瑜伽》杂志。

我走进照明很差劲、冷飕飕的走廊，路过又在下国际象棋的吉姆和帕波罗。也许他们两个比我想象中的还神经——日日夜夜地围着棋盘，上一盘刚结束，马上就开始下一盘。无论是参加小组活动，还是吃饭，我从来都没见过他们。命运开了个玩笑，让他们在这里遇到了彼此。也许他们并不这么认为，两人关系亲密，很可能没有任何爱情的成分，但这么想想就让我感到快慰。突然间，对艾琳娜的思念再次涌上心头。和她在一起，我拥有了亲密关系，两人互相理解，命运相系。我还能从别人身上获得这些吗？比如德斯蒙德？抑或她与我的感情是独一无二的？抑或那段感情完全就是扯淡，因为它建立在谎言之上？

我没什么事瞒着德斯蒙德，但这或许也不是什么好事。虽然他可能会无条件地爱我，但我对于他而言，永远只会是这样一个人——逃脱法律惩罚的人，而不是在精神疗养院待过一段时间的人。这会对我们以后的关系产生怎样的影响？每当他犹豫、踌躇，每当他畏首畏尾地疏远我，每当我认为他坐立难安，我就会担心他看出我的杀人狂本质。万一他因为我逍遥法外而抗拒我呢？万一他认为我应该为自己的所作所为付出代价呢？因为我确实杀了人。无论艾琳娜是死是活，无论她是否还在游荡，我基本可以肯定，我亲手推了她一把。

我突然想到一件事：知道我杀人的不止德斯蒙德一个人，每一个人都知道。没错，记住，小说是虚构的，可我看了几条评论，人们指出小多和我、多萝西和艾琳娜姨妈之间具有事实上的相似之处。他们跑去M&F餐厅拍照片，然后发到亚马逊上，作为这本书的补充图片。服务员伯尼接受采访时说餐厅确实有道专供高级客户出入的后门，而且他记得艾琳娜和我去过那里，但他完全不知道艾琳娜背着法律纠纷。那期《洛杉矶时报杂志》的封面被人挖了出来，贴到了评论里。如果这本书的主要情节是真实的，结尾怎么会是虚构的？书里多萝西的死法与现实中一模一样，我没有做任何变动——因为我当时并不知道这件事确实发生过，否则我肯定会更改一些细节。我会写她跌入了峡谷，或者在动物园里被短吻鳄吞了。

早知道的话，我绝不会写这本书。

警察没有来医院抓我，也没启动调查，也没人出面揭发我，但他们心里肯定在这么想。这是人之常情。犯下这样的罪行，我还能安然地过日子吗？多萝西给小多下了毒，却能逍遥法外；艾琳娜给我下了毒，也没受到惩罚。但我不愿意做她们那样的人。况且，我能硬着头皮逃脱罪责吗？这样做合情合理吗？

我打开小屋的门，走了进去。床头柜上摆满了书。百叶窗早就被我拽掉了，阳光洒在地板上。医护人员终于多给了几条毯子，妈妈也给我送来了一条家里的阿富汗毛毯。我拿起毛毯，捂住鼻子，闻着香柠檬的味道。脑子里传来砰的一声巨响，我又想起了艾琳娜。她把香水喷到身上各处；她拿着香水瓶对我喷了一下，然后说道："快，走进香水雾里。这就对了，现在你满身香气啦。"

我叹了口气，从床头柜的书堆底部抽出我的那本书。由于是第一次翻开，书脊发出啪的一声。我径直翻到最后一章，读了起来。

读完之后，我静静地坐着，直到从窗户射进来的光线逐渐昏暗，变成灰色。我无视喊我吃晚饭的敲门声，无视走廊里轻柔的脚步声，无视护士开灯，端来一塑料杯的药物。她知道我会把药吃掉，所以她一句话都没说，只是把塑料杯放在床边的桌子上。我静静地坐着，直到屋里被墨水一般的黑暗笼罩。我在脑子里反复咀嚼自己写下的文字。我要赋予自己强大的力量，在遵从书中所写的指示或走上另一条路之间做出抉择。无论选择哪一种，选择权都在我自己的手中。如今我成了掌控者，我所说的话将会成为真相。

摘自《多萝西的往事》

姨妈去世两个星期后，小多去了机场，做了一件她觉得只有电影里的人才会做的事情：从出发公告板上选一列航班，把证件交给售票处，买一张票。她不知道自己为什么会选择都柏林，那里的人会讲英语，她也没有爱尔兰的亲戚。她不想去有人长得像她的地方。

降落时，大雨飘洒到飞机窗上。一个空姐在最后时刻走出来，以近乎免费的价格向众人售卖免税烟酒。小多想着买一瓶百利爱尔兰奶油威士忌，可终究还是没有买。如今，一想到酒精，她就会觉得恶心。自从姨妈的葬礼之后，她就没再碰过一滴酒。

下了飞机，只见机场又小又简陋，恐怕童话书或儿童书里才有这样的机场。机场商店里出售蜡纸包着的来路不明的三明治和小多从未见过的小瓶可口可乐。她在等公交车，那车已经晚点了一个半小时。公交车终于驶来，小多和其他游客——意大利人、几个斯堪的纳维亚人、来自得克萨斯州的一对胖夫妇——挤了上去。电台里大声放着她从未听过的一首流行歌。雨点不紧不慢地落下，虽然有车身隔着，她的内心却依然充满湿意。

来到酒店，招待员递给她一张游客指南，但是小多并不想出去逛——她只想远离喧嚣，一个人待着。她躺在床上看电视，节目大多是美国真人秀和澳大利亚肥皂剧。美国有线电视新闻网正在报道新一起校园枪击事件。朝窗外望去：一辆辆的公交车驶过，雨还淅淅沥沥地下，一水儿有着苍白呆滞面孔的人们脚步匆匆地在人行道上穿梭。到了下午，她打了个盹，绕坦普尔巴走了一会儿。她惦着脚尖绕过格雷夫顿大街上的水坑，聆听一个卖艺人用短笛吹奏的披头士歌曲。接着，她在一家二手书店的橱窗里看到了一本《钟形罩》。这本书的封面跟多萝西死那天给她的那本一模一样。

唉，看来小多终究还是摆脱不了多萝西的影响。

她坐到一张长椅上，椅面的水浸透了她的牛仔裤。往事像火焰一般烧灼着她的内心，她的思绪围着那场罪行不断翻转。那是意外，还是她蓄意为之？是她撒了谎，还是她被人耍了？姨妈的确下了毒，抑或一切都是个弥天大谎？会不会是男朋友和妈妈因为受到姨妈的威胁，忌恨她，才假借自己的手，让自己变成了杀人犯？还是他们真的关心爱护自己？做过那样的事，小多会升入天堂，还是会堕入地狱？仔细想想，小多并不相信这世上有天堂。地狱嘛，就是另外一码事了。地狱并不神秘，下地狱是难免的。

多萝西现在就在地狱吗？小多不得不认为，她就在那里。

两天后，小多乘飞机去了伦敦，在皮姆利科找了家酒店住下。可在报刊亭那儿，她看到一篇关于多萝西之死的报道。

遁世者受精神困扰，在高速路上坠亡。

《洛杉矶时报杂志》的封面也被贴了出来。小多身旁的女人也在看同一篇文章，小多担心被人看到，赶紧把帽子戴上走开了。

在布鲁塞尔的休息站里，在阿姆斯特丹的电视新闻里，她又看到了多萝西的照片。在一家酒吧里，小多给自己找了个隔间，一边吃花穗形杏仁巧克力饼干，一边抽卷烟，直到再也承受不住。门哐当一声被打开，一个黑发的人影走了进来——多萝西？一个身材矮小、牙齿暴突的女人在高脚凳上坐下，打量着菜单。小多使劲闭上双眼。不管走到哪里，多萝西都如影随形。

当天晚上，在脚步蹒跚的回家的路上，她看到骑马的阿姆斯特丹警察奇怪地瞥了她一眼。她猛地站直身体，脑子一下子清醒过来。他看出来了？自己变成了国际通缉犯？骑警朝她点了点头，用荷兰语问了她一些话。小多摇摇头，继续往前走，可一回到房间，她就蜷成一团，膝盖抵住怦怦直跳的心口。那个警察没有问及多萝西的死，但是万一他们都知道呢？或许家人袒护她并不公平，或许对妈妈承诺保守秘密并非好事。毕竟，一条生命被夺去了，而小多掌握着弄清楚来龙去脉的重要信息。即便她那是出于自卫，可多萝西终究不是自杀而死。然而，自首无益于维护姨妈的名声，却只会毁掉姨妈的名声。现在同情多萝西坠亡的人将会看透多萝西的蛇蝎心肠。

街对面妓院橱窗的红色灯光像幽灵一般一直亮着，玻璃后的女人似乎整夜都在搔首弄姿，唯有接客的时候才会消失不见。小多在僵硬的床垫上辗转反侧。也许世人应该知道多萝西的恶魔行径。

可小多知道把真相公之于众的后果。她思忖着这个决定，不知道自己能不能承受。她已经遭受了如此多的痛苦，可是单单想到吐露秘密就让她感到无比的轻松。世人将知晓多萝西和她的一切，无论好的坏的。那时将不会再有任何秘密，也不再存有任何谜团。如果说小多要因此承担短时间——或者可能是很长时间的罪罚，那也没关系。

她收拾好行李，留下旅途中随手买来的小饰品。她走入亮丽潮湿的黑夜，行李箱撞击着她的小腿骨。

她走过一座又一座运河桥。一列晚班电车在铁轨上摇摇摆摆地驶过。醉醺醺的年轻人大呼小叫地从酒吧往家里赶。那个骑警还在原地。她拍拍警察的小腿肚，他抖了一下——他正望向别处。他低下头，因认出她而露出了笑脸。“有事吗？”他用荷兰语说道。至少听起来像是荷兰语。

“会说英语吗？”小多问道。

“嗯，会。”警察说道，小多舒了口气，“请问有什么事吗？”

小多深吸了一口气。她突然想到，这是她作为自由人，作为胸怀秘密的人，最后的一次呼吸。但或许这样也好，或许这就是成长。“我有件事，希望你能帮我。”她说道。

后记　三年后

今天之前，我从没来过威迪尔酒店，为此我深感庆幸。几个月前，为了给这次活动物色场地，我以局外人的身份来到这里。我在餐厅和舞厅里逡巡，心里没有任何联想，没有勾起任何记忆。这是一家崭新的酒店，空气中仍然散发着家得宝装修材料的味道。所有的工作人员都是那么的年轻，或许当我在三年前纠结于自己的烦恼时，他们还是高中生，而所有的客人年纪又大又有钱，可能没时间或兴趣关注《罗克珊医生》或当代小说。我悔恨的是，三年过去了，我却还在寻找我可能认识或可能认识我的人——以往的幽灵，以往的爱慕者。我遇到了几个在《罗克珊医生》录制现场的女人：其中一个认出了我，立刻朝我走来，喋喋不休地说我脸色很好，身体健康，喜欢我的书；其他的则迅速退却，嘴角露出一丝讥笑。之所以知道她们曾在场，是因为我听到了她们的窃窃私语。如果你也在场，恐怕短时间内不会忘记那个场面。或许记不清那天的只有我一个人吧。

德斯蒙德和我手牵着手走进舞厅，早就生下三个孩子、精瘦的波西按照约定在大厅里等候我们。

“好些人都已经来了。咱们先吃晚饭，接着进行无声竞拍，然后你发表感言。如果你愿意，还可以朗读新书片段。大家很想听听新书写的是什么。”

当众发言的紧张感再次袭来。这种感觉从未消减，但至少我现在能够掌控了。

波西的电话响了起来，她猛地低头看去。“接下电话。”她跑开了。

德斯蒙德碰了碰我的胳膊，在我耳边说道：“你一定能行。”他身上有股檀香味；头发剪得很短，瘦削的脸庞、炯炯有神的蓝眼睛一览无余。他穿正装的样子我只见过几次，但他看起来帅气得让人垂涎欲滴。当他穿着正装从卫生间走出来时，我扛不住那黑色羊毛衣服下高挑身体的诱惑，猛地扑到他身上，把他扒了个干干净净。

“如果你坚持不住想离开这里，我已经为你探查好了所有出路。”德斯蒙德继续说道，“左边的出口离你只有十五步，后面有个出口有条特别长的走廊，通往垃圾倾倒区——这一个可能是最佳选择，谁也不会注意到垃圾桶旁边的你。”

我朝他笑了笑，亲了他的脸一下：“谢谢你。”

舞厅里摆了大概二十张圆桌，每张桌子能坐十个人。德斯蒙德驾轻就熟，领着我走向标着“一号”的前排桌子。妈妈和比尔已经坐在那里了。盖碧跟比她年纪大很多、现在已是她未婚夫的戴夫坐在一起，旁边是戴夫的儿子利纳斯，他脸色苍白，身体瘦弱，跟那个年纪的我十分相像。吉吉把我在伯班克那间卧室的新住客带了过来，名字好像叫西奥，至于人嘛，我暂时不知道能不能处得来。连我高中的老朋友玛蒂尔达也来了，身上穿着我以前总问她借的同一件黑色细长晚礼服。不过，如今我已经不太喜欢穿黑色的衣服了，头发还挑染了几处。这只是略微尝试突破旧我，变成全新的自我。

看到我过来，人人脸上都露出了笑意，各自表达不同程度的热情——比尔粗声粗气地张开双臂拥抱我，盖碧握住德斯蒙德和我的手，妈妈淡然地点了点头，不过她化了妆，穿了身正式的礼服，看起来至少有模有样。吉吉兴高采烈地说起斯特德曼，说他的店去年在动物毛发和骨骼的火光之间化为乌有，他搬去了突尼斯。为我的新书《棋子》举办发布活动是妈妈的主意，从我个人来讲，我比较倾向于不这么沉闷的方式——发布活动有种募捐的感觉，或者说像个婚礼，而新郎新娘还不确定是否要在一起——但由于是妈妈一手操办的，我只觉得受宠若惊。

服务员送来菊苣沙拉和一瓶瓶的葡萄酒。桌子中央是《棋子》的封皮：纯白底色，两个黑色棋子并排摆放，背景是一所疗养院的素描。《多萝西的往事》出版一年后，我开始写这本书。构思这本书其实没有花费那么长时间，事实上，这个构思源于橡树精神疗养院，讲的是两个精神病人因为自己一塌糊涂的思维、人生以及对国际象棋共同的热爱产生了共鸣。作为原型的吉姆和帕波罗也获得了邀请，请帖被送到他们现在仍旧居住的橡树精神疗养院，但他们不肯前来。恐怕他们一辈子都不会离开那里吧。

之所以过了那么久才开始写新小说，是因为我必须完全康复，而康复之后，我又要先处理很多其他事情。我选择了小说里小多的做法，也正是阿尔伯特建议的做法——我自首了。

在《多萝西的往事》里，小多的命运尚未揭晓，故事就结束了。她被引渡回美国了吗？她被关在荷兰监狱了吗？我真希望自己写过这样的场景，至少能给自己一个参考的模板。事与愿违，我只能摸着石头过河。

联系上警察局的警探时，我还是橡树精神疗养院的病人。他们手忙脚乱地找人接听我的电话，原来艾琳娜·雷特曼之死并没有文件记录，因为他们认为这属于自杀。最后，卡尔森警探接过电话，语气很是疑惑，而且当我告诉他必须来棕榈泉的橡树精神疗养院面谈时，他差点儿挂断。

他终究还是来了，我们在室外的一张长椅旁见了面。他头发花白，下巴宽厚，但面容和善。他的双眼明亮有神，淡蓝色的眼眸近乎透明。看得出来，他是那种能跟孙辈闹成一团的男人；后院里可能还摆着蹦床。我们坐在草地上，他拿出纸笔，要我说说事情的经过。我为这种老派的笔录方式——铅笔在纸上沙沙作响——感到一丝宽慰，所以我全都告诉了他：自己幼时住院被艾琳娜下毒，她被护士阻拦探视，而我对这些一无所知；她再次进入我的生活，开始通过其他途径毒害我；最后一次晚餐时，我调换了杯子——我没想到她在我的鸡尾酒里放的东西会有那么可怕的效果——看看她究竟想对我做什么。我把书里写的一丝不差地告诉了他。我下定决心相信这个版本，主要是因为我稀里糊涂地觉得，真相只有这一个。

卡尔森警探没看过《多萝西的往事》，只得阅读书里的章节作为证据；我等着他读完多萝西像炮弹一样坠到公路上那一段。"她朝你冲过来？"他问道，然后合上了书，"在护栏旁边？而你把她推下去了？"

我耸了耸肩："我觉得是这样的。我是说，这些场景我记不太清楚，不过心理治疗师说我选择了遗忘。我只记得自己很想推她，这一点是肯定的。"

"那你现在承认杀了她？"

我深吸了一口气："我承认自己……做过某些事。"

"但你不记得了。"

"不是，我只是觉得那件事肯定发生过。"

警探咬着下嘴唇思考了一会儿："我不明白，就算是你这样有精神问题的人，怎么可能通过写小说来坦白罪行。这有悖于人类的每一项本能。"

"我以为那是虚构的情节才坦白罪行的。我做过治疗，记忆被人抹除了。"

"哦。"他皱了皱眉，"抹除记忆是你家人的主意，对吗？"

"对，但是……"我盯着自己颤抖的手指。或许我没想周全吧，我不想让家人惹上麻烦，"他们担心我的安危，担心了好长时间。但是错不在他们，在我。"

我艰难地说出了这些话。我并不渴望进监狱，但我迫使自己去面对这一切。背负着这桩谋杀案，我良心难安。我不能让人们觉得我杀了人还能逍遥法外，我要勇敢地承担罪责，就像小多那样。这听起来可能有些幼稚——我知道坐牢的日子不好过——但我打心眼里认为故事应该这样结束。

卡尔森警探站起来，把落在裤子上的果荚拍掉。“问题是，方丹小姐，从你小说里对那场意外的描写来看，这不是谋杀，而是自卫。如果我是你的律师，我会以这样的角度辩护。”

“啊？”我抓起书，翻到最后。

“艾琳娜先动的手。她给你下了毒。虽然没有确切证据表明她就是凶手，但她离开之后，你的身体就变好了。该坐牢的是她才对，因为她犯了虐童罪。还有那天晚上，你不过是调换了酒杯，而且你并不确定她有没有在你的杯子里放什么东西。在天桥护栏那边，书里说她朝你冲过来，想把你推下去，与此相左的证据并不存在。我这里有份事故报告，上面说我们通过雷特曼女士的驾驶证确认了尸体的身份。警察局趁着尚能到太平间查看尸体的时间，详细列出了她的身体状况，没有证据表明她被你扼颈、重击或殴打。至于她是否因你调换酒杯而中毒，我们没来得及对她做毒理筛查，所以无从得知。她中毒的症状可能是装出来的。

“这里面说不通的地方有很多。”他说道，“我是说，确实，你大可以说是自己杀的，我可以把你送进监狱，但这真的是你想要得到的结果吗？”他轻轻地拍了拍我的肩膀，“我觉得你是个好姑娘，只是运气太差。换作是我，我会好好过日子，不再自责。你没有任何过失，不必愧疚。”

“可是——可是——”我结结巴巴地说着毫无意义的词语，

“我的心理治疗师要我跟你坦白，他说这是我该做的。”

卡尔森警探微微一笑：“也许他是因为知道我会说出这番话才让你自首的。可能他希望你听听我的建议。错不在你，艾丽莎，你没有任何过失。你是受害者，明白吗？受害者的人生也很艰难，因为你要治愈心灵的创伤。”

他伸出手，我愣了一会儿才明白他想要我握住。我伸手过去，他抓握的力道很足，仿佛祖父在我噩梦惊醒后安抚我。“好了，听说这里的咖啡特别好喝。”他说道，“可不可以带我过去，喝杯咖啡？”

我带着他走进“牲口棚”——我们这些病人给主楼起的名字——所有治疗和就餐活动都在这里进行。我感觉自己是在泥坑里蹚着往前走。我早已做好了接受惩罚的准备，想象过自己戴上手铐，被警车带走的场景。但那一刻并没有发生，我仿佛受到了蒙骗。

我给卡尔森警探端来咖啡，他停下脚步，跟一个护士聊天。无巧不成书，这个护士恰好是他小时候的老邻居。在他即将离去时，我突然想到一件事，便赶忙追上他。“你们为什么没能给艾琳娜做毒理筛查？”我问道。

卡尔森警探把手伸进口袋里掏钥匙，一个银色的口香糖包装纸掉了出来。他一边弯腰捡垃圾，一边说道：“她在遗嘱里明确要求，无论因何而死，都不能解剖。许多名流的遗嘱稀奇古怪，这在洛杉矶是常有的事，我们都习惯了。但是她的尸体我们也没能存放太久，遗嘱里还要求我们立刻打电话给一个人，这个人会遵照遗愿处理尸体。报告上说，她指定的那个人第二天一早就来了，所以只能这样。”

“辛格医生。”

卡尔森警探瞥了眼报告。“对，威邵·辛格医生签名领走了她的尸体。走的是标准程序。就像我说的那样，我们原本以为这是自杀。说实话，这就是自杀。她渴求死亡，你要相信这一点。她受到通缉，本身难逃法网，所以我们没深入调查。辛格医生过来领走了尸体，这事就结束了。”他耸了耸肩，“感谢你开诚布公，说明原委，但是有些事情不必深究，你别再去想了。”

我怎么可能不去想？我要查个清楚，找到辛格医生，问问他把艾琳娜的尸体弄到哪里去了，弄明白她为什么不让解剖。她到底在掩饰什么？

然而，橡树精神疗养院的网络受限，他们不肯破例让我调查，所以我只能委托妈妈去做。妈妈给洛杉矶县所有的威邵·辛格都打了电话。叫这个名字的还真不少，可惜谁也不认识艾琳娜·雷特曼，也没认领过她的尸体。

妈妈还从艾琳娜的酒店套房找到了她藏在楼上的房间里，以免被我发现的几箱东西。妈妈把箱子带到医院，让我也看一遍。撕开胶带，浓烈的香柠檬味顿时充满房间，我差点儿晕过去。那种感觉就像从伏妖瓶里释放出了妖怪，我仿佛看见她站在我面前，身穿皮草，精神矍铄，满脸笑意，喝着斯丁格鸡尾酒，说话时嗓音低沉。我仿佛能听见她的笑声。

我们把箱子翻了个底朝天：有女士便服、泳装、几顶精致的帽子；有个盒子里装着高级香水，名字我都认不出来；几本精装悬疑小说，一张《黑狱亡魂》碟子；箱子底部压着服装饰物、一件流苏吊带、一堆《时尚》杂志，还有一只小号针织婴儿鞋。我拿起那只鞋，瞪大了双眼："这是我的？"

妈妈瞥了一眼："可能吧？"

我们找到一张白玉兰酒店门房联络卡和某个旧金山文稿代理人的名片，却没见到任何书信、文件，也没有遗嘱，更没有电话或医疗保险账单——如果她买过医疗保险的话。我们没有找到威邵·辛格的名片，没有迹象表明他们曾是朋友，仿佛他根本就不存在于这个世界。

"别再想了，艾丽莎。"妈妈劝我说，"过去的事就让它过去吧。"

我尝试过顺其自然。我对自己说，这不值得深究。该做的我也都做了——我供认了罪行，把来龙去脉都说了出去，如今我至少可以在采访里把这件事当成谈资，正如我从橡树精神疗养院出院之后接受采访时那样。对，虽然我可能推了她，但是警察说他们不认为我有罪，反而能从某种程度上让我免于罪责。我有时仍会觉得自己犯下了弥天大错，可至少我不再抑制这种想法，至少我记起了大多数事情。至于那些没能记起的，护栏边那生死攸关、模糊不清的片段……唉，也许永远忘记那血淋淋的细节也无关紧要，那毕竟对我没有任何好处。

可是，我仍然时不时地感到惶恐不安。这事还有几个漏洞，有几处我无法理解的地方。那个总在镇子周围晃荡的人是谁？谁在医院里给我拍了视频？为什么直到我精神崩溃之前都有种被人跟踪的感觉？也许在镇子里游荡的那个人就是我，也许我人格分裂了，疑神疑鬼源于负罪感突破桎梏，开始显现自身。这些都是符合逻辑的答案，可是……

我们吃完了饭，但我太紧张，没有吃多少。波西走上发言台，冲着麦克风吹了几口气，勾起众人的关注。“感谢各位到来。”她说道，“我有幸参加本次发布会，隆重推出青年才俊的新书。诸位都知道，艾丽莎·方丹的上一本书《多萝西的往事》获得了广泛的赞誉，全国销量接近一百万册。”

所有人都在热烈鼓掌，我被那销量之大震惊得低下了头。我从来不看亚马逊排名，从来不看评论，只看粉丝寄来的邮件。这些信件从来不乏溢美之词，而且寄信的人是真的读了我的书，不像多数人完全是因为我跳游泳池自杀未遂、在《罗克珊医生》节目上疯疯癫癫才买的。我感到心虚，因为那书的销量正是这样得来的；我反感人们觉得我有意为之，因为在这个年代，得做点儿抓眼球的事情才能提高销量；耍手段的确能提高销量，我对这个具有一定真实性的道理感到厌恶。

“今天艾丽莎会为大家朗读下周即将出版的新书《棋子》。甜点上桌后，我们将请她上台阅读摘录章节，然后签名售书。在此之前，请诸位尽情地吃喝玩乐，需要签名的话，记得先买书哦。谢谢大家。”

掌声震耳欲聋，随后响起背景音乐。妈妈从桌子对面朝我一笑，我紧张到摆不出笑脸。我一口气喝完杯子里的水，把餐巾放在凳子上，径直去了卫生间。我得用冷水洗洗脸，安抚一下自己的神经，绝不能在台上晕倒。路过摆满《棋子》和大约二十根颜色各异、风格不一的马克笔的桌子时，我的心猛地一抽。这一次，我真的要推销书籍、巡回展售、接受采访了，但是我能做到，我心里想。我可以如实讲出真相，因为我知道真相是什么。

卫生间里全都是人，我走向一个隔间，紧张地朝妈妈的某个朋友笑了笑。她仿佛要堵住我，告诉我如果我有兴趣的话，她可以给我的下一本书提供很好的创意。周围的马桶唰唰作响，我静静地坐了一会儿，享受这片刻的独处。等到洗手台的水龙头逐个关上，人影全部消失，我从隔间里走出来。有个人影闪到我的左边，当我看见她时，我的心脏骤然停止了跳动。是她。虽然穿着卫生间保洁员制服，身材更加苗条，头发较短，但绝对是她。

我尖叫着往后退去。我内心深处一直在等待着这次相遇。艾琳娜还活着，而且伺机突袭我的想法从来没有消失。果然如我所愿，她就站在这里。

那个女人跟我对视了一眼，犹豫不决地笑了笑："嗨。"

我一路退到了卫生间另一头的厕纸架旁边。从艾琳娜姨妈嘴里发出的声音比较高昂，十分悦耳。这声音穿透了毯子那么厚的保护层，激起我对医院病床、量压绑带从我胳膊上扯掉的呲啦声和消毒剂味的回忆。我感到解脱，想纵声大笑。

"你是……斯特拉？"我缓缓问道。

她使劲点了点头，似乎惊讶于我认得她："对，是我。"

以往的场景突然清晰地浮现在我面前：她坐在圣母玛利亚医

院的病床旁，看着仪器，当姨妈冲进来质问谁更漂亮的时候眼神飘忽。时间已经过去了那么久，记忆变得模糊，我还以为她根本就是虚构出来的人物。

“我曾在圣母玛利亚医院住过。”我对她说，“那是很久之前的事了，你当时是助理护士。”

你经常得卵巢囊肿吗？你是假性近视吗？

这声音在我的脑海里清晰可闻。

她肯定特别享受，不是谁都能遇到仿佛是自己的复制品的人的。

这是艾琳娜的声音，不是多萝西的。这个声音我是我亲耳所闻，那个场景我亲眼所见。此时此刻，现实与虚构的两个意识链条相互纠缠，合二为一。现实生活中的一些人与我虚构的人物融为一体，但斯特拉确实曾在医院里与我为伴，比妈妈陪伴我的日子还要多。她可能目睹了某些事情。不知为何，看着眼前的她，我坚定无疑地相信人们所说的一切都真的发生过：我小时候得过良性肿瘤；我曾被人毒害、虐待、欺瞒；我杀过人。

所有的谜团都解开了。

这么长时间以来，甚至在过去的三年里，我一直在迷茫困惑。我所发现的证据，没有一样能完全说服我相信书里所写的、记忆里的和人们所说的种种相互匹配。我仍旧时不时地怀疑妈妈的动机，生出各种各样的阴谋论。当我头痛欲裂时，我便会想，啊，肿瘤在作祟。每当路过加州大学洛杉矶分校，我都会想，我曾在这里做过手术。摆脱对艾琳娜的记忆很不容易，但要摆脱替代她的那些记忆也很难。这些记忆只能相互角力，争夺主导地位。

现在不一样了，现在我什么都明白啦。

我朝斯特拉走去，心里被这巧合搅得惴惴不安。世界这么大，她怎么偏偏出现在这里？妈妈绝不会让这种事发生，她绝对不会让任何人见到神似艾琳娜的人。这肯定是宇宙发生了诡异的时空扭曲。

我咽了一口唾沫："你跟我姨妈长得太像了。她去世了，不过你可能还记得她。我住院的时候，她经常陪我。她还问你，你们俩谁更漂亮。"

她几不可见地点了点头，神情仍旧淡然如初。我接着说："我见过你，就在不久之前。那是在特拉尼亚酒店，你当时在打扫房间。我还把你当成了我姨妈。我敢发誓，你戴着她最喜欢的豹纹围巾。"这些是《多萝西的往事》里的情节，但也是我人生中的情节。我闭上眼睛，那些细节浮现在我的脑海里，栩栩如生，清晰可见。

斯特拉脸上的肌肉抖动了一下："啊，对，那个围巾。"

她伸出舌头，舔了舔嘴唇，突然显得紧张不安。当她的目光再次与我碰上，我起了一身鸡皮疙瘩。我一时间觉得自己濒临重大时刻的边缘。我不知道这是怎么回事，但我的心提到了嗓子眼，直觉嘶吼着叫我不要离开，还没到时候。这里面另有隐情。

我抓住她的手："跟我来。"

斯特拉几乎亦步亦趋。我们路过几个来听我朗读、现在要去洗手间的女人。我把头压低，她们没注意到我。

我没有领着斯特拉回去舞厅的讲台，而是去了相反的方向，走到通往游泳池和健身馆的后走廊里。这里空无一人，空气里飘着淡淡的消毒水味，墙的隔壁传来健身器材的呜呜声。

我坐到一张皮革小沙发上，拽着她也坐下来。我的心怦怦直跳。她似乎有些踌躇，却并不困惑，仿佛知道我会问什么。

"那条围巾是我姨妈给你的，对吗？"我轻声问道。

斯特拉的喉咙里发出咕噜声，她把一缕头发顺到耳朵后面："这个……"

"请你告诉我真相，告诉我原因。"

大风吹得几步之外的大窗户呼啦作响，我看见波西因为找不到我而急得来回踱步。

斯特拉低着头说道："我一直在找机会告诉你。凡是你可能去的地方，我都去过，想把这件事告诉你。我找了你好久，可真找到你的时候，我又退缩了。"

"你想跟我说什么？"

她似乎没听到我的问题，眼神呆滞地望着地面。"我试过在你的手机上录一段我的视频，想着你会把它当作我的自白书，可是我做不到！我担心你醒来看到我会惊慌失措，误解我的意图。"

我的嘴巴开开合合，惊讶得说不出话来。

我的手机。医院。

是她拍的那段视频？她去过我的房间，动过我的手机？

我没有时间去思索这些，因为斯特拉抬起头正视着我说道："你姨妈跟我谈条件，说只要我以她的名义在美容店待一整天，她就给我一条爱马仕围巾外加一千块钱。她开的条件太诱人，我想都没想就答应了。后来我才知道出了什么事。"她顿了一下，神情变得萎靡不振，"那个可怜的医生不该遭那样的罪。我知道你姨妈为什么推倒她，医院里关于这事的谣言传得沸沸扬扬，那个医生也有所怀疑。"

我愣了好大一会儿才明白过来。在现实里，科德医生的真名是理查兹医生，根据我的调查，她和科德医生一样，也在我离开她的诊所之后不久就从楼梯上跌落而导致残废。如果艾琳娜被医生怀疑她给我下毒的话，她自然要灭口。我早就怀疑那次事故了，怀疑艾琳娜与此事有牵连，但直到此刻，我的怀疑才得到证实。

"艾琳娜让你假扮她去美容院，方便自己害那个医生。"想通了之后，我缓缓说道，"她利用你，给自己制造了不在场的证明，因为你长得像她。这简直天衣无缝。"

斯特拉点着头说道："我也是之后才想明白。我真不该那么傻乎乎的。我早就知道你姨妈不是好东西。后来，那个医生失忆了，她以为跌落楼梯是场意外。我要挟你姨妈，说要告发她，你猜她怎么说？她说：‘我一整天都在美容院，我的名字写在预约表里，大家看到了有个长得像我的人。你呢？’我才是没有当天的不在场证明的那个人——我甚至特意请了一天假去美容院。我担心自己会惹上麻烦，而那个医生可能会记住凶手的面孔，我的面孔，因为我们长得太像了。你姨妈告诉我，为了自保，我应该辞掉医院的工作。”

“天啊。”我小声说道，“所以你一直跟着我，想把这件事告诉我？”在这一瞬间，我想通了：乍看之下，人们会把这个女人当成是我。两人体格相似，斯特拉眼角的鱼尾纹虽然稍微多些，但并不明显，而且她注意保养皮肤和头发。去瑜伽健身馆、斯特德曼的店铺，乃至在我父母家附近游荡的，正是斯特拉。有件事像一道强光射入我的脑海：“在棕榈泉的酒吧跟我说话的就是你！”

斯特拉使劲点头：“对。我迫不及待地要告诉你，就跟着你去了那家酒店，想着可以在那里说上话。可是在酒吧里，你一看见我就开始恐慌。你以为我是她，以为我要害你，所以我跑掉了。但这事进一步促使我找到你，告诉你真相。”

我眯着眼睛问道：“什么真相？我姨妈推了我的医生？她是个疯子？”

“不是……”斯特拉低头看着自己的双手，仔细端详，仿佛要记住每一个纹路，每一个褶皱。时间不知过去了多久。两分钟？十分钟？

“几年后，你姨妈又打电话给我，说还有件事拜托我。”她最终说道，“我严词拒绝，但是她威胁我，说要给那个医生发一封匿名信，揭发我把医生从楼梯上推下去。她说她有监控录像的照片为证，那是她贿赂管理人员拿到的。这或许是唬人的，可谁能知道啊？”

“我感觉中了圈套，只能答应她。她要我躲在她吃晚饭的餐馆里，等她离席的时候，我得坐到她的座位上，再点一杯喝的，最后买单。”斯特拉长出了一口气，说道，“我没办法，就去了。可当我看到跟她吃饭的是个年轻姑娘，也就是你时，我开始担心她会对你做坏事。你那时正年轻。”

我的喉咙一阵发紧。她说的是那最后的晚餐吗？我闭上双眼，把自己想象成小多，回忆起调换酒杯前看到走廊里的那一下闪动。那是斯特拉？她一直躲在那里，等待机会？

“你看见了我们，你看到了整个过程。”我颤抖着说道。

斯特拉的目光转向左边，落在一片海滩上。“嗯。我没有按照她的要求坐到她的位置上。你们两个离开时，我一直跟着，偷听你们说话。那女人是个怪物。她死不足惜。”斯特拉转过头，绿色的眼眸直愣愣地对准我，“她的确死了，艾丽莎，她真的死了。她死得很彻底，我看见她坠了下去。”

斯特拉的话像硫酸一样，吱吱啦啦地冲入我的脑海。“你看见我推她了。”我补充道。

斯特拉的表情说明了一切。“我不会揭发你，这不是我的目的。我来是为了告诉你，她真的死了。我原本想在刚出那事之后就早点儿告诉你，可你家人把你带去了别处。随着时间的推移，我却鼓不起勇气告诉你了。”斯特拉摆出坚毅的表情，“但我终究还是来了。”

我往后一退，双手放在腿上：“哇。哇！”

斯特拉的笑脸显得十分邪恶，然后逐渐消失：“是啊，我很抱歉。”

我还有很多问题要问她，大大小小的各种问题，可当我整理思绪时，电话响了起来。是波西打来的。我愣了一下。

“我马上就回去，等我两分钟。”我接了电话说道。

我挂断电话，对斯特拉歉意地一笑：“我想继续跟你说话。”

“不，你去吧。”斯特拉摆手说道，“我不该占用你这么多时间。”

“开什么玩笑？”我喊道。我打量了她一会儿。我有股拥抱她的冲动，可最终只是碰了碰她的胳膊，用口型示意“谢谢你”，然后跑回了舞厅。

服务员正往桌上摆法式烤布蕾碟子。见我向讲台走来，波西忧心忡忡地看了我一眼，我耸了耸肩，没理她。她回到麦克风前介绍了我，我抖擞精神，走上讲台。我的包里装了一本夹着书签的《棋子》，可当我翻到那一页，脑子里传来一阵说话声。

感觉就像亲眼看见了超自然事件！

是艾琳娜——多萝西——的声音。

我分身变成了两个人！她应该在派对上扮演我。

你也可以扮演她。

琪琪·瑞思和戴安娜·戴恩的故事跃入我的脑海。

这家酒店曾发生过一起神奇的谋杀案，多萝西说。艾琳娜也说过这句话。紧接着，她们两个都用同样梦幻、恍惚的声音说，你知道怎么才好玩吗？那个著名演员才是在棕榈泉惹上暴徒的人，而她找了这个姑娘去面对他们的怒火。

原来艾琳娜一直都在提醒我？难怪她会百般利用斯特拉。斯特拉就是她的分身，是她的免死金牌。

但是，如果艾琳娜不满足于此呢？假设艾琳娜利用斯特拉伪造不在场证明，叫斯特拉在她预谋杀害我的当晚随时待命，那么最后时刻的那个人，会不会也是被艾琳娜操控的斯特拉？没错，不久之前，斯特拉告诉我，她只是去那里坐到艾琳娜的位置上，还看到我把艾琳娜从护栏上推了下去。我可以听信斯特拉的一面之词，但我应该这么做吗？毕竟，在我对当时的模糊记忆里，艾琳娜坠地之前的举动是那么的非同以往，既像她自己……又不像她自己。

有没有这种可能：在我们扭打期间，艾琳娜把斯特拉从暗处揪了出来，强迫她取而代之？

我想不出艾琳娜如何说服别人做这种事，也想不明白为什么斯特拉没有立刻说明自己的身份。我更不理解艾琳娜怎么会摆脱毒药的侵袭，因为在所有的模糊记忆里，我清楚地记得艾琳娜坠落之前吐出了胆汁。可是……

如果刚刚跟我说话的根本不是斯特拉呢？

我开始浑身颤抖。

别想了，那就是斯特拉。别再想了。

卡尔森警探说过，警察通过艾琳娜·雷特曼的驾驶证查出了她的身份。为了使我刚刚设想出来的疯狂场景变为现实，我姨妈就得在斯特拉坠落之前把驾驶证塞进她的口袋里——或者斯特拉一直随身带着。但这是有可能的，对吗？警察没有用血检证明死的就是艾琳娜，也没有进行尸体解剖。神出鬼没的辛格医生来到太平间，领走艾琳娜的尸体，从此也销声匿迹了。

我抬头看去，观众满怀期待地望着我，等待我发言。

“我去去就来。”我说道。

当我走下讲台时，台下响起一阵阵嘟囔声。波西抓住我的胳膊：“这是怎么回事？”

我坚毅地笑了笑：“我……再去趟卫生间。”

我迅速跑开。经过家人的身旁时，德斯蒙德警惕地看着我。他最了解我，可能已经察觉到了我脸上的惊慌。我暗自祈祷他别跟过来，不过我扭头看去，他并没有跟着。

我想迈开步子跑起来，可又不想吸引太多注意力。通往女士卫生间的距离好像比我头一次去的时候变得远了很多，我激动地推开卫生间的门，做好了迎接激烈对质乃至被人用枪指着脑袋的准备。我只有一个念头：跟斯特拉——管她是谁呢——谈谈。我只想确认一下。

眼前只有一个老妪一边步履蹒跚地从隔间里走出来，一边往上拉扯她的连裤袜。我一下子呆住了。“哦！”那女人抬头说道，“天啊，对不起。”她扯下裙子，挡住自己的内衣，“这该死的尼龙袜，全纠到一块儿了。”

我盯着斯特拉曾经站立过的角落，发现连她的保洁工具都不见了。“刚刚有人在这里吗？”我气喘吁吁地问道，“一个卫生间保洁员？”

那位女士笑着说道：“那样岂不是更好？或许她能帮我买双新的连裤袜。我这双脱丝了。”

“你没看见她去了哪里？”

那位女士傻傻地直冲我笑。我冲到斯特拉原先站立的位置。那里被擦得干干净净。她究竟来过这里吗？

我转身冲回大厅，满心希望看到斯特拉——或者是艾琳娜姨妈——的黑色短发。我用手扶着墙，稳住自己的身形。

“艾丽莎？”波西从我身旁钻了出来，“怎么回事？你还好吗？”

“我只是想上厕所。”我颤抖着说道，“我没事。”

我尽力装出没事的样子。我再次回到麦克风前，向大家表示歉意。我试图借此开个玩笑——晚饭喝太多水了！膀胱太紧张！我感谢大家前来，翻开标好的那一页，开始朗读。这几页的内容我烂熟于心，不用细看就能读下去，所以我的大脑一直在飞速转动。

我读到那一章的末尾，合上书，点点头，示意朗读结束。众人纷纷鼓掌，我微笑以待。波西走上来宣布马上开始签售，要大家排成一队。我从讲台上走下来，心里对自己充满了愤怒，埋怨自己匆匆跑回舞厅。斯特拉去了哪里？这一出到底是什么意思？

我再次望向人群，短暂地思索着她会不会混在人群里，慈祥地看着我，再也没了害人的念头。那是我心目中的艾琳娜姨妈，她是那么宠我，只想无条件地疼爱我。我知道这是不可能的。艾琳娜不是那样的人。可是，当我看到门边有人顶着黑色头发时，我的心提了起来，我想从桌边冲过去，抱住她，告诉她我有多么难过，告诉她我只想回到过去，回到我想象中的过去。

她与我目光相接，然后抬起头，露出脖子上的黑色系带。她向我神秘地一笑，那笑容有些阴谋得逞的意味……又有些恶作剧的意味。

我的喉咙一阵发紧。我看向妈妈，可是她的目光不在众人身上——她充满警惕地看着我。我的表情一定出卖了我：她的鬼魂重新占据了我，附上了我的身，我看见了她。妈妈的脸变得苍白，可能我的脸也是那般苍白吧。妈妈失望、心碎地瞪大双眼，因为她明白我在想什么，更明白我仍不可靠。

“不，你不明白。”我开口辩解道，“这……”我没再说下去。

别再想了，脑子里有个声音告诉我。我终于找到了真正的答案，现在却想推翻重来。一个只因为跟别人长得像而引人瞩目的女人刚刚对我倾诉了心事，仅此而已。我一直追寻真相，是因为这个真相一直困扰着我，因为我自己生了病，更因为我把真相传奇化，把艾琳娜传奇化了。我怎么可能不把她传奇化呢？

我想起她给我讲的人生故事，我曾经多么迫切地希望那些故事都是真的。我想起她讲的奇闻艳事。她是个疯子，受过创伤，为人古怪，脑子有问题，但她也有着不可思议的想象力，我觉得这才是我应该珍视的。唯有艾琳娜这样的人才能让我相信不可能，唯有艾琳娜这样的人才能变换身形、哄骗、辩驳、操控、投毒，乃至死而复生。

可是斯特拉说得清清楚楚——其实她并没有说清楚，那不过是她想让我相信的假话，而不是真相。

我踮起脚尖，目光再次与斯特拉相接。她又向我微微点头，仿佛在说：很好，选对了。接着，她像艾琳娜那样优雅地转身，朝门外走去，从此消失无踪。

我任由她走掉，心知以后可能再也见不到她了。从今往后，她将只是一个非凡的、振奋人心的虚构人物。

致　谢

衷心感谢帮助我完成这本书的诸位。首先，十分感谢本书编辑乔安娜·卡斯蒂罗，她为这本书走了一步险着，凭着直觉和聪慧将它拨向正轨。感谢安迪·迈克尼克尔从最初便支持这个构思，而且不厌其烦地读了这部小说的至少二十三个版本。感谢初期的读者：劳伦·阿卡姆珀拉和卡莉·露娜——将半成品交入大家之手，实在让我汗颜，但你们的评论和建议，我视如珍宝。感谢我的丈夫迈克尔·格雷姆巴，是他陪伴我走访作为书中原型的伯班克地区。感谢妹妹阿丽·谢泼德陪我走上唯一的棕榈泉之旅。感谢父母谢泼德和明迪，两人旧日的好莱坞时光（和苦艾酒经历）让这本书变得如此鲜活生动。此外，还有克里斯蒂安和亨利，我不是要谢谢你们帮我写了这本书，而是我写的书越多，就能给你们买更多的玩具。

最后，本书献给已逝的祖父查尔斯·温特，我一直怀念这位亲人。我想，等他不再强迫狗狗抽烟、惊险地躲过警察追捕或者乱拿别人家草坪上的东西时，他一定会从这本书里得到乐趣。